NORBERT HORST

Leichensache

Buch

»Die Tote ist 27, Studentin, hat mehrere Einstiche.« Das ist die erste Information, die KHK Konstantin Kirchenberg, Leiter der Mordkommission, erhält, als er nachts um halb zwei ins Präsidium gerufen wird. Kollege Zimmermann von der Kriminalwache unterrichtet ihn außerdem von einer Zeugin: Gudrun Wierwich, die Mitbewohnerin der ermordeten Studentin Kerstin Baum, hat den mutmaßlichen Täter flüchten gesehen. Zusammen mit seiner Kollegin Ulla Wiesing von der Bereitschaft fährt Kirchenberg zum Tatort. Aufgrund der Täterbeschreibung von Kerstins Mitbewohnerin wird schon bald ein Verdächtiger in Gewahrsam genommen, aber Gudrun Wierwich kann ihn bei einer Gegenüberstellung nicht identifizieren. Und Kommissar Kirchenberg selbst hat Zweifel, dass der Verdächtige wirklich der Täter war. Während der Polizeipräsident auf der Pressekonferenz Souveränität vorgaukelt, ohne wirklich über den Fall informiert zu sein, und Kollege Beckmann vom Erkennungsdienst Zeitungen und Fernsehteams bereitwillig Interviews gibt, nur um sich selbst in den Vordergrund zu spielen, ermittelt Kirchenberg unbeirrt weiter. Doch seine Recherchen gestalten sich ebenso mühsam wie sein Werben um Ayse, die hübsche Bedienung aus dem Döner-Imbiss. Durch eine erneute Vernehmung von Gudrun Wierwich erfahren die Ermittler, dass Kerstin in einem Fitness-Studio, in dem sie regelmäßig trainierte, Kontakt zu Szene-Yuppies bekommen hatte: endlich eine heiße Spur, wie es scheint. Doch dann spricht die Bewohnerin einer Sozialbausiedlung bei der Polizei vor, die vermutet, ihr Sohn habe etwas mit der Sache zu tun…

Autor

Norbert Horst ist im Hauptberuf Kriminalhauptkommissar bei der Polizei des Landes Nordrhein-Westfalen. Als Mitglied eines MK-Pools hat er in zahlreichen Mordkommissionen ermittelt. Heute arbeitet er als Verhaltenstrainer beim Polizeifortbildungsinstitut, wo er Seminare mit den Inhalten Stressbewältigung, Konfliktmanagement und Kommunikation leitet. Der Autor ist verheiratet und hat zwei Kinder. »Leichensache« ist sein erster Roman. Ein weiterer Roman mit KHK Kirchenberg ist bereits in Vorbereitung.

Norbert Horst

Leichensache

Roman

GOLDMANN

Umwelthinweis:
Alle bedruckten Materialien dieses Taschenbuches sind chlorfrei und umweltschonend.

Originalausgabe Mai 2003

Umschlaggestaltung: Design Team München
Umschlagfoto: AKG images
Satz: Uhl+Massopust, Aalen
Druck: Elsnerdruck, Berlin
Titelnummer: 45230
BH · Herstellung: Katharina Storz/HN
Made in Germany
ISBN 3-442-45230-9
www.goldmann-verlag.de

1 3 5 7 9 10 8 6 4 2

Für Elke, Julia
und Lukas

Handlung und Figuren dieses Romans sind reine Fiktion. Sollten Ähnlichkeiten zu realen Personen oder Ereignissen bestehen, so sind diese zufällig und ausdrücklich nicht gewollt.

DIENSTAG

23 Uhr 40

»Scheiße.«

Die Digitalanzeige blinkt. In irgendeiner Tasche müsste doch noch was sein. Auf der Hand vorm Bildschirm glänzen nur Zehner und Fünfer. Grade jetzt, als die Schwarzhaarige ihren Slip abstreifen will. Dieser Wald von Schamhaaren. Hoffentlich schafft sie's noch, komm schon, aber sie lässt sich Zeit. Fünf, vier, drei, zwo, eins, aus.

»Hundertachtundzwanzig Erotik-Programme, bitte wählen Sie.« Aus dem Speaker tönt schlagartig *Honey, Honey* von Abba.

Vorsicht beim Türeöffnen, erst mal schauen. Im Vorraum geifert nur ein Greis vor den Programmkästen. Gut. Ein paar Schritte zum Ausgang, es riecht nach Domestos und Sperma. Durch den Spalt des Vorhangs spiegeln sich die Straßenlaternen auf dem nassen Asphalt. Regen ist gut. Schnell durch und auf die Straße.

»Wusste gar nicht, dass du jetzt bei der Sitte bist!« Schmidt von den Einbrechern, grinst. Um diese Zeit. An diesem Ort.

»Nur eine Nachfrage in einer älteren Sache.«

»Mitten in der Nacht, mein Gott.« Er grinst.

Richtung Bahnhof. Hoffentlich reicht's noch für die letzte 709er. Schmidt zieht sich Zigaretten, bietet eine an, rauchen.

»Wie läuft es bei euch, viel zu tun?« Er schultert seine Sporttasche, nimmt einen tiefen Zug.

»Es geht so. Zum Glück hatten wir schon länger kein dickes Ding mehr. Muss auch nicht sein, jedenfalls nicht diese Woche. Ich habe Bereitschaft!«

»Mann, ich bin vielleicht kaputt, seit acht war ich im Studio.« Er fasst sich ins Kreuz und verzieht das Gesicht.

»Du mit deiner Knechterei.«

»Muss sein, Junge. Die Mädels verlangen danach, hä hä.« Er stößt mit dem Ellbogen. Die Uhr am Bahnhofsturm zeigt zehn vor zwölf.

»Los komm, beeil dich!«

»Ich bin kaputt, Mann. Nehme ich halt ein Taxi.«

Laufen. Der Bahnhofsvorplatz ist verlassen. Drei Penner grölen, zwei Bahnmenschen mit Aktentasche schlurfen nach Hause. Eine Kehrmaschine fegt die Rinnsteine.

»Verpisst euch hier, Scheißpenner. Geht lieber arbeiten.«

Die drei glotzen rüber, einer gestikuliert und verschüttet dabei kostbares Bier.

»Mach keine Sprüche, Schmidt. Lass die armen Schweine.«

»Ist doch wahr. Überall nur Müll.« Er tritt an eine Dose.

»Du machst dich doch auch nicht kaputt, oder?« Fast zwölf. »52 fuhr die letzte, die ist bestimmt schon weg.«

»Komm schon, wir nehmen ein Taxi, ist doch eine Richtung. Ich lass dich vorher raus.«

Er setzt sich nach vorn.

Noch fünf Nächte. Ich hasse Bereitschaft, gewöhn ich mich nie dran. Das Handy überprüfen, zum zehnten Mal. Die Stadt ist leer, kaum Autos heute. Der Taxifahrer fährt schnell und hört Blasmusik. Wie früher zu Hause. Ernst Mosch und die Original Egerländer. Ein Schwachkopf singt: »Kannst du Knödel kochen?«

»Eigentlich hab ich noch Kohldampf. Weißt du noch 'ne gute Pommesbude?« Schmidt dreht sich um.

»Bei mir um die Ecke ist ein Türke.«

»Zum Türken?!«

»Sener ist okay.«

»Ist der Laden auch sauber?« Idiot.

Das Taxi hält, sechs Euro zwanzig. Schmidt zahlt. Er hält die Tür auf, Sener putzt die Stehtische.

»Ah, Herr Kommissar, guten Abend.«

»Sener, hallo. Gibt's bei dir noch was?«

»In einem deutschen Gasthaus wird man niemals abgewiesen«, er lacht breit. »Ist doch erst zehn nach.«

Schmidt studiert die Tafel über der Theke. »Was ist denn ein Adana-Kebab?«

»Rindfleisch mit Gemüse.«

»Rindfleisch ist gut, 'n paar Proteine einfahren.«

Er bestellt.

Sener öffnet die Tür zur Küche und ruft etwas Türkisches. Er bringt die Biere, murmelt was von lange unterwegs und schenkt ein.

»Manche Ermittlungen sind halt nur nachts möglich«, Schmidt mit Grinsen. Das Bier ist sehr kalt.

Die Schwarze war gut. Ein müder Euro fehlte, einer. Der Film war Nr. 47, glaub ich, ziemlich am Anfang. Vielleicht morgen noch mal. Aber war auch ganz gut so, hatte ja schon zwei Fünfer drin. Diese Haare, bis übern Slip.

Die Schwingtür öffnet sich, das Adana-Kebab kommt.

Mein Gott, wer ist das denn?

Schwarze Haare, armdicker Zopf. Der Haaransatz berührt fast die Augenbrauen in der Schläfe, so tief ist er.

»Wer bekommt es?« Schmidt meldet sich.

Sie trägt tatsächlich nichts unterm T-Shirt, ihre Brüste antworten auf jede Bewegung. Sie stellt den Teller ab, sagt etwas und geht.

»Ayse, meine Nichte«, lächelt Sener. Die Schwingtür baumelt nach.

»Donnerwetter.« Schmidt lädt sich die Gabel voll und nickt.

»Hab ich ja noch nie bei dir gesehen«, beiläufig gesagt.

»War auch noch nie bei mir, nur als Kind ein paar Mal.«

»Und du bist der liebe Onkel?«

»Ja!« Er nickt stolz.

Die Schwingtür öffnet sich, sie tritt dazwischen und hält die beiden Flügel fest.

»Wenn nichts mehr ist, geh ich jetzt hoch.« Sie kommt zum Tisch. Die zarten Haare auf ihrem Arm glänzen. Wie Seide. Schöne Hände hat sie, nicht zu schlank, kein Schmuck.

»Schlaf gut. Und danke.« Sener streicht ihr übers Haar. Sie legt ihre Hand auf seine Schulter. Der Ausschnitt eines ihrer T-Shirt-Ärmel fällt auf. Ihre Achselhaare sind zu sehen. Unauffällig zur Seite lehnen, kann trotzdem nicht ihre Brust sehen. Komm, dreh dich.

»Gute Nacht.« Sie dreht sich, zu schnell, lächelt und geht.

Ein Zipfel vom T-Shirt hängt hinten aus der schwarzen Jeans. Bestimmt sieht sie noch mal her. Lippen befeuchten, sanfter Blick hinter ihr her. Sie löst den Zopf, öffnet die Tür, verschwindet.

Schmidt sieht rüber. Er kaut und nickt. »Sie ist sehr groß«, großer Schluck.

»Ayse ist Halbtürkin. Ihre Mutter kam aus Indien. Unsere Familie ist mehr so wie ich.« Sener klopft auf seinen Bauch, nimmt sein Handtuch und putzt weiter.

Er erzählt Geschichten von seinen Kunden und schimpft über die Baustelle gegenüber. Nur die Arbeiter kommen mittags immer rüber. Schmidt antwortet ewig mit vollem Mund. Furchtbar.

Ayse in der Tür. Schöne Hände hat sie, ihre Finger sind sehr geschmeidig, keine lackierten Nägel. Die Augenbrauen, der dunkle Nacken, die warmen Augen, sehr fraulich.

Schmidt ist fertig.

MITTWOCH

1 Uhr 12

Das Telefon klingelt.

01.12 Uhr auf der Digitalanzeige. Oh, Mann!

»Kirchenberg.«

»K-Wache, Zimmermann. Die Nacht ist zu Ende, Junge. Wir haben 'ne Leiche mit Löchern im Rücken.«

»Na, prima! Wo denn?«

»Schillerstraße, in der neuen Siedlung draußen an der Sporthalle.«

»Okay, ich komme.«

Eine Stunde geschlafen oder fünf Minuten? Kaffee trinke ich im Präsidium. Anziehen, drei Äpfel in die Tasche. Keinen Bock mehr, jetzt noch 'ne Kniffte zu schmiern, kauf ich 'n paar Brötchen.

Im Treppenhaus hallt jeder Schritt. Der alte Siele kommt nach Hause, schau an. Er lallt einen Gruß, hat mich wahrscheinlich gar nicht erkannt. Die Stadt sieht noch genauso aus wie vorhin, es regnet. Wo steht denn bloß der Wagen?

Im Radio läuft *Black Velvet* vom Alannah Miles, das muss lauter, danach *Locomotive Breath* von Tull. Stark. Zwischendurch nervt der Sprecher mit ziemlich öden Scherzen.

Endlich gibt's mal reichlich Parkplätze hier.

Vor der Wache ziehen zwei Grüne einen Besoffenen aus

dem VW-Bulli. Er ist gut gekleidet, Anzug, Krawatte, Trenchcoat, der Mantel ist vorne voll gekotzt. Selber gehen kann er nicht mehr, die beiden Beamten halten ihn an den Armen auf Abstand, aber er wehrt sich vehement und lallt was von »in Ruhe lassen«. Dafür öffnet er die Schwingtür zur Wache mit der Stirn.

In der Kriminalwache ist es ruhiger. Zimmermann blättert in Fernschreiben, nebenan vernimmt jemand zwei Rumänen mit Dolmetscher.

»Morgen, ist schon jemand von der Mordkommission da?« Zimmermann steht auf.

»Atze ist schon oben, hallo erst mal. Ulla hab ich auch alarmiert.«

»Weißt du schon was Näheres?«

»Nicht viel. Die Tote ist siebenundzwanzig, Studentin, hat mehrere Einstiche, lebt mit 'ner Freundin zusammen. Die war mit'm Hund raus, als sie zurückkam, hörte sie ein Geräusch und stand dem Täter gegenüber.«

»Was, wir haben 'ne Zeugin! Warum sagt mir das denn keiner?«

»Tu ich ja jetzt. Hat wahrscheinlich Schwein gehabt, dass sie den großen Köter dabei hatte. Der Typ ist sofort abgehauen, durch die Terrassentür, die Fahndung läuft noch.«

»Wie lange ist das her?«

»Die Freundin hat um 00.48 Uhr angerufen, konnte sogar 'ne gute Personenbeschreibung geben. Sie ist auf'm Weg hierher. Hab ich aber alles aufgeschrieben. Atze hat den Vermerk schon mitgenommen.«

»Na gut. Ich geh mal hoch.«

Still ist es nachts im Treppenhaus, richtig komisch. Im Geschäftszimmer brennt Licht, die Tür steht auf. Atze sucht hektisch die Klamotten zusammen, sieht flüchtig rüber.

»Grüß dich. Du siehst ja auch prima aus. Gesoffen gestern?« Er zieht eine Fratze. »Ich fahr schon mal hin. ED-Mann und Fotomensch fahren gleich zum Tatort. Wer hat eigentlich noch Bereitschaft diese Woche?«

»Ulla.«

»Ach, ja.« Er nimmt seine Tasche, steckt das Memocord ein. »Bis gleich.«

»Denk an Ersatzbatterien.«

Atze nickt, nimmt die Wagenschlüssel und geht. Ulla kommt bestimmt gleich. Hat auch den längsten Weg. Der Koffer steht bei mir. Gerade noch bei der Einsatzleitstelle anrufen.

»Kirchenberg, Mordkommission, irgendwas Neues?«

»Ne. Wir fahren schon knapp eine Stunde in der Gegend rauf und runter, bisher aber alles negativ.«

»An die Haltestellen und den Bahnhof habt ihr gedacht...?«

»Natürlich, aber auch negativ bis jetzt. Außerdem fährt jetzt keine Straßenbahn mehr.«

Ist ja gut.

»Die Zeugin ist auf dem Weg hierher?«

»Die sitzt jetzt noch beim 11/20 im Wagen und fährt mit die Gegend ab. Ist aber ziemlich beschissen da unten, viele Einfamilienhäuser, tausend Gärten und über den Fluss kann er auch abgehauen sein.«

»Habt ihr ’nen Hund heute Nacht?«

»Ja, haben wir, aber so ohne irgendwas brauchst du den auch nicht ins Gelände zu jagen.«

»Okay erst mal. Ich fahre jetzt auch hin. Bis später.«

Viertel nach zwei. Angenehm still ist es hier. Gleich geht die verdammte Hektik los. Hoffentlich haben die nicht wieder alles platt getrampelt. Siebenundzwanzig Jahre, schön jung. Wie alt Ayse wohl ist? Anfang zwanzig? Älter als fünfundzwanzig bestimmt nicht. Schöne Hände hat sie, und diese Haare überall.

Zurück ins Geschäftszimmer.

Ullas Absätze hallen hart und eilig über den Flur, sie bleibt in der Tür stehen.

»Immer mitten in der Nacht, und dann noch dieses verdammte Scheißwetter.« Sie schüttelt den Schirm aus, hängt ihn auf. Versuche, müde zu lächeln. Sie holt ihre Sachen, losfahren.

Es regnet noch, aber die Straßen sind fast leer. Ulla fährt ziemlich schnell. Die Straßenlaternen glänzen in Intervallen auf ihren roten Lippen, sie ist reichlich und gekonnt geschminkt. Im Gesicht sieht man ihre zehn Kilo zu viel gar nicht.

»Was ist überhaupt passiert?« Ihre Hand fährt durch die kurzen, roten Haare. Kurzer Lagebericht. Sie stellt noch ein paar Fragen, bekommt ein paar Antworten. Eine hektische Stimme am Funk bellt dazwischen. Der 11/32 hat einen Mann in der Nähe vom Bahnhof aufgegriffen und fragt, in welchem Fahrzeug die Zeugin sitzt.

Genauso habe ich mir das vorgestellt.

»Hier ist der 88/10, macht jetzt bloß keine Gegenüberstellung auf der Straße. Bringt beide ins Präsidium, aber passt auf, dass die sich auf keinen Fall sehen.«

Ein gequälter Blick zu Ulla.

Sie zieht die Schultern hoch. »Die lernen's nie.«

Der Notarztwagen steht halb auf dem Bürgersteig, die Sanitäter rauchen gelangweilt.

»Die Ärztin ist noch drin.«

Nachbarn stehen in Bademänteln und Jogginganzügen unter Schirmen in den Gärten und palavern. Der Regen hat aufgehört. An der Tür zur Parterrewohnung steht ein junger Wachtmeister mit furchtbar adrettem Haarschnitt. Er kommt eilig entgegen.

»Hallo, hallo. Kein Zutritt hier, oder gehörn Sie zum Haus, ansonsten raus!«

»Kirchenberg, Mordkommission, ich glaub, ich werde erwartet.«

Ulla straft ihn mit einem scharfen Blick.

Schöne Wohnung, kein Teppichboden. Fliesen sehen doch besser aus. Neben dem Spiegel hängt »Mädchen mit Taube«. Der Flur ist lang und schmal, alle fünf Türen stehen offen. Atze steht rechts im Badezimmer und spricht ins Memocord, sieht her, unterbricht.

»Da seid ihr ja. Der Typ ist durch die Terrassentür gekommen und auch wieder abgehauen. Draußen ist ein großer Garten mit Büschen und einem hohen Zaun. Ich habe schon den Lima-KW angefordert, müsste auch in einer Stunde etwa da sein. Vorher brauchen wir da gar nicht raus, man sieht nichts. Außerdem ist alles klitschenass.«

Aus der Tür hinten links kommt die Ärztin, wechselt die Zigarette in die andere Hand, kurze Begrüßung.

»Herr Kirchenberg, lange nicht gesehen.« Weiche, frauliche Stimme.

»Frau Dr. Schwarz, so früh schon unterwegs?« Blöder Scherz, zu spät. Sie lacht artig und nimmt einen tiefen Zug. Raucht tatsächlich Rote Hand, eindeutig.

»Den Todeszeitpunkt haben wir ja relativ genau. An der Leiche habe ich nicht viel gemacht.« Sie geht wieder ins Zimmer. »Die linke Hand habe ich losgebunden, damit ich sie auf den Rücken drehen konnte. Sie hat vorne zwei Einstiche und hinten sechs, ist'n bisschen kurios. Außerdem hat sie vaginale Verletzungen. In den Blutschmieren an den Oberschenkeln und auf dem Gesäß könnte Sperma sein, sieht jedenfalls so aus.«

»Bleibt bitte vor dem Bett stehen und nichts berühren, wenn's geht.« Beckmann vom ED pinselt an der Terrassentür. Sieht ziemlich wichtig aus in seinem weißen Overall.

Müller stellt Nummerntafeln auf und fotografiert, auch im weißen Overall. Er sieht nicht rüber, macht auf konzentriert. Ein Wichtigtuer ist das. Die Zwölf legt er aufs Bett neben einen Blutfleck, klemmt die Dreizehn in der Analfalte fest, weil sie immer vom Hintern herunterrutscht.

Die Ärztin erklärt weiter, Atze brabbelt im Hintergrund die Wohnungsbeschreibung runter.

Die Frau liegt auf der Seite, das blaue T-Shirt ist vorne blutgetränkt. Auf dem Bett ist gar nicht so viel Blut. Ziemlich sportliche Figur, scheint auch hübsch zu sein, aber die blonde Mähne hängt überm Gesicht, die Haarspitzen blutverklebt. Der Slip fehlt, die Schamhaare sind stark anrasiert und blutverklebt, furchtbar.

Woher kommt bloß das viele Blut an den Beinen und auf dem Hintern? »Wieso ist hier im Oberschenkelbereich so viel Blut?«

»So genau habe ich nicht nachgesehen, aber oberflächlich sieht es nach Schnitten aus«, sie hebt das linke Bein etwas an, »... ja richtig, hier ist ein Schnitt.« Die Dreizehn fällt runter, Müller stöhnt vernehmlich und steckt sie wieder fest. Er fummelt am Blitzgerät rum und meckert:

»Weiße Haare und weißes Laken – kriegste überhaupt keinen Kontrast rein«, umkreist das Bett, sucht die beste Position, knipst. Die Ärztin soll die Leiche noch mal in die ursprüngliche Position bringen, bevor die Leichenstarre beginnt.

Beckmann kommt rüber. »Das Einzige, was mir bis jetzt auffällt, ist der Slipper da drüben.«

Ein schwarzer Schuh liegt halb unter der Heizung.

»Wenn mich nicht alles täuscht, ist das 'n Herrenschuh, sonst fliegen hier aber nur zwei Paar Damenschuhe rum.«

»Vom Täter?« Glaub ich nicht. »Wieso soll der sich die Schuhe ausziehen? Wahrscheinlich vom derzeitigen Lover.«

»Weiß der Geier. Wer so was braucht mit Fesseln und so, der zieht sich vielleicht auch die Schuhe dabei aus«, er geht wieder zur Terrassentür und pinselt weiter, »geht doch nichts über 'ne schicke Perversion.«

Fesseln würde mich überhaupt nicht anmachen, genauso wenig wie Gummi. Und dass die immer schneiden müssen, Schnittwunden sehen schon so richtig nach Schmerzen aus, ist schon bei rohem Rindfleisch unangenehm, da reinzuschneiden.

Der Schuh ist bestimmt nicht vom Täter, wäre aber 'ne gute Spur.

»Wenn nichts mehr ist, fahre ich jetzt wieder, da ist nämlich noch ein Einsatz offen.«

»Frau Doktor, vielen Dank. Wegen der Aussage kommen wir noch auf Sie zu. Tschüss.«

»Ich bin übers Krankenhaus zu erreichen. Aber ich gebe

Ihnen am besten meine Karte, da steht auch meine Privatnummer drauf.«

War das jetzt ein etwas längerer Blick?

Müller klebt ab. Nummern drauf, Foto. Beim Abziehen lösen sich die Folienstreifen nur zögernd mit einem leisen Surren von der Haut. Je länger der abgezogene Folienstreifen wird, desto tiefer der Ton.

Lou Reed. Dub di dub di dub…

Hoffentlich kommt der Beleuchtungswagen nicht so spät, ein kurzer Blick wäre schon wichtig. Ist die Zeugin aber auch. Mal die K-Wache fragen, ob sie schon mit der Vernehmung anfangen können. Zimmermann soll das machen, der kann das.

5 Uhr 10

Der Berufsverkehr beginnt, es ist aber noch nicht hell.

Der Obduzent ist bestimmt nicht vor zehn da. Erst mal ’nen Kaffee trinken, gleich.

Komisch, die Einstiche vorne und hinten. Und der Schuh. Mal sehen. Die Einstiche sehen seltsam aus. Warum hat die sich wohl fesseln lassen, auf’m Bauch? So kann er der gar nicht in die Brust gestochen haben. Irgendwas passt da nicht.

Der schöne Busen, wie man da nur reinstechen kann?

Die Gegenüberstellung muss bald über die Bühne.

Die Ampel ist nicht mehr zu schaffen, für ’ne Rotfahrt isses schon zu voll.

Links hält ein VW Cabrio mit einer hübschen Blonden. Komm, sieh rüber! Sie tut’s nicht, gibt bei Grün Vollgas.

Im Präsidium ist fast alles noch dunkel. Zwei Grüne kommen raus.

»Ist der vom Bahnhof noch im Pott?«

»Jau, der ist noch unten. Mit dem kannste dir Zeit lassen, der hat schon öfter bei uns arbeiten lassen.«

Das passt ja.

Sie steigen müde in den Bulli und fahren los.

Auf der K-Wache sitzt ein junger Typ am Schreibtisch. Noch nie gesehen, wahrscheinlich ein Durchläufer.

»Morgen, Kirchenberg, MK. Ist Gerd auch irgendwo?«

Der Junge steht auf.

»Ja, der vernimmt 'ne Zeugin oben im Vernehmungszimmer vom KK 11.«

»Danke.«

Im Gewahrsam brüllt einer die ganze Zeit wie am Spieß. Vielleicht der Trenchcoat.

Kaffee ist noch da, aber die Pfütze steht bestimmt schon 'ne Stunde, schmeckt furchtbar. Milch ist auch keine zu finden.

Zimmermann sitzt oben. Der Flur ist beleuchtet, das Treppenhaus dunkel. Durchs Fenster ist ein heller Streifen über den Dächern zu sehen, weiter hinten startet ein Flugzeug. Schöner Blick.

Autos starten hektisch an Ampeln, die Straßenbahn rumpelt, sogar hier oben vibriert die Scheibe.

Die Tür zum Vernehmungszimmer ist angelehnt. Zimmermann tippt, sieht kurz und müde rüber, fragt weiter: »Jetzt genau der Reihe nach: Wann sind Sie mit dem Hund rausgegangen?«

Sie steckt sich eine Zigarette an und dreht sich zur Tür.

»Das ist Hauptkommissar Kirchenberg, der Leiter der Mordkommission.«

»Morgen.«

»Morgen.«

Ihre dunklen Augen sind müde und verheult, sie schiebt den Pony der Prinz-Eisenherz-Frisur nach hinten, die Haare fallen sofort wieder zurück.

Die ist bestimmt ziemlich fertig.

»Möchten Sie auch einen Kaffee?«

»Ja, wär nicht schlecht.«

Zimmermann ist ein echter Penner. Noch mal nach unten.

Zum Glück haben sie neuen gekocht. Milch ist jetzt auch da, wo kommt die denn her?

Der Junge holt sich auch einen Kaffee.

»Na, schon irgendwelche Anhaltspunkte?«

»Ne, noch nichts Dickes.«

»Es sitzt noch einer im Pott – der vom Bahnhof …«

»Mal sehen, ob sie ihn erkennt.«

»Na, denn, viel Glück.« Er geht.

Der Streifen über den Dächern ist heller und breiter geworden, die Bushaltestellen sind ziemlich belebt. Um diese Zeit schon?

Schade, dass Ayse nicht noch mal geguckt hat, als sie hochging. Heute wird's bestimmt nichts mehr mit Sener. Na, vielleicht noch auf ein Bier.

Weit hinten startet wieder ein Flugzeug.

Schöner Blick von hier oben.

Der Kaffee wird kalt.

Zimmermann sitzt zurückgelehnt, die Hände hinterm Kopf.

»Der Kaffee.«

»Danke.« Sie verzieht keine Miene, trinkt vorsichtig. »Ich war ziemlich lange raus mit dem Hund, das mache ich öfter, ich bin ein Nachtmensch. War ja auch ein schöner Abend gestern, so warm. Vom Regen sind wir dann weit hinten an der Zoostraße überrascht worden. Ich hab mich aber trotzdem nicht beeilt, weil ich ja sowieso nass war. Wann ich dann genau zurück war, kann ich nicht mehr sagen, auf die Uhr habe ich nicht gesehen. Ich bin reingegangen…«

»Haben Sie ganz normal aufgeschlossen, oder war was am Schloss?«

»Nein, ich habe ganz normal aufgeschlossen. Bei Kerstin brannte noch Licht, obwohl ich so lange weg war. Ich habe sie dann gerufen, ganz leise, weil es ja schon so spät war, und wollte in ihrem Zimmer nachsehen, da stand der plötzlich vor mir.«

Sie zuckt leicht zusammen, nimmt einen tiefen Zug von der Zigarette, noch einen.

»Hat der Hund nichts gemacht?« Zimmermann beugt sich nach vorn.

»Nein«, ihre Stimme zittert. »Ziege ist zwar groß, aber ein Schluffi. Der beißt keinen.«

»Was passierte dann?«

»Ich glaube, der Typ«, sie stockt kurz, »hatte trotzdem Angst, der hat jedenfalls so auf den Hund gesehen. Er sagte dann: ›Keine Bewegung‹, ist rückwärts in Kerstins Zimmer, und danach habe ich ihn nicht mehr gesehen. Ich bin erst stehen geblieben, weil ich Angst hatte, aber als ich nichts mehr gehört habe, habe ich die Tür aufgeschoben, und dann lag Kerstin da …« Sie hört auf, weint, legt die Stirn in ihre Hand, ihre Schultern zucken unkontrolliert.

Die ist ziemlich am Ende, aber die Gegenüberstellung muss sie noch machen.

»Frau, äh …«

»Wierwich«, hilft Zimmermann.

»… uns ist schon klar, dass Sie sich jetzt in einer schlimmen Situation befinden, daher werden wir die ganz ausführliche Vernehmung auch auf heute Nachmittag verschieben, aber die wichtigen Angaben brauchen wir halt jetzt schon. Außerdem muss ich Sie noch bitten, gleich an einer Gegenüberstellung teilzunehmen …«

Sie blickt ängstlich hoch.

»Keine Angst, wir machen das mit einer Scheibe dazwischen, man kann Sie nicht sehen.«

Lächelversuch.

»Wir brauchen dafür aber einige Kollegen, darum kann das noch ein, zwei Stunden dauern.«

Sie nickt stumm.

Zimmermann kommt mit vor die Tür.

»Sie ist natürlich fertig, hat aber 'ne gute Beschreibung abgegeben, sagt auch, sie würde ihn wahrscheinlich wiedererkennen. Den im Pott habe ich bei der Einlieferung gesehen, passt von der Kleidung nicht ganz, muss man aber erst mal abwarten.«

»Sobald du was geschrieben hast, gib es mir bitte rüber. Die Angaben zu ihrer Person und so machen wir heute Abend.«

»Die Auskunft über den Typen habe ich dir auf den Schreibtisch gelegt. Der hat 'ne Akte bei uns, hab aber noch nicht reingesehen.«

Er geht wieder rein.
Das Telefon klingelt. Ulla ist dran.

7 Uhr 35

Durch die offene Bürotür ist dauerndes Türenschlagen und Grüßen zu hören. Schritte, Tür auf, Morgen, Tür zu. Gerd kommt vorbei, grüßt flüchtig.

Auf WDR II spielen sie heute Morgen wieder die italienische Hitparade von 1984. Die Musikredakteure sollte man aufhängen.

Ulla ist immer noch nicht da, wen fragt die denn alles?

»Morgen Konstantin, hab's schon gehört«, der Chef kommt rein.

»Morgen Helmut.«

»Wie sieht's aus? Einer sitzt im Gewahrsam?«

»Ja. Wir haben 'ne Augenzeugin, die ist gerade mit 'ner Kollegin in der Kantine, Kaffee trinken. Ist die Freundin vom Opfer, ziemlich fertig. Die Gegenüberstellung müssten wir daher bald machen.«

»Hat er Akte?« Er bietet 'ne Zigarette an.

»Ja, Diebstähle, mal 'ne Schlägerei, nichts Dolles.« Camel ohne schmeckt gut.

»Soll ich schon mal Leute für die MK ordern?«

»Wart mal erst die Gegenüberstellung ab. Wenn die nichts bringt, müssen wir wahrscheinlich ganz schön rödeln.«

»Ich sag Walter Bescheid.«

»Wenn's geht, keine Pappnasen.« Er zieht eine Grimasse, drückt seine Kippe nach drei Zügen aus und geht.

Mal sehen, ob Walter schon da ist, der soll die Leute für die Gegenüberstellung besorgen. Im Radio läuft *Carpet Crawlers* von Genesis, sogar die Studio-Version von *The Lamb*, gibt's doch gar nicht. Gabriel singt stark. Das müssten die noch mal aufführen, in alter Besetzung, das wärs. Vorbei.

Walter hat 2318, glaub ich.

»Termöllen.«

»Walter?, Morgen, Konstantin. Ich brauche um acht fünf Kollegen für 'ne Gegenüberstellung, so zwischen zwanzig und fünfunddreißig, mittelgroß.«

»Um acht? Warum rufst du denn jetzt schon an?«

Die Digitalanzeige auf dem Radiowecker zeigt 7.52 Uhr.

»Ja, okay, meinetwegen auch nach acht, aber so schnell, wie es geht.«

»Zum Spiegelsaal?«

»Zum Spiegelsaal.«

»Gut, ich schick sie sofort hoch.«

Aus einer kleinen Spalte im Grau malen sich Sonnenstrahlen in den Dunst. Das ist ein Riss im Himmel, wo es so hell glänzt, dass wir Menschen nicht hineinsehen können. Hat Oma immer gesagt.

Die Wolken reißen über den Dächern auf. Vielleicht bleibt's ja einigermaßen trocken, wäre ganz gut für die TO-Arbeit.

Der Typ ist es nicht, hab ich im Gefühl, schon die Klamotten stimmen nicht. So kann die sich nicht vertan haben. Aber Zeugenaussagen …

Ulla kommt rein, fragt nach einer Zigarette.

»Ich habe die unmittelbaren Nachbarn befragt, hat aber keiner was gehört oder gesehen.«

»Hatte Atze schon was?«

»Noch nichts Genaues, nur der eine Schuh scheint wirklich ganz interessant zu sein. Im ganzen Haus gibt's keine Herrenschuhe, 'nen zweiten schon gar nicht.«

»Aber wieso soll der vom Täter sein?«

»Weiß ich auch nicht, ist nur auffallend. Der ED hat draußen schon angefangen, als der Lima-KW kam, war aber alles ziemlich nass.«

Sie nimmt tiefe Züge, wirkt müde, trinkt einen Schluck Kaffee aus meiner Tasse. Sieht trotzdem gut aus, bisschen pummelig, aber ganz sexy. Ullas Mann war eigentlich noch nie hier. Sie scheint aber ganz zufrieden zu sein. Nur die roten Haare sind blöd; Rot bringt es nicht.

Im Fahrstuhl riecht es nach Knoblauch. Vor der Tür zum ED stehen schon die Kollegen. Schmidt ist auch dabei. Wer sind denn die beiden Großen, noch nie hier gesehen? Wahrscheinlich Durchläufer. Sind vielleicht ein bisschen jung und zu groß, egal. Die Jungs machen alte Scherze, die Mörder melden sich zur Stelle und so.

Der Tatverdächtige aus dem PG wird gebracht, sieht ziemlich beschissen aus, hat wahrscheinlich gepennt. Wieso haben sie dem nicht gesagt, dass der sich kämmen soll?

»Da vorne ist ein Spiegel, da kannst du dich kämmen.«

»Ich habe keinen Kamm dabei.«

Wo kriegt man denn jetzt einen Kamm her? Er macht aber auf bemüht, heute Nacht war er noch wesentlich frecher.

»Leg's mit der Hand ein wenig zurecht.«

Sieht immer noch beschissen aus, was soll's.

»Hol mal bitte die Zeugin aus der Kantine, am besten, ihr geht in die Fotostelle, ich hol euch dann.« Ulla geht los.

Die sechs kriegen Nummerntafeln und stellen sich auf.

Foto. Fertig.

In der Fotostelle sitzt die Zeugin auf dem Schreibtisch, wirkt sehr aufgeregt. Sie raucht, zieht tief ein.

»Kommen Sie, bitte.« Mann, ist die nervös.

»Sie brauchen keine Angst zu haben, die Leute stehen hinter einer Spiegelscheibe und können Sie nicht sehen. Sie haben also keinen direkten Kontakt.«

Sie nickt stumm. Ulla macht das Licht aus.

Sie bleibt zwei Meter vor der Tür zum anderen Raum stehen, senkt den Kopf und sieht von unten auf das helle Viereck. Ihre Hände zittern deutlich, die Asche von ihrer Kippe fällt ab. Ganz kleine Schritte, Ulla hat die Hand auf der Schulter, schiebt sacht. Sie sieht durch die Scheibe, atmet dreimal sehr tief, schüttelt den Kopf. Sie schaut noch mal von rechts nach links.

»Nein, von denen isses keiner, ne.«

Hab ich mir gleich gedacht.

»Sind Sie sich ganz sicher? Lassen Sie sich Zeit.«

Noch mal von links nach rechts. Kopfschütteln. Ziemlich sicher.

Ulla sieht rüber, macht 'ne enttäuschte Fratze, führt die Zeugin raus.

»Einen Durchgang müssen wir noch, kommen Sie noch mal mit.«

Tür auf.

»So, noch mal dasselbe, bitte. Nehmt euch 'ne andere Nummer und stellt euch anders auf.« Der Typ hat ein großes Fragezeichen im Gesicht.

»Wieso noch mal dasselbe, was ist denn nun Sache, äih?«

»Na ja, wenn du morgen noch 'nen Bausparvertrag abschließen willst, würde ich den schon auf fünfundzwanzig Jahre anlegen.«

»Das kann doch überhaupt nicht sein«, er schnappt nach Luft und kreischt, »nur weil ich da rumgelaufen bin...«

»Reg dich ab, Junge, war nur ein Scherz. Sieht so aus, als ob du heute noch mal nach Hause darfst.«

Er legt den Kopf schief, sieht aus zusammengekniffenen Augen rüber.

»Starker Scherz, Bwana, echt starker Scherz. Aber mit so kleinen Arschlöchern könnt ihr's ja machen.«

Der Rest lacht. Schmidt kennt ihn von früher.

»Ach, der Herr Deppe, plötzlich ganz Mimose. Sonst bist du doch auch nicht so zimperlich.«

Deppe guckt gelangweilt rüber, schweigt, nimmt die Fünf und stellt sich auf.

9 Uhr

»Kommt rein in die gute Stube Ist ja richtig was los hier Hat es dich auch erwischt Scherzkeks Immer dieselben Kirchenberg Worum geht's eigentlich Konstantin das Tageblatt Seid mal nicht so laut man versteht ja Hat einer Feuer Das reißt ja gar nicht ab hier Stroter alte Säge du auch siebenundzwanzig Jahre Was ist denn passiert Neuen Schläger gekauft Gib mal eine rüber Nicht mal gefrühstückt So ist es Herr Staatsanwalt Telefon Ich dachte die brauchen nur fähige Koll KK nimm mal ab Erst mal 'n Kaffee Presse Obduktion elf Uhr Kantine

Schöner Arsch Spiel gestern Abend gesehen genug Autos mehrere Einstiche Gewerkschafts xualdelikt seh ich nicht ei Schmidt auch drei Chanc Brötch Strafra Gerichtsmedi Ball Beförderu Telefo Ferns Besprech Tatver Blonde Mäh.«

10 Uhr 50

Im Fahrstuhl riecht es immer noch nach Knoblauch. Der Aktenbote steigt im Dritten ein, grüßt kaum, brummt was Unverständliches. Das ist vielleicht ein sturer Bock, der säuft bestimmt. Immer 'ne rote Birne, geschwollene Finger und die Zähne…

Das Aluschild am Schlüssel hat eine scharfe Kante. Welcher Wagen ist das eigentlich? Der 3210. Das ist doch der braune alte Astra. Voll reingepackt, den könnten sie auch mal langsam aussondern.

Lieber nicht durch die City um diese Zeit. Schnake und der Staatsanwalt sind bestimmt schon da, aber so schnell fangen die auch nicht an. Bei jeder Obduktion fallen mir diese Gedichte von Benn ein, *Morgue*. Wollte immer schon mal nachsehen, wie man das ausspricht.

Am Funk jagt die Leitstelle die Streifenwagen von einem Unfall zum andern. Komisch, bei diesem Wetter.

Die Mannschaft ist okay, hätte schlimmer sein können. Mehr als sechs Teams kriegen wir aber erst mal nicht hin. Gut, dass Glowatzki und Stroter dabei sind, nur Schmidt wäre über gewesen. Hoffentlich lässt der seine blöden Anspielungen wegen gestern Abend. Dass ausgerechnet der da vorbeikommen musste.

Zwei Duchläufer sind zwar nicht ideal, aber müssen wir halt mit leben. Machen auf den ersten Blick aber einen ganz fitten Eindruck, mal sehen. Wie heißen die? Anne und Heike, glaub ich. Zwei Mädels als Durchläufer hatten wir auch lange nicht, die eine ist ziemlich hübsch, ordentliche Brüste. Ich glaub, die kommt von S. So was im Uniformhemd, da krachen alle Knöpfe. Die beiden brauchen aber einen vernünftigen Spannmann. Ulla macht das schon.

Das schwere Tor zum Friedhof ist auf, die Wagen der Gerichtsmediziner stehen schon vor der Leichenhalle. Eine Elster sitzt auf dem Bogen über der Eingangstür, kackt und fliegt weg. Müller vom ED kommt wie ein Besessener durch die Einfahrt gefahren, bremst mit quietschenden Reifen. Ist ja nicht sein Auto.

Er steigt aus, mit ihm ein junger Kommissar.

»Kollege Binz, soll mal in meine Fußstapfen treten«, er lacht dreckig. »Ist neu bei uns, hat noch nie 'ne Obduktion gesehen, da bot sich diese hier an.« Binz grüßt artig.

»Hoffentlich habe ich genug Filme dabei, habe schon ganz schön was verbraten.«

»Lassen wir halt welche kommen.« Soll er vorher dran denken.

Drinnen legt sich sofort feuchte Kühle aufs Gesicht. Obduzent und Staatsanwalt unterhalten sich über Autos.

»Herr Kirchenberg, lange nicht gesehen«, Schnake kommt um den Tisch, streckt die Hand aus.

»Prof. Schnake, ich hatte Sie eigentlich schon heute Morgen erwartet.«

»Ja, tut mir Leid, aber wir mussten auf dem Weg hierher noch kurz eine Sache von gestern nacharbeiten, da hatte es einen Bierkutscher erwischt. Vom eigenen Lieferwagen überrollt.«

»Sei gegrüßt, Konstantin.« Roland, der Leichenknecht hat schon die Gummischürze um, zieht sich quietschend die Gummihandschuhe über, reicht den Unterarm.

»Werden ja schließlich nicht nur bei euch Leute umgehauen«, er lacht breit und nimmt vorsichtig mit Daumen und Zeigefinger seine Kippe vom Beckenrand.

Der Staatsanwalt grüßt müde rüber, gähnt. Wieso gähnt der eigentlich?

»Gähn hier nicht rum, du warst doch erst um sieben am Tatort, gepennt bis in die Puppen.«

Er winkt ab, lacht. Der Assistenzarzt sagt kein Wort. Ganz schön schwarz ist der, wahrscheinlich ’n Ghanaer. Schnake hat auch ewig andere. Nur Roland, der ist schon tausend Jahre dabei. Dafür, dass der jeden Tag Leichen in Würfel schneiden muss, ist der eigentlich ganz normal geblieben. Und saufen kann er wie ein Kesselflicker. Roland ist okay.

Das Opfer liegt ausgestreckt auf dem Metalltisch. Kalter Stahl. Deutlich sieht man die Druckstellen am Hals, die kleinen Einstiche in der Brust, das Blut an den Schenkeln.

Der Junge bemüht sich zu helfen, steht aber ziemlich im Wege rum. Schnake und der Staatsanwalt reden über Autos, Airbag, Seitenaufprall, Fahrgestell.

Muskulöse Beine hat sie und gute Brüste. Ein Stich hat den linken Warzenhof exakt geteilt, war wohl Mathematiker. Roland schneidet ihr noch die Nägel, fertig. Schnake nimmt das Memocord, setzt noch mal ab.

»Jedenfalls so im Lack war der noch prima, auch von der Kompaktheit her hätte der noch'n paar Jahre gemacht.«

Der Staatsanwalt nickt. Neuer Anlauf.

»Eins Punkt. Leiche einer nach vorliegenden Papieren siebenundzwanzigjährigen Frau. Guter Ernährungszustand, Körpergröße 172 cm.

Zwei Punkt. Die Leiche ist lediglich mit einem blauen T-Shirt bekleidet.

Drei Punkt. Die Zeichen des Todes sind ausgeprägt. Die Leiche ist ausgekühlt, am Bauch befinden sich blau-livide, auf kräftigen Fingerdruck noch gut abblassbare Totenflecke mit Aussparungen an den Auflagestellen. Eine Handbreit über der rechten Brustwarze findet sich eine senkrecht stehende Hauteintrocknung von 3,5 cm Länge. Direkt darunter ein Einstich einer vermutlich einseitig geschliffenen Klinge, die Wundränder sind glatt, Länge 3 cm. Weiterhin…«

Der Staatsanwalt gähnt noch mal, sieht rüber und lacht müde. Muss ja 'ne harte Nacht gewesen sein. Der hat, glaub ich, 'ne kleine Tochter. Das sind halt so die Freuden mit den Blagen. Jedenfalls ist der immer da, die haben auch ganz faule Säcke in den anderen Abteilungen. Schon der Leiter ist 'ne Nase. Die Herren des Ermittlungsverfahrens. Vergiss es.

Roland legt die Bestecke zurecht. Die Sonne fällt durchs Oberlicht, wird von der Säge reflektiert und blendet.

»Dreizehn Punkt. Die Haut des Gesichts ist leicht gedunsen und zart bläulich verfärbt. Das trifft auch auf die Stirnhaut zu. Dort, an den Augenlidern (oben und unten) sowie in den seitlichen Gesichtsbezirken, auch in der Haut hinter den Ohrmuschelansätzen massenhaft Punktblutungen.

Vierzehn Punkt. Die Augenfarbe ist gelblich grau, Augen schlitzförmig geöffnet. Im Bereich der Augenbindehäute deutlich Gefäßzeichnung und massenhaft Punktblutungen. Wenig Rötung des Augenweiß.

Fünfzehn Punkt. Festes Nasengerüst.«

Er setzt ab. Zum Staatsanwalt:

»Da geht jedenfalls nichts über Daimler. Als ich letztes Jahr auf den Lkw aufgefahren bin, wäre ich aus einem anderen Auto wahrscheinlich gar nicht lebend rausgekommen. Aber der Daimler ist eben noch richtig stabil.«

Der junge Vater nickt. »Muss man sich aber auch leisten können.«

Schnake nickt selbstgefällig, brabbelt weiter.

Roland bietet eine Zigarette an. »Wie sieht's aus bei euch, was macht Helmut?«

»In letzter Zeit war's eigentlich ganz ruhig. Helmut geht's ganz gut so weit.«

»Wie lange hat der eigentlich noch?«

»Bis nächstes Jahr Dezember.«

»Ist ja doch noch 'n bisschen.«

»Und was macht deine Pumpe? Du warst krank, ne?«

»Nur ein vorübergehendes Tief, muss man nicht überbewerten.«

Er nimmt einen Zug, inhaliert tief, seine Augen sehen müde aus, er lacht breit.

»Siebzehn Punkt. Der Mund ist schlitzförmig geöffnet, die Lippenschleimhaut ist blassbläulich. Die Schleimhaut des Mundes ist intensiv blau-violett gefärbt. In der Umschlagfalte der Mundschleimhaut finden sich zahlreiche Punktblutungen.«

Müller quatscht den Staatsanwalt voll, erzählt ihm Polenwitze.

»Anner polnischen Grenze haben sie letztens 'nen Lkw mit Schuhspenden zurückgewiesen. Warn Arbeitsschuhe drin.« Er lacht krächzend, der Staatsanwalt sieht aus, als hätte ihn jemand am Genick gepackt.

Ob Ayse wohl noch länger bei Sener wohnen bleibt? Vielleicht kommt sie mal auf'n Bier mit. Wenn die studiert, hat die's bestimmt nicht so mit dem Islam. Sener sieht das ja auch ganz locker. Was die für Haare hat. Dieser tiefe Ansatz, dieses Fließ in den Schläfen und diese Seide auf den Armen. Das haben die Türkinnen oft. Schade, dass die so selten in die Sauna gehen. Im Tropic Paradies sind die die absolute Rarität. Na ja, irgendwann diese Woche klappt's bestimmt mit Sener.

»...rötliche Hautverfärbung von ca. Linsengröße 2,5 cm davon im oberen rechten Quadranten der weiblichen Brust gelegen eine nach unten rechts konvex bogenförmige Hauteintrocknung...«

Müller ist still. Roland raucht noch eine, der Staatsanwalt macht ein Oberlicht auf.

Mit Laufen ist bestimmt auch nichts die nächsten Tage, wäre aber mal wieder nötig.

Schnake gibt den beiden einen Wink, und Roland und der Assistent gehen an den Kopf des Tisches. Der Ghanaer macht den Schläfenschnitt und zieht dem Opfer die Kopfhaut bis zum Kinn runter. Wie meine Helmut-Kohl-Maske an Karneval. Verdammtes Magendrücken.

»25 Punkt. Die Kopfschwarte ist leicht abziehbar. Im Scheitelbereich zahlreiche Punktblutungen. Nach Abpräparieren des linken Schläfenmuskels finden sich unter der Knochenhaut des Schädeldachs ebenfalls zahlreiche Punktblutungen.«

Beim Sägen fallen einige Knochenspäne sacht zu Boden, Roland schnauft vor Anstrengung, die Kippe in seinem Mundwinkel zittert, die Asche fällt runter.

»26 Punkt. Das knöcherne Schädeldach misst an der Sägeschnittfläche beiderseits vorne und hinten etwa 0,8 cm.«

Der Schwarze nimmt das graue Gehirn und schneidet es wie ein gelernter Koch in Scheiben.

»27 Punkt. Blutungen in der harten Hirnhaut nicht vorhanden. Das Gewebe ist blutreich. In den Blutleitern des Gehirns flüssiges Leichenblut.«

Binz hat seine Rührigkeit aufgegeben und steht stumm in der Ecke. Arme Sau. Wann war eigentlich meine erste Obduktion?

Der Ghanaer sieht zu Binz und lacht mit warmherzigem Blick, nimmt das Skalpell und setzt den Bauchschnitt an.

»30 Punkt. Brust und Bauchspeck bis zu 1 cm stark. Der Wurmfortsatz ist reizlos. Nach Einschneiden in das Gewebe der Zwischenrippenräume finden sich Lungen beiderseits anliegend, sie sinken deutlich zurück. Oberhalb des linken Bauchmuskelansatzes eine teilweise glatte Durchtrennung des Muskelgewebes. Im Herzbeutel ca. 20 ml einer bernsteinfarbenen, klaren Flüssigkeit.«

Roland winkt Binz zu sich.

»Kannst du mal kurz mit anfassen?«

Binz bekommt ein Reagenzglas in die Hand, Roland

nimmt mit der Suppenkelle das Zeug aus dem Herzbeutel und gießt es ins Reagenzglas. Ein Teil der Suppe läuft dem Neuen über die Finger. Roland nimmt ihm das Glas ab, Binz geht raus. Hinterher. Er steht draußen an der Ecke und kotzt.

»Tut mit Leid. Ich hätt's verhindern sollen. Die machen immer dieselben Scherze mit den Neuen.«

Er putzt sich den Mund ab. Scharfer Blick. Kein Wort. Er geht wieder rein.

Das musste nicht sein. Ich bin ein echter Idiot.

Das Wetter ist wunderschön. Kurz die Sonne genießen. Unglaublich viele Elstern gibt es hier. Wunderbare Ruhe.

Drinnen schneiden Georges schwarze Hände die Haut bis zur Kinnspitze auf, holen die Zunge von unten heraus.

»35 Punkt. Bei Präparation des Kehlkopfes ergibt sich ein Abbruch des linken oberen Kehlkopffortsatzes, 0,6 cm unterhalb der Spitze. Dieser Abbruch zeigt eine massive Einblutung in die umgebenden Weichteile.«

Schnake setzt das Memocord ab.

»Das Würgen hat vorher stattgefunden, todesursächlich waren aber die Stiche. Die linke Herzkammer ist direkt getroffen.«

»Haben wir uns auch schon gedacht. Sonst hätte die vermutlich weniger geblutet.« Schnake nickt.

»Vermutlich.« Er setzt das Memocord an, brabbelt weiter.

»Wollen wir draußen eine rauchen?«

Binz sieht ernst rüber, nickt. Er geht vor. Der Flur ist dunkel und kühl. Draußen schlurft eine alte Frau gebückt mit Gießkanne über den Platz.

»Ich rauche gar nicht.« Sein Blick ist fest und selbstbewusst.

»Okay. Ich wollte mich sowieso nur entschuldigen. Die machen diese Scherze schon seit Jahrzehnten. Ich hätte trotzdem was sagen müssen. Tut mir Leid. Ist wohl die Gewohnheit.«

Er nickt kurz, nimmt zögernd die Hand.

»Wo warst du vorher?«

»Sieben Jahre in Köln, SB Mitte.«

»Na ja, dann weißt du ja, wo die Glocken hängen. Wolltest du zum ED?«

»Ja, fand ich immer schon interessant, und da sie bei euch einen suchten, passte das ganz gut.«

»Dann wird das wohl nicht deine letzte Obduktion bleiben?«

»Wahrscheinlich nicht.«

Drinnen sind sie fertig. Roland packt das Kleingeschnittene und die Gummihandschuhe in die Bauchhöhle und näht mit der großen Schusternadel alles zu. Müller verabschiedet sich. Binz nickt kurz.

»Wollt ihr noch 'nen Kaffe bei uns trinken?«

»Vielen Dank, Herr Kirchenberg, aber in der lieben Heimat haben sie heute Morgen ein Mädchen aus dem Wasser gezogen. Wir sehen uns ja in zwei Wochen auf unserer Grillfete.«

»Ach, ja.«

»Kommen alle von euch?«

»Weiß ich nicht, aber ich denke schon, dass die meisten kommen. War doch immer so.«

Schnake lacht. Sie packen ihre Sachen, gehen nach draußen. Roland verstaut die Sachen im Kofferraum des Omega Kombi, die drei steigen ein, rauschen ab.

Verdammt viele Elstern haben die hier.

13 Uhr 15

Die Sonne ist durchgekommen, im Wagen ist es sehr warm.

Hab eigentlich noch gar nichts gegessen heute. Homann, da gibt's mit Abstand die besten Mettbrötchen.

Brauner liegt auf'm Weg, aber die Mettbrötchen von denen kann man total vergessen. Möchte nicht wissen, was die da alles durchmöllern. Die von Gründer sind auch nicht schlecht, aber bei denen ist etwas zu viel Pfeffer im Mett. Außerdem darf der Fettanteil im Fleisch nicht zu gering sein, was bei denen schon mal der Fall ist. Darunter leidet die Konsistenz des Metts erheblich, wird richtig 'n bisschen seifig, manchmal.

Das haben die bei Homann wirklich raus, und die kneten das Mett beim Würzen noch ausreichend mit der Hand, sehr wichtig. Das hat damals schon immer unser Schlachter Werkmeister gesagt, als wir noch zu Hause schlachteten. War zwar ein alter Sadist, aber das mit dem Mett hatte der raus. Der Arsch. Komm her, ich schneid dir die Ohren ab. Mann, habe ich jedes Mal Schiss gehabt.

Und dann haben die bei Homann eben die Brötchen aus dem Steinofen, innen schön fest, aber außen krachend. Nicht zu vergessen die nicht zu dick geschnittenen Zwiebeln, separat verpackt.

Kohldampf.

Hinter der Litfasssäule erscheint das Schaufenster von Homanns Fleischerei. Das große Schaufenster ist dunkel, mittwochnachmittags haben die zu.

14 Uhr 50

Die Ampel neben der Fußgängerzone schlägt auf Rot. Erstes Fahrzeug, sehr gut. In dem Fußgängerschwall kaum junge Frauen. Verstehe ich gar nicht, war doch grad Schulschluss.

Direkt rechts neben dem Wagen hält eine Radfahrerin, der Kopf ist nicht zu sehen. Die rote Bluse klafft auf, der Brustansatz wird sichtbar. Adrenalinstoß.

Eine Windbö hebt den leichten Rock kurz an. Was war denn das Dunkle? Das halt ich nicht aus.

Grün. Sie biegt rechts ab, Scheiße. Komm, lass mich rein. Hallo Partner – danke schön, Opa, noch nie gehört? Ja, Mann, hup nicht so blöd.

Sie schließt das Rad ab, geht in die Fußgängerzone. Verdammt, natürlich kein Parkplatz. Ich krieg schon kein Knöllchen. Kelle ins Fenster.

Die Fußgängerzone ist voll. Kein Durchkommen.

»Tschuldigung.«

Die ist weg. Das warn doch bloß 'n paar Sekunden. Wie viele blonde Kurzhaarige es gibt. War aber wahrscheinlich gefärbt. Vielleicht bei Karstadt rein.

Alles so voll. Am Mittag.

Weg, nix zu machen.

Paar Süßigkeiten kann ich mitnehmen. Manon-Pralinen, hab ich lange nicht mehr gegessen.

Eine Oma sucht in Seelenruhe quer duch alle Sorten. Nur eine Bedienung. Sieht alles ganz gut aus. Aber ich nehm die Manon, doch.

Die Oma zahlt.

Am Zeitungsregal ist es leer. An der Kasse stehen 250 Pfund mit Fleischerhundgesicht und Hornbrille. Die Sexmagazine liegen am anderen Ende des Regals, zum Glück. Nichts Vernünftiges da. *Playboy, Penthouse, Hustler*. Amerikanische Einheits-Barbies. Silikon-Titten, nahtlos braun, haarlos. Plastik. Vergiss es.

Na ja, kurz mal die *Playmate* ansehen.

Der Fleischerhund rührt sich nicht.

Die ist echt weg.

Im Eingangsbereich verkauft einer Messer. Das Mikrofon um den Hals gehängt. Redet wie'n Wasserfall.

»...ob Brot, Obst, Gemüse, Braten, Filet, ob gar oder roh, dieses Modell gleitet da durch, als hätten Sie Zauberkräfte, meine Damen. Und ich will hier ja kein Anstifter sein, aber wenn der Gatte auch nach der hundertsten Aufforderung seine alten Socken nicht wegräumen will, können Sie ihn damit sicherlich ebenso leicht wie gekonnt überzeugen, und ordentlich zerlegt, dass er in die Kühltruhe passt, kriegen Sie ihn auch noch. Beispiele dafür kann ich Ihnen allerdings nicht nennen.«

Gelächter.

In der Fußgängerzone ist Schülerinvasion. Diese Körper.

Hinterm Scheibenwischer, direkt über der Kelle, steckt ein Knöllchen.

15 Uhr 10

Auf dem Flur sitzen vor zwei Türen Männer. Stumpfe Gesichter. Einer hat ein Pflaster überm rechten Auge, pult an seinen Fingernägeln.

Ulla sitzt hinterm Schreibtisch, den Stuhl zum Fenster gedreht, die Beine auf der Fensterbank. Der Rock ist bis zur Mitte der Oberschenkel hochgerutscht. Stramme Schenkel, alles was recht ist. Aber schlanke Fesseln, das macht die Beine doch optisch schlank. Nur diese rote Strumpfhose...

»Ist das 'n Verführungsversuch?«

»Ach, Konnimäuschen, einen wie dich, den verführt man nicht, den greift man sich.«

»Das klingt so nach Schwitzkasten.«

»'n bisschen schwitzen könnte schon dabei sein.« Sie lacht zärtlich und müde. »Atze hat angerufen. Er ist fast fertig, kommt bestimmt bald rein.«

»Kann er morgen gleich mit den Spuren und Folien zum LKA fahren.«

»Hab ich schon angeleiert. Dr. Kürfel erwartet ihn morgen früh. Die haben zurzeit sogar ein bisschen Luft, sagt er.«

Müller vom ED kommt rein, legt eine Serie Polaroidfotos auf den Schreibtisch. Er sieht zu Ulla, schmunzelt.

»Nichts gegen deine Beine, Ulla, aber Gurken gehören ins Glas.«

Sie nimmt eine Hand voll Büroklammern und schleudert sie gegen die Tür. Müller ist schon wieder draußen.

»Lass dir nichts einreden. Starke Beine. Nur die Strumpfhose.«

»Rot bringt es. In jeder Form.«

Sie schließt die Augen, legt den Kopf zur Seite. Will aber auch 'nen Kaffee. Etwas Ruhe tut gut. Vor sechs sind die Teams bestimmt nicht wieder drin, setzen wir uns um halb zusammen.

»Hast du schon was wegen der Besprechung geplant?«

Sie nickt mit verschlossenen Augen.

»So um acht, dacht ich. Vorher lohnt nicht. Die sind ja alle erst mittags rausgefahren. Bevor ich's vergesse: Der Alte war schon zweimal da und hat sich erkundigt. Du sollst mal kurz bei ihm reinschauen, wenn du Zeit hast.«

Nachher.

»War was Besonderes bei der Obduktion?« Sie setzt sich wieder normal hin und ordnet Blätter.

»Todesursächlich warn die Stiche, einer direkt ins Herz. Das Würgen hat vermutlich vorher stattgefunden. Vielleicht hat er erst gestochen, als sie auf'm Bett lag. Außerdem hat er mit dem Messer in der Scheide gespielt. Da warn einige Schnitte.«

»Sperma?«

»Drinnen nicht, wahrscheinlich also kein GV. Aber auf'm Hintern. Schnake meint, sähe ganz so aus.«

»Na ja, wenigstens etwas.«

Telefon. Die Zeitung. Ulla nimmt ab, verweist auf die Presseerklärung. Nein, noch nichts Neues. Auch kein Verdächtiger, nein.

Atze kommt schwer bepackt rein, hinter ihm Beckmann vom ED. Sie stellen die Sachen ab, verschwinden wieder. Ulla holt zwei Tassen, gießt Kaffee ein. Sehr lieb, unsere Ulla.

Die beiden kommen wieder, bringen den Rest. Atze lässt

sich auf den Stuhl fallen, nimmt den Kaffee, wirft Ulla eine Kusshand zu.

»Boh, bin ich kaputt.«

Er nimmt eine Zigarette.

»Irgendwas Dickes?«

Er zuckt mit den Schultern.

»Der Schuh ist vom Täter, ganz klar. Tatwaffe Fehlanzeige. Könnten höchstens morgen noch mal mit einer Hundertschaft bis zum Fluss runter nachsehen. Fingerspuren reichlich, wahrscheinlich aber die meisten vom Opfer oder so. Fasern müssen wir mal abwarten.«

Beckmann setzt den Kaffee ab.

»Wir müssen bestimmt reichlich Vergleichsfinger nehmen. Vielleicht haben wir Glück. Ein Abdruck oben am Bettrahmen sieht nicht schlecht aus.«

Der Schuh ist vom Täter, hm.

»Dann muss der ja mit einem Schuh abgehauen sein, das fällt doch auf. Einer mit einem Schuh und einem Socken, den muss man doch sehen.«

»Am besten ist, wir drucken morgen Handzettel für den Bereich da.« Beckmann schlürft seinen Kaffee, raucht.

»War natürlich schon Mitternacht. Und wenn der da inner Nähe wohnt, ist es auch Scheiße. Was ist mit der Zeugin?«

»Mit der machen wir morgen ein Phantombild, gibt ’ne ganz gute Beschreibung. Hat ihn aber noch nie vorher gesehen. Libi-Vorlage war auch negativ.«

Ulla hat noch ’n paar Fragen.

»Acht Uhr Besprechung. Ich geh grad zum Alten.«

Die Augen brennen. Der mit dem Pflaster sitzt immer noch vor der Tür. Im Aufzug staucht Meyer von den Einbrechern einen jungen Türken zusammen.

»Wenn ich dein Vater wäre, mein Freund. Einen richtigen Arsch voll, das sag ich dir. Hat noch keinem geschadet, mir früher auch nicht. Solltest dir man lieber Arbeit suchen.«

Der Türke sagt nichts.

Im Zweiten steigen sie aus.

Frau Krieger im Vorzimmer gießt Blumen. Messingkanne. Sie lächelt.

»Hallo Konni, er erwartet dich schon.«

Anklopfen.

»Ah, Herr Kirchenberg…«

22 Uhr 20

Glowatzki und die Junge verabschieden sich.

»Wenn nichts mehr ist, bis morgen.«

»Bis morgen.«

Atze stochert mit der Plastikgabel in seinem Rest Gyros, stellt den Styroporteller auf den Schreibtisch. Ulla meckert, Fettflecke auf den Akten. Atze bietet eine an, beide rauchen.

Das Bier treibt.

Der Flur ist dunkel und still. Hat schon was Unheimliches, so eine leere Behörde. Die Augen brennen.

Auf der Toilette ist das Licht kaputt, trotzdem ist es hell genug. Der Himmel setzt sich dunkelblau vom schwarzen Horizont ab, einige Sterne sind zu sehen.

Viel hat die Besprechung ja nicht gebracht. War aber auch nicht zu erwarten, so am ersten Tag. Wenn es 'n Fremder ist, kann das 'ne lange Kiste werden. Der Schuh ist erst mal ganz interessant. Die Befragungen der Nachbarn muss ich mir gleich noch mal in Ruhe durchlesen.

Die Sachspuren sind bei Atze ganz gut aufgehoben. Manchmal isser ja ein echter Tintenpisser, aber das ist hierbei gar nicht so schlecht. Dem geht jedenfalls nichts durch.

Gestern Abend um diese Zeit hat sie noch gelebt. Hatte ja 'ne Figur wie aus dem Katalog. Na ja, hat ja auch viel Sport gemacht, sagt die Freundin. Ist aber irgendwie unerotisch, dieses Perfekte. Weiß ich auch nicht. So einheitsmäßig. Seelenlos. Kann ich nicht drauf.

Wie der sich wohl hinterher gefühlt hat, abgespritzt hat er ja. Unsereins könnte ja schon manchmal hinterher aus dem Bett flüchten. Aber nach so einer Sache. Ob der das rafft, was da gelaufen ist, wenn die Geilheit weg ist? Wie dieser eine Typ letztes Jahr, der immer hinter Schlafzimmerfenstern gewichst hat und, wenn er fertig war, kotzen musste. Aber einen aufzuschlitzen ist schon 'n anderes Kaliber. Das sind echt so Steuerungen, wo die wohl ihren Ursprung haben. Die einen schlagen den anderen immer nur im Geist in die Fresse, die anderen drücken ihnen die Knispel zu. Ob da wohl 'n großer Abstand dazwischen ist? Sollte man vielleicht irgendwie kanalisieren. Jeder darf einmal im Jahr einen killen. Aber wen nimmt man da? Vielleicht 'n paar Politiker oder Bankdirektoren oder so.

Ach vergiss es. Ich bin müde.

Ulla hat die Tür offen. WDR II spielt irgendwas Italienisches, was sonst. Es riecht wie beim Griechen.

»Hat die Schreibkraft die Anträge fürs LKA schon geschrieben?«

Sie zeigt auf einen Stapel.

»Nur die Vernehmung von der Gudrun Wierwich, der Mitbewohnerin, die ist noch auf Band.«

Sie reicht einen Stapel Papier rüber. Die Berichte von den eingesetzten Kräften von S.

> Heute, gegen 00.40 Uhr, erhielt der 11/32 (Nahaus/Röper) von der Einsatzleitstelle einen Einsatz zur Schillerstr. 8, dort sei eine weibliche Person tot aufgefunden worden. Der Einsatzort wurde umgehend aufgesucht.
>
> In der Parterrewohnung links wurde der Notarzt Moritz 84/14 (Frau Dr. Schwarz) angetroffen. Außerdem befand sich dort die weiterhin wohnende Studentin
>
> Gudrun Wierwich, geb. 23.11.78 in Saarbrücken,
> wh. wie TO.
>
> In dem Raum, der hinten links vom Flur abgeht, lag auf einem Bett die teilweise bekleidete Leiche der
>
> Kerstin Baum, geb. 24.05.75 in Berlin,
> wh. wie oben.
>
> An der Leiche waren deutliche Zeichen von Gewalteinwirkung zu erkennen. Der Raum wurde von uns nicht betreten.
>
> Bei unserem Eintreffen befanden sich die Ärztin und ein Sanitäter noch an der Leiche. Der Tod war jedoch schon festgestellt.
>
> Nach Aussage der Mitbewohnerin Wierwich hatte sie beim Nachhausekommen gegen 00.25 Uhr

einen Mann in der Wohnung angetroffen, der aus dem Zimmer des Opfers kam und, vermutlich aus Angst vor dem Hund der Zeugin, wieder im Zimmer des Opfers verschwand und hier mit großer Wahrscheinlichkeit durch die geöffnete Terrassentür floh.
Die Zeugin Wierwich machte einen sichtlich angegriffenen Eindruck, konnte dennoch eine Täterbeschreibung abgeben.
Demnach handelt es sich beim Verdächtigen um eine männliche Person, ca. 20–25 Jahre alt, ca. 185 cm groß, braune, kurze Haare, Schnurrbart, dunkle Oberbekleidung, vermutlich Jeanshose.
Über die Einsatzleitstelle wurde umgehend eine Nahbereichsfahndung ausgelöst. Die Kriminalwache und der Dienstgruppenleiter wurden benachrichtigt. Die Benachrichtigung der Mordkommission wurde noch nicht veranlasst.
Gegen 01.05 Uhr erschien ein Fahrzeug der K-Wache (Schmidbauer/Rösner) am Tatort. Nach Übergabe verstärkten Unterzeichner und POM Rösner die Fahndungskräfte.

Das ging ja alles ganz fix. Wo der wohl abgeblieben ist? Vielleicht wohnt er ja doch hier. Oder er hat sich versteckt und ist erst morgens abgehauen, Gärten gibt's da ja genug. Und hinten, nach der Biegung – klar.

»Du, hinten, nach der Flussbiegung, ist da nicht ein Kleingartengelände?«

Ulla nickt.

»Das ist aber übern Fluss, und da gibt es weit und breit keine Brücke.«

»Jetzt im Sommer kann man da doch durchwaten, die Pfütze. Außerdem hat es geregnet. Nass war der sowieso.«

Sie zuckt mit den Schultern.

»Aber ich glaube, die haben das mit abgegrast, steht in irgendeinem von den Vermerken da.« Pause. »Machst du noch lange? Ich glaub, ich fahr gleich.« Sie reibt sich den Nacken.

»Ich les nur noch die Sachen hier, dann hau ich auch ab. Ach ja, den einen Antrag muss ich schnell noch diktieren.«

Die Digitalanzeige zeigt 23.02 Uhr.

DONNERSTAG

0 Uhr 10

Auf den Straßen sind fast nur noch Taxen unterwegs. Im Radio läuft *On the border* von Al Stewart. Das war'n super Konzert damals in Essen. Wie viele Jahre ist das eigentlich her?

Sener zieht die Vorhänge zu, sieht den Scheinwerfer, blinzelt durch die Scheiben, lacht.

Er schließt auf.

»Hallo, Herr Kommissar. Bisschen spät.«

»Sener, grüß dich.«

»Nix los heute Abend, schon seit 8 Uhr. Liegt bestimmt am Fußball.«

Ach ja, Fußball.

»Außerdem bin ich heute wirklich kaputt, weiß auch nicht. Bin eben ein alter Mann. Willst du noch ein Bier?«

»Ach, ne. Vielleicht schaff ich's die anderen Tage mal früher. Gut Nacht.«

Er lächelt, grüßt und schließt wieder ab.

Im Eckzimmer im ersten Stock brennt Licht.

6 Uhr 50

Beim Rasieren ist ein Pickel unterm Kinn im Weg. Auf der weißen Keramik kämpft sich der rote Tropfen mühsam Richtung Chromring, kriegt Unterstützung von einem zweiten, dritten. Winzige Spritzer ringsherum. Der vierte geht leicht daneben, erreicht die Bahn aber etwas unterhalb. Der fünfte ist aber wieder voll im Ziel und gibt den entscheidenden Schub zum Abfluss.

Ganz schön grau schon, da an der Seite.

Oben brodelt der Strahl vom alten Siele in die Schüssel. Ist aber früh dran heute. Wenn der mal stirbt, merkt man's wahrscheinlich daran, dass man ihn nicht mehr pissen hört. Säuft in letzter Zeit auch ganz schön, der Alte. Geht, glaub ich, immer in den Bären. Bei Sener hab ich den noch nie gesehen.

Auf dem Flur ist niemand. In den meisten Briefkästen sind noch Zeitungen. Gut. Nehmen wir heute mal die von Lieffen, die stehen sowieso nicht vor acht auf.

»Der Hund vertrieb den Mörder!« auf Seite eins des Lokalteils.

Da haben se ja wieder einen von gemacht. Was die alles wissen. Die Kerstin hat doch noch gesagt, sie hätte nicht mit der Presse gesprochen.

»Wie Kriminaloberkommissar Beckmann von der Mordkommission mitteilte…«

Der hat doch wohl'n Knall.

Das ist wirklich ein Wichtigtuer vor dem Herrn. Schon das zweite Mal, dass mir das mit dem passiert. Bei der MK Brosig hat der den Pressefritzen auch 'n Foto erlaubt.

Der kriegt was zu hörn, aber sagen kann man dem ja nichts, immer diese Ihr-tut-mir-unrecht-Tour.

Ich hasse das.

Die Johannisbeermarmelade ist wirklich gut.

7 Uhr 40

Ulla schaut beim Reinkommen von der Akte hoch, raucht. Sieht gestylt aus, perfekt geföhnt, satt geschminkt. Weiße Bluse, der Brustansatz ist zu sehen. Sie lächelt.

»Morgen. Na, ausgeschlafen?«

Schulterzucken, gequältes Lächeln.

»Atze ist schon um 07.00 Uhr losgefahren mit den Sachen zum LKA. Dein Antrag lag ja hier. Haste übrigens nicht unterschrieben. Ich habe drei Kreuze gemacht.«

»Du hast meine Einwilligung zu allem.«

»Mach keine riskanten Angebote, mein Lieber.«

Sie kneift ein Auge zu, hebt den Zeigefinger.

Erst mal 'n Kaffee. Der Chef kommt rein.

»Morgen, Konstantin.«

»Helmut.«

»Die Presse lässt mir seit gestern keine Ruhe. Ich hab mir gedacht, wir machen um 10.00 Uhr die Pressekonferenz, passt das?«

»Bis jetzt noch, oder ist was angesagt?«

Ulla schüttelt den Kopf.

»Die Hundertschaft von der Bereitschaftspolizei kommt um elf, aber das macht Stroter.«

Nicken.

»Prima, hatte sowieso schon alles bestellt. Übrigens, der Präsident nimmt auch dran teil.«

Er lacht und geht. Auch das noch.

Die neue Schreibkraft kommt rein, legt etwas ins Eingangskörbchen.

»Die Vernehmung.«

Sieht gut aus. Kurze, dunkle Haare, Brille, hübsches Lachen, leichter Damenbart, schöne Hände, aber lackierte Nägel.

Sie geht sofort wieder.

14.30 Uhr. Fortsetzung der um 08.00 Uhr unterbrochenen Vernehmung der Zeugin
Gudrun Wierwich,
weitere Pers. bekannt.
Die Zeugin wurde erneut belehrt und macht nach einem einleitenden Gespräch folgende Angaben:

Noch zur Person:

Ich studiere seit zwei Jahren an der hiesigen Universität Wirtschaftswissenschaften. Vorher habe ich zwei Semester in München studiert.
Kerstin habe ich vor etwa eineinhalb Jahren kennen gelernt. Wir besuchten gemeinsam ein Seminar und hatten bei einer Arbeit dasselbe Thema. Wir haben uns von Anfang an gut verstanden, und nachdem Kerstin vor etwa einem Jahr von ihrem Vermieter vor die Tür gesetzt wurde – wegen Eigenbedarfs, sagte der, aber eigentlich ist sie auf seine Annäherungsversuche nicht eingegangen –, haben wir uns zusam-

men eine Wohnung gesucht, weil ich mein Zimmer damals auch nicht so toll fand.
Die Wohnung in der Schillerstraße gefiel uns ganz gut, war nicht so teuer, im Grünen, zwar 'n bisschen weit draußen, aber das war nicht so schlimm.
Wir haben uns eigentlich immer gut verstanden, obwohl wir schon sehr verschieden waren. Kerstin war schon so ein kleiner Szenetyp. Sie machte unglaublich viel Sport, Squash und Bodybuilding und so und hatte auch entsprechende Freunde. Ich meine damit, dass der ein oder andere Schickimicki schon dabei war.
Die meisten kannte ich nur mit Namen. Nennen könnte ich
Uli Delkeskamp, der irgendwo in der Altstadt wohnt,
Rüdiger Schmid, ein Porschefahrer, der bei einer Marketingfirma im Industriegebiet arbeitet,
Michael, dessen Nachnamen ich nicht kenne. Eigentlich der Netteste von allen. Der studiert Sport an der hiesigen Hochschule.

Von den anderen kann ich mich nur noch an einen Marcel erinnern. Der fährt ein Cabrio mit Kölner Kennzeichen, glaube ich.
Das sind aber nur die, die ich kenne, ansonsten kamen hier auch schon mal andere Jungs vorbei, aber wenn das nur einmal war, habe ich an den Namen keine Erinnerung mehr.
Intime Beziehungen hatte Kerstin auf jeden Fall zu Uli Delkeskamp und zu Michael. Der mit dem Cabrio hat auch einige Male hier übernachtet. Sonst fällt

mir im Augenblick eigentlich keiner mehr ein. Sollte ich mich noch an etwas erinnern, werde ich das der Polizei natürlich mitteilen.

Ulla sieht rüber, lächelt verlegen, schreibt weiter.

Frauenbesuch hatte Kerstin kaum. Neben ihrer Schwester kamen manchmal nur noch
Ines Möller
und
Claudia Borwig
des Öfteren vorbei. Beide wohnen im Studentenwohnheim an der Uni und sind Kommilitoninnen. Wir haben auch schon mal zu viert gelernt oder etwas unternommen, ins Kino oder so, aber relativ selten. Vielleicht so zweimal im Monat.
Kerstin und ich haben viel miteinander gemacht, allerdings beschränkte sich das meistens hier auf unser Zusammenleben in der Wohnung und aufs Studium. Wenn wir beide nichts vorhatten, sind wir abends auch schon mal auf ein Bier rausgegangen. Aber wir hatten beide sehr unterschiedliche Freundeskreise. Von meinen Freunden könnte ich jetzt keinen nennen, der eine nähere Beziehung zu Kerstin hatte. Die Leute, die mich besucht haben – die Namen habe ich ja heute Morgen schon genannt –, denen war, soweit ich das beurteilen kann, Kerstin ziemlich egal. Sie fanden sie eigentlich alle zu gestylt. So ähnlich war das ja auch, aber wenn man sie näher kannte, entdeckte man mehr hinter der Fassade.

Unter der gestörten Beziehung zu ihren Eltern, speziell zu ihrem Vater, darunter hat sie sehr gelitten. Die haben sie, soweit ich mich erinnern kann, noch nie hier besucht. Sie haben sich vor ein paar Jahren mal wegen eines Freundes von Kerstin sehr gestritten, und sie ist dann ausgezogen. Der Typ war wohl so was wie ihre große Liebe, verkehrte aber stark im Zuhältermilieu, was Kerstin dann auch bald gemerkt hat. Sie hat die Sache dann beendet. Der Knacks in der Beziehung zu ihren Eltern blieb jedoch.
Wie gesagt, ihre beiden Schwestern, die kamen ab und zu mal vorbei. Die eine ist verheiratet und lebt in einem Dorf im Münsterland. Die jüngere macht 'ne kaufmännische Lehre im Betrieb der Eltern. Die ist noch nicht verheiratet, hat aber, glaube ich, einen Freund, aber den kenne ich nicht.
Mehr fällt mir im Augenblick dazu nicht ein.

Noch zur Sache:

Den gestrigen Abend habe ich ja heute Morgen schon ausführlich geschildert.
Ich habe mir soeben die Vernehmung noch einmal durchgelesen und kann alles so bestätigen.
Mehr kann ich im Augenblick auch dazu nicht sagen.
Mir ist lediglich noch eingefallen, dass der Täter so eine komische Kette mit einem sehr großen, silbernen Anhänger um den Hals hatte. So etwas hatte ich noch nicht gesehen. Das war so oval, an einer Kette. Mehr habe ich davon nicht gesehen, war ja auch nur ganz kurz.

Das ist alles, was ich dazu sagen kann. Für weitere Fragen stehe ich zur Verfügung.

Geschlossen:
Stroter, KHK

Das Telefon klingelt.

10 Uhr 12

Jetzt quatscht der Präsident schon seit acht Minuten. Keine Ahnung von der Sache, hat noch nicht mal 'nen Auszug aus der Akte gelesen, kein Gespräch geführt, keine Nachfrage, nichts, aber quatscht und quatscht und quatscht. Ob die Engländer das gewusst haben nach dem Krieg, was für 'nen überflüssigen Posten sie da geschaffen haben. Aber unserer ist auch ein besonderer Arsch. Machtgeil, selbstverliebt und mies. Das sind unsere politischen Führungskräfte: aufgeblasenes Getue, sülzen vor der Presse. Verkauf von Leere mit großer Geste, aber nicht in der Lage, einem bei 'ner Auseinandersetzung in die Augen zu sehen. Kein Wunder, dass die draußen Bomben werfen. Dieses lächerliche Demokratiegerede. Is doch alles nur rücksichtsloses Geschiebe einer Clique. Ob in Berlin, inner Wirtschaft oder im letzten Fußballverein.

Wird man wohl so, wenn man so was macht, oder ist Charakterlosigkeit Voraussetzung, um sich nach solchen Sachen zu drängen? Der hier jedenfalls findet es richtig toll, seinen kleinen Kommissariatsleitern mal zu zeigen, wer der König ist. Vielleicht schmeiß ich auch noch mal 'ne Bombe.

Tote Katze am Straßenrand, gebogener Leib, verfilztes Fell, sandig, Zunge aus geöffnetem Maul, offene Bauchdecke, grün glänzende Fliegen auf rotem Fleisch…

Die Reporter halten ihre Diktiergeräte in Richtung Podium, einige schreiben auch.

Der dicke Zwiesel von der Bildzeitung hat 'nen neuen Fotografen dabei, langer Bursche, sieht 'n bisschen aus wie Tom Cruise. Die Frauen alle im typischen Reporterinnendress. Vorn links sitzt 'ne Barbie-Puppe im grauen Kostüm. Schwarze Strümpfe, schwarze Pumps, blonde Mähne.

Langweilig. Macht bestimmt Bodybuilding.

Schade, dass Ayse gestern schon weg war. Kann mich gar nicht mehr richtig an das Gesicht erinnern. Aber die Haare. Langsam mit einem Finger den dunklen Flaum am Nacken aufrichten, dann mit der gespreizten Rechten diese schwarze Masse unterwandern, sacht nach vorn durchkämmen, mit dem Finger über die Nasenspitze und die Lippen in die Knopfleiste des T-Shirts gleiten, dann…

»Näheres dazu kann Ihnen jetzt der Leiter der Mordkommission, Kriminalhauptkommissar Kirchenberg, sagen. Herr Kirchenberg…«

»Äh, ja…«

12 Uhr 20

Ulla hat Kaffee gekocht, sehr stark. Der wird nicht mal nach 'nem halben Liter Milch heller. Die Bude ist verqualmt.

Müller kommt rein und legt den ersten Abzug vom Phantombild auf den Tisch.

»Das isser!«

Ulla nimmt das Bild, gibt es herüber. Sieht zum Glück nicht so furchtbar konstruiert aus wie sonst schon mal. Vielleicht ganz brauchbar.

»Was sagt sie denn, wie isses geworden?«

Müller hebt die Arme.

»Sie sagt, es käme ihm schon ziemlich nah. Übrigens, Ulla, warum sitzt 'ne Blondine den ganzen Tag auf der Heizung?«

»Müller, verschon mich.«

»Weil der Klempner sagt, die leckt.«

Das Telefon klingelt.

»Kirchenberg, Mordkommission.«

Der Anzeiger. Noch eine Nachfrage zur Pressekonferenz.

Müller schwirrt wieder ab.

»Mach erst mal fünfzig Abzüge. Wenn wir noch welche brauchen, können wir ja jederzeit was nachmachen«, ruft Ulla hinterher.

Im Radio singt irgend so ein Italiener zusammen mit Paul Young. WDR II, typisch. Jede dritte Scheibe, mindestens. Aber diese geht ja noch. Das Video war letztens bei MTV. Ulla macht lauter, summt mit.

Schmidt und Brokamp kommen rein. Schmidt nimmt eine von Ullas Zigaretten.

Telefon.

»Kirchenberg, Mordkommission.«

Müller fragt nach den Formaten.

»Nimm erst mal zwanzig größere, den Rest normal. Zum Vorzeigen passen die besser in die Tasche.«

Die Schreibkraft legt was ins Körbchen, geht wieder. Ulla reicht 'ne Zigarette.

Jetzt nicht.

Telefon.

»Kirchenberg, Mordkommission.«

Atze vom LKA. Zwei Anträge sind nicht unterschrieben.

»Atze, jetzt stell dich doch nicht so dämlich an. Dann unterschreib die doch eben.«

»Aber da steht doch schon dein Name in Schreibmaschine drunter.«

»Das ist doch jetzt nicht dein Ernst. Dann streich es durch, Mann. Oder willst du die hundert Kilometer noch mal zurückfahren?«

Der hat sie doch wohl nicht alle.

Manhattan.

Blick vom Empire State Building, Autos tief unten, ein Selbstmörder springt, langer Flug, zerschmettert auf dem Gehsteig, durch einen Spalt der aufgeplatzten Schädeldecke schimmert das Hirn wie Fruchtfleisch einer Wassermelone …

Telefon.

»Kirchenberg, Mordkommission.«

Das Vorzimmer des Präsidenten. Sie verbindet.

»Herr Kirchenberg, wir hatten ja heute schon auf der Pressekonferenz das Vergnügen … Ich nehme an, dass Ihre Ausführungen vor der Presse nicht alle Fakten enthalten haben, darf ich Sie daher um 14.00 Uhr zu mir bitten für einen kurzen Bericht?«

»Tut mir Leid, aber um 14.00 Uhr ist ein wichtiger Termin mit den Gerichtsmedizinern.«

Fragender Blick von Ulla.

»Wie lange wird das dauern?«

»Oh, das kann ich Ihnen nicht sagen, möglicherweise ein, zwei Stunden.«

»Ach Herr Kirchenberg, dann seien Sie doch so nett und kommen gleich für ein paar Minuten herunter. Es wird ja nicht lange dauern, ja.«

Er legt auf.

»Gib mal 'ne Zigarette. Ob der glaubt, dass man am zweiten Tag einer MK nichts anderes zu tun hat, als sich nach dem Zeitplan eines überflüssigen Präsidenten zu richten?«

»Was ist denn das für'n Termin mit den Obduzenten, weiß ich ja gar nichts von.«

Sie wirft erst die Zigarette, dann das Feuerzeug.

»Ich habe auch keinen Termin mit denen. Konstantin hat gelogen. Der soll mal merken, dass nicht alles nach seiner Mütze geht.«

»Und das hat er geschluckt?« Brokamp mampft seine Currywurst/Pommes.

»Ne, hat er nicht. Ich soll jetzt sofort kommen, tue ich aber nicht. Welche Nummer hat der Präses?«

Ulla blättert im Verzeichnis.

»Viermal die eins!« Sie lächelt genüsslich.

»Ist doch wohl 'n Witz, die Nummer.«

»Vorzimmer des Präsidenten, Schrader, guten Tag.«

»Kirchenberg, Mordkommission. Frau Schrader, der Präsident hat mich gebeten, ihm jetzt kurz zur Verfügung zu stehen. Mir ist urplötzlich eine nicht aufschiebbare Sache dazwischengekommen, ich muss dringend raus. Richten Sie ihm das bitte aus. Ich melde mich morgen wieder.«

»Ich werd's ihm ausrichten, Herr Kirchenberg.«

»Auf Wiedersehen.«

»Auf Wiederhören.«

»Vom Lügen kriegt man so 'ne Nase«, Ulla zeigt mit den Händen die Länge.

»Vielleicht verlängert sich ja bei dir was anderes. Solltest du vielleicht noch 'n bisschen öfter lügen, hä hä.« Schmidt aus dem Hintergrund.

Ach, Schmidt.

17 Uhr 30

Auf dem Weg zum Besprechungsraum kommt Grete aus dem Fahrstuhl, zieht ihren zweirädrigen kleinen Karren hinter sich her. Grauer Mantel, roter Hut, Aidsschleife.

»Mensch, Grete, auch mal wieder im Lande?«

»Ach Herr Kirchenberg, Sie sind wieder da.« Sie zieht die Brauen hoch, macht ein ängstlich wichtiges Gesicht.

»Schon wieder, Grete? Aber wir haben sie doch grade vor zwei Monaten abgelenkt.«

Sie zieht die Stirn in Falten, reißt die Augen groß auf.

»Ja, aber dieses Mal sind es andere. Sonst waren es grüne, diese jetzt sind mehr rötlich.«

Aus der Tasche an ihrem Karren holt sie einen alten Joghurtbecher mit Deckel.

»Ich habe wieder ein paar eingefangen, zur Analyse.« Die junge Durchläuferin sieht die Alte zweifelnd an.

»Weißt du was, Grete, du fährst jetzt wieder runter, gehst zu den Kollegen in Uniform und lässt dich zur Kriminalwache bringen. Die sind heute zuständig für rötliche Strahlen.«

»Und die haben auch das Gerät zum Ablenken?«

»Haben die auch.«

Sie nickt mit ernstem Gesicht, steckt den Becher ein und steigt in den Fahrstuhl. Die Durchläuferin bewegt die linke Hand vor der Stirn hin und her.

»Das war Grete. Einmal im Monat muss sie entstrahlt werden. Die Kunst dabei ist, nicht zuständig zu sein. Aber irgendwer findet sich eigentlich immer.« Sie lacht. Schöne Zähne.

Der Kreis um den großen Tisch im Besprechungsraum ist geschlossen. Verqualmte Luft. Ein lauter Lacher, Glowatzki. Ulla setzt sich mit ans Kopfende, ordert einen Aschenbecher. Sie raucht, bietet eine an. Muss morgen auch mal eine Schachtel kaufen, ewige Schnorrerei.

»Tja, seid gegrüßt. Es fehlt, glaub ich, nur ein Team, aber die haben 'ne längere Vernehmung im Krankenhaus. Außerdem wollte Altenkamp anschließend nach Hause, der hatte irgendwas Wichtiges vor, ne?« Ulla nickt.

»So viel Neues gibt es von mir aus nicht. Die Untersuchungen beim LKA sind erfahrungsgemäß erst in einigen Tagen so weit, vielleicht kann ich morgen bei Dr. Kürfel telefonisch vorab ein bisschen was erfahren.

Die Aussage der Zeugin Wierwich, der Mitbewohnerin, hat nichts gravierend Neues ergeben. Die ist ziemlich umfangreich, sollte sich jeder bei Gelegenheit mal durchlesen, vielleicht ergibt sich aus eurem Hintergrund 'n Ansatzpunkt. Vom Opfer wissen wir noch nicht viel mehr. Sportlicher Typ, kein auffallend großer Bekanntenkreis, für 'ne Studentin ziemlich normal. Nach Aussage der Wierwich auch kein besonders ausschweifendes Sexualleben. Die

Leute aus dem Umfeld sind z. T. schon überprüft, das wird morgen aber noch fortgesetzt. Ihr habt doch heute die Eltern vernommen, nicht?«

Glowatzki nickt.

»Sag ich gleich noch was dazu.«

»Gut. Ich habe mir den Tatortbefundbericht noch mal eingehend vorgenommen, danach ist die Schuhspur tatsächlich sehr vielversprechend, außerdem haben wir einige auswertbare Fingerspuren, die müssen natürlich noch abgeglichen werden.

Aufgrund der Presse sind auch schon ein paar Hinweise aus der Bevölkerung gekommen. So auf den ersten Blick ist keine hundertprozentige Spur dabei. Ein paar sind, glaub ich, auch schon abgeklärt. Hören wir gleich noch was dazu.«

Einige nicken.

»Tja, das war's von mir. Hat einer was ganz Besonderes?« Gegenseitiges Anschauen, Schulterzucken, zaghaftes Kopfschütteln.

»Komm, Ernst, vorn links fängt an.«

Stroter gibt Zeichen zu seiner Durchläuferin, die schüttelt die blonden Locken.

»Okay. Wir waren heute fast den ganzen Tag mit 'ner Hundertschaft Bereitschaftspolizei unterwegs. Die haben den gesamten Weg bis zum Flussufer abgesucht und dann noch von da aus jeweils einen Kilometer in beide Richtungen, aber absolut Fehlanzeige. Durch den Guss am Dienstagabend ist da nichts mehr zu holen. Im Kleingartengelände waren wir auch noch, aber da musst du ja echt vorsichtig sein, dass du nicht auf die Beete trittst, sonst kriegst du ruck, zuck 'ne Forke ins Kreuz. Da gibt es Leute, das glaubt man nicht.«

Gelächter.

»Jedenfalls war auch da nichts. Wir haben noch – soweit es ging – Befragungen durchgeführt, aber alles negativ. Die meisten von denen sind allerdings auch am Wochenende im Garten. Müssten wir dann vielleicht noch mal nachfragen. Sonst noch was?«

Er blickt zur Durchläuferin, die schüttelt den Kopf.

»Peter und Werner.«

Brokamp schlägt seine grüne Gewerkschaftsmappe auf und blättert.

»Heute Morgen haben wir erst mal die beiden Opas aus der Siedlung vernommen. Die wohnen Hölderlinweg, also zwei Straßen weiter, und wollen so gegen Mitternacht ein Motorengeräusch gehört haben, was von 'nem Moped stammen könnte, das mit heulendem Motor Richtung Hauptstraße wegfuhr. Beide können sich allerdings zeitlich nicht genau festlegen. Ist wahrscheinlich auch nicht so prickelnd, die Spur. Heut Nachmittag haben wir dann im Wohngebiet gegenüber noch mal Klinken geputzt und Handzettel und Phantombilder verteilt. Müssen wir morgen mal abwarten, was da kommt.«

»Irgendwas kommt morgen bestimmt, wir haben nämlich auch das erste Mal 'ne Pressemitteilung rausgegeben mit einigen detaillierten Abfragen. Da kommt mit Sicherheit was.«

Ulla fragt weiter ab. »Klaus.«

Glowatzki zieht eine Grimasse.

»Tja, wir haben ja nun die absolute Superspur, nämlich alle Knastologen ausfindig machen, die einschlägig in Erscheinung getreten sind und zur Tatzeit Urlaub hatten. Das wusste ich bisher auch nicht, aber es ist unglaublich schwierig, das herauszufinden. Anne kann das bestätigen.«

Anne nickt und schiebt die Lippen nach vorne. Sieht aus wie der Mund der ganz jungen Brigitte Bardot. Glowatzki erzählt weiter.

Die hat auch so 'ne Kindausstrahlung, aber das passt zu Glowatzki. Der ist 'n richtiger Papatyp. Die Durchläufer mögen den. Typisch, dass der in dieser Behörde kein Bein an die Erde kriegt. Der hat sich aber auch nie auf Ränkespiele eingelassen. Jetzt ist der Zug abgefahrn.

»…war der Vater vom Opfer zu 'ner richtigen Gefühlsäußerung gar nicht in der Lage, ganz anders als die Mutter, die war echt fertig. Wenn ihr mich fragt, der Alte ist ein richtig arroganter Sack.« Anne nickt, zieht die Stirn in Falten. »Von der Seite ist jedenfalls nach diesem ersten Eindruck nicht viel Brauchbares zu erwarten.« Glowatzki ist fertig.

»Ist eigentlich genau klar, dass die an dem Abend alleine nach Hause gefahren ist? Ich meine wegen der Spuren im Fahrzeug und an der Sporttasche.« Beckmann hängt wie ein Sack auf dem Stuhl, die Hände überm Bauch gefaltet.

Gerster schüttelt den Kopf. »Ne, hundertprozentig klar ist das noch nicht. Sie hat mit 'ner Kommilitonin bis zehn Squash gespielt. Die ist dann nach Hause gefahren, weil sie noch lernen wollte, und Kerstin ist dann noch da geblieben, weil wohl noch einige da waren, die sie kannte. Aber da sind wir noch dran. An dem Abend waren circa fünfzig Gäste da, wovon die Squashspieler noch am leichtesten über die Reservierungsliste nachzuvollziehen sind. Die anderen müssen wir uns so nach und nach zusammenfragen, das kann noch zwei Tage dauern.« Er steckt sich eine Stuyvesant an. »Der Wirt und der Kellner meinen jedenfalls übereinstimmend, sie hätten sie vermutlich zwischen halb zwölf und zwölf alleine rausgehen sehen.« Er hebt die Hände.

»Und die, mit der sie gespielt hat, weiß auch nichts?«

»Nichts Genaues«, Gerster schnippt die Asche ab, obwohl keine dran ist, »sie hat uns die Namen von einigen genannt, die auch mit ihr gesprochen haben, aber alles nur Smalltalk. Und die, die wir bisher überprüft haben, sind alle mehr oder weniger abgesichert anderweitig nach Hause gefahren …«

»… bis auf den einen Luffi, da …«, Röhrig dazwischen.

»… ja, gut. Einer von ihren Mitstudenten, der hat kein astreines Alibi und ist auch ’n komischer Typ. Den vernehmen wir morgen noch mal ’n bisschen eingehender. Müssen wir mal sehen.« Er lehnt sich zurück, nimmt einen Schluck Cola. Scheint ja von der Spur nicht gerade überzeugt zu sein. Aber Gerster kann man das zutrauen.

Sonst ist nichts mehr. Ulla fragt noch die Überstunden von gestern ab, trägt in die Liste ein.

»Hast du noch was?«

»Ne, eigentlich nicht. Warten wir morgen mal das Presseecho ab, und vielleicht haben die vom LKA ja schon ein paar Informationen.«

»Die meisten haben wahrscheinlich noch zu tun. Bis morgen.« Sie schließt ihre Mappe.

Stühlerücken. Stroter leert noch die Aschenbecher.

19 Uhr 50

Am Fenster in der sechsten Etage ist man auf gleicher Höhe mit den Tauben auf den Simsen der Kirche zwei Straßen weiter. Die Hinterhöfe liegen schon im Schatten. Auf einem kleinen Balkon grillt ein Dicker in Bermudas und Schiesser-Feinripp große Fleischlappen.

Überm Horizont schiebt sich langsam ein Flugzeug in den Abendhimmel, die Sonne wird rötlich vom Rumpf des Jets reflektiert.

Wenn das ’n Ibiza-Bomber ist, haben die Prolos jetzt schon den dritten Whisky intus, wenn lau, dann jau. Das war noch was, früher am Flughafen. Zu zweit einen Tri-Star abfertigen. Zweihundert Kniebeugen, zweihundert mal locker in den Schritt gefasst, vierhundert nasse Achseln. Wenn die von Mallorca zurückkamen, warn die schon immer so stramm, dass die auf dem Förderband für die Koffer Karussell fuhren. Lange her.

In einem der Hinterhöfe hängt eine Frau Wäsche auf.

Der Fahrstuhl ist da.

Im Bereitschaftsraum der Wache läuft der Fernseher. Wie immer. MTV. Ein Obermeister sitzt in der Ecke, isst eine Pizza, liest Neue Revue.

»Kann ich mal kurz die Lokalnachrichtem im Dritten sehen?«

Er blickt auf, kaut, nickt.

Haben schon angefangen.

Erst ein Bericht über Schweinepest im Bezirk, dann Salmonellen im Kindergarten.

Beckmann kommt reingeplatzt.

»Nachrichten schon angefangen? Oh, Konstantin.«

Der Arsch. Passt ihm wohl nicht, dass ich hier bin.

»War der Bericht schon?«

»Bis jetzt noch nicht. Vielleicht kommt ja auch gar nichts.«

»Ooch, bestimmt. Bis jetzt haben die doch immer was gebracht, bei jeder MK.«

Wenn du was damit zu tun hast, ist was los.

»Ich habe heute Morgen den Bericht in der Zeitung gelesen, du sicherlich auch. Darüber müssen wir uns noch unterhalten. Am besten gleich nach den Nachrichten im Zimmer vom Chef. Da is jetzt keiner mehr.«

Er tut unwissend.

Die Schwarzhaarige am Bildschirm sagt den Bericht über den Mord an. Aber nur das Übliche, nichts Besonderes. Tatort von außen, Pressekonferenz, Interviews mit Nachbarn. Noch ein Schwenk in der Totalen und dann Aufnahmen aus dem TO-Zimmer. Die Nummerntafeln sind noch aufgestellt.

»Was ist das denn. Hast du die da reingelassen?«

»Du, die standen plötzlich in der Tür. Die Schutzis auf'm Flur waren schon weg, da müssen die reingekommen sein und schnell den Schwenk gemacht haben.«

Die Kamera fährt in Großaufnahme auf die blutige Wolldecke.

»Beckmann, verarsch mich nicht. Ist das vielleicht 'n flüchtiger Schwenk?«

»Kann auch 'n bisschen länger gedauert haben. Als ich's gemerkt habe, dass sie drin warn, habe ich sie jedenfalls gleich achtkantig rausgeschmissen.«

Der Kollege packt seinen Pizzakarton zusammen, wirft ihn in Richtung Abfalleimer neben der Tür, verfehlt und geht raus.

»In der Zeitung heute Morgen bist du auch zitiert worden, jetzt dieser Bericht, und morgen seh ich dich vielleicht live in den Tagesthemen.«

»Sei nicht so laut…«

»Bei der MK Brosig damals hast du die Fotografen auch reingelassen. Ich weiß nicht, was dich dazu bewegt, ich kann es nur vermuten, und du weißt, dass ich nicht wegen jedem Schiss zum Leiter ZKB laufe, aber wenn das in einer meiner MKs noch einmal passiert, leite ich ein DO ein, glaub's mir. Und trete dir in den Arsch.«

Er bleibt sitzen.

Die Tür knallt nicht, weil der Pizzakarton dazwischen gerät. Schade.

Das hat bestimmt die ganze Tour gehört. Haben se wieder die richtige Meinung von der Kripo. Aber egal, dem ist jetzt wenigstens einiges klar geworden.

Der Wachhabende kommt aus dem Schreibraum und lächelt gekünstelt.

»Cool bleiben, Konni.«

»Das war mal nötig, Egon.«

Auf der Toilette ist es drückend warm. Jemand hat 'ne alte Praline liegen lassen.

Der Superorgasmus der schwarzen Liebesgöttin.

Ob's Leute gibt, die so was ernsthaft lesen?

Deutschland-Report: In Dresden sind die Hausfrauen am schärfsten.

Mein Gott, was für ein Schrott.

Die Blonde geht so einigermaßen.
Aber der Rest.
Na ja, die beiden hier auch.
Oh Mann, Wet T-Shirt. Diese beknackte Playboy-Erotik. Was für Silikongebirge, und Nippel wie Fußballstollen.
Wer kauft sich bloß so was?
Die Potenz-Diät.
Echt was für Geistlose.
Auch nicht schlecht, die Schwarze. Ganz schöne Muschi.

Warte mal. Wenn Egon Nachtdienst hat, ist heute doch die Dora-Tour dran. Dann müsste Herbert doch auch da sein.
Das Toilettenpapier ist hart und kratzt.

Am Wachtisch vergibt Egon einen Einsatz.
»Ist Herbert Braun heute Nacht auch im Dienst?«
»Der müsste im DGL-Raum sein.« Egon zeigt mit dem Daumen nach hinten.
Die Tür zum DGL-Raum ist offen, Herbert schreibt etwas.
»Hallo Herbert, alles ruhig an der Front?«
Blöder Begriff.
»Konstantin, lange nicht gesehen«, er lächelt, »alles ruhig. Was macht die MK, habt ihr schon was?«
»Ne, wir sind ja mal gerade zwei Tage dran, und wie es aussieht, isses keine Beziehungstat. Kann länger dauern.«
»Ich habe gestern kurz mit den Leuten von der Berta-Tour gesprochen, aber bei der Fahndung war wohl nicht mehr drin in der Nacht?«
»Ne, außerdem fing es ja auch furchtbar an zu regnen, das hat dem Täter auch geholfen.«
Er verschränkt die Hände hinter dem Kopf.

»Wird schon noch klappen. Komm doch mal wieder vorbei, Elisabeth würde sich sicher auch freuen.«

»Die nächsten Tage bestimmt nicht, aber danach denk ich mal dran. Ruhigen Dienst noch.«

»Dir auch, und viel Erfolg.«

Der Flur in der sechsten Etage ist dämmrig. Helmuts Zimmer ist leer.

Der könnte seine Schreibtischunterlage auch mal wieder wechseln.

345675.

»Braun.«

»Kirchenberg, Guten Abend.«

»Konni, du lebst noch? Lange nichts von dir gehört.«

»So lange nun auch wieder nicht. Zwei Wochen isses her. So was vergisst du?«

»Gib nicht so an. Wo bist du, im Dienst?«

»Ja, wir haben 'ne MK.«

»Ich hab's gelesen. Die Studentin, ne? Dann biste ja richtig im Stress, oder?«

»Schon, aber für 'nen Schluck Sekt heute Abend könnte ich ein Stündchen abzweigen.«

»Schlimmer Finger. Du hast auf den Dienstplan geschaut, was?«

»Hm, hm.«

»Irgendwann fliegen wir auf, mein Lieber.«

»Aber nicht heute Abend.«

»Ich muss morgen aber früh raus.«

»Ja, ich auch. Aber 'n kleiner Schluck ist doch drin, oder?«

»Dann komm aber nicht so spät.«

»Jetzt isses halb neun. So gegen zehn.«

»Okay. Da fällt mir ein – du musst Sekt mitbringen, wenn du welchen willst. Ich habe meinen letzten gestern ausgetrunken.«

»Mach ich. Bis dann.«

Jetzt fehlt nur noch die Ausrede für Ulla. Irgendwas mit der Verwandtschaft, das ist immer so schön dringend.

Der könnte echt mal seine Schreibtischunterlage wechseln.

21 Uhr 05

Die Stadt ist noch ziemlich voll. Die meisten Fußgänger schleppen Einkaufstüten.

Sener hat sein Neonschild schon eingeschaltet.

Drinnen sitzt ein Gast am Ecktisch, isst, liest Zeitung. Ayse steht hinterm Tresen. Weißes T-Shirt, der Latz der blauen Schürze spannt sich über den Brüsten. Die Haare sind zum Pferdeschwanz gebunden, roter Haarreif.

Sie blickt freundlich.

»Hallo, was darf's sein?«

»Ich wollte eigentlich nur 'ne Flasche Sekt kaufen.«

Ob sie mich wiedererkennt? Bestimmt nicht.

»Da haben wir nur zwei Sorten. Asti Cinzano und MM.«

Sie dreht sich zum Regal und reckt sich nach den Flaschen auf dem oberen Brett. Der dicke Pferdeschwanz schwingt schwer hin und her, das rote Gummi umfasst die Haare fest am Ansatz, gibt nur ein paar dünnen Strähnchen Freiheit, einige Haare kleben am schweißfeuchten Nacken. Der weite Ärmel des T-Shirts fällt beim Hochgreifen zurück, zarter dunkler Flaum auf den braunen Armen.

»Ich nehme MM, der andere ist mir zu süß.«

»Mir auch.«

Sie zieht die Nase kraus, stellt die Flaschen auf den Tresen.

Sieht die gut aus.

»Fünf Euro neunzig.« Lächeln. »Mein Onkel ist übrigens nicht da. Er musste mal dringend für zwei Stunden weg.«

Hat die mich tatsächlich wiedererkannt. Gutes Zeichen.

»Ganz schöner Stress hier, so ganz allein, hm?«

Sie nickt.

»Ich kenne doch nicht einmal alle Gerichte, und so um acht kommen doch die meisten Gäste. Und viele lassen sich auch noch was einpacken.« Sie winkt ab.

»Tja …«

Mann, das ist die Gelegenheit! Noch'n Bier? Ist schon so spät. Vielleicht nachher noch.

»Also, ich muss dann. Schönen Abend noch.«

»Schönen Abend.«

Sie winkt kurz mit der Linken.

Sieht die gut aus.

Draußen ist es fast genauso warm wie drinnen, ein Stern leuchtet hell über den Bäumen.

Verdammt. Sie ist allein in dem Laden, und ich hab keine Zeit. Einen Stuss hab ich gequatscht. Ob für'n Bier noch Zeit ist? Aber mit welcher Begründung?

Ach, vergiss es.

23 Uhr 10

Schwere Schwüle, das Fenster ist geöffnet. Elisabeth atmet langsam und gleichmäßig.

Eingepennt? Hey, Schlafmütze.

»Lass das.« Leises Nörgeln.

Sie hebt ihren Arm etwas vom Bauch ab, er klebt, sie legt ihn zurück.

Atmet wieder langsam und gleichmäßig. Durch den Schweißfilm reiben sich die Auflageflächen der Haut bei jedem Atemzug glitschig aneinander.

Zigarettenqualm steht in der Luft. Die Nachttischlampe zeichnet an der Decke Muster.

Wie sieht das aus? Wie'n Stern. Wie'n Weihnachtsstern. Oder wie 'ne Supernova, aus zwanzig Millionen Lichtjahren Entfernung.

Zwanzig Millionen Lichtjahre, und das ist erst der Anfang.

Unvorstellbar.

Da draußen kreisen unvorstellbare Massen und Mengen in unvorstellbaren Räumen, und ich liege hier auf 'ner Zwei-mal-zwei-Meter-Matratze, die nach Schweiß und Möse riecht, und finde es bedeutend, dass ich schon wieder 'nen halben Ständer habe.

Ist eigentlich irgendwas bedeutend?

Die Menschen, Gefühle, das Vögeln? Eigentlich nichts. Kerstins Tod auch nicht. Nicht mal Ayse. Nicht mal Ayse.

Dafür dass ich die erst zweimal gesehen habe…

Schon Viertel nach elf. Dass ich hier nicht noch einpenne.

Elisabeths Gesicht löst sich mit einem leisen Schmatzen von der Brust, die Auflagefläche ist etwas gerötet. In der Stirn kleben einige lange Strähnen, helles Blond, das durch die Feuchtigkeit dunkler geworden ist. Die Augen sind schlitzförmig geöffnet.

»Was is'n los?«

Auf der rechten Brust sind neben der Brustwarze zum Sternum hin einige Schweißperlen zu sehen, der linke Arm ist halb zurückgelehnt, die Achselhaare sind verklebt.

»Schon Viertel nach. Ich hau besser ab, bevor ich hier einpenne.«

»Dann kann ich auch besser schlafen. Ganz schöne Hitze.«

Das dünne Oberbett ist halb heruntergezogen und verläuft in einer Linie vom Becken abwärts. Der obere seitliche Ansatz der Schambehaarung ist zu sehen, das linke Bein ist frei. Kurz unter dem rechten Knie findet sich ein etwa groschengroßes Hämatom.

»Wo ist denn mein rechter Socken?«

»Es gibt keine rechten und linken Socken.«

»Wenn man sie schon mal anhatte, schon.«

Am Knöchel des linken Fußes ist ein goldfarbenes Kettchen zu erkennen. Die Fußnägel sind kurz und in gepflegtem Zustand.

»Ich bleib liegen, ja. Sei 'n bisschen leise, dass dich die alte Poletz nicht hört.«

Ihre Wange ist feucht und warm.

Draußen ist es kühler als erwartet, jetzt sind einige Sterne mehr zu erkennen als vorhin, leichter Wind bewegt die Blätter der Kastanie, die nahe Stadt rumort, wie ein blähender Darm, ein Martinshorn jault weit weg.

Durch den Spalt des Seitenfensters kühlt der Fahrtwind den feuchten Nacken. Wie seh ich überhaupt aus? Geht noch.

Im Radio grölt Gianna Nannini. Hm. Der Suchlauf findet irgendwo *Mother of Violence* von Gabriel.

Super. Hab ich ja seit Jahren nicht mehr gehört. Is von der zweiten Solo-LP, glaub ich.

Fear, fear, she's the mother of violence.

Tolle Ballade.

Bei Sener ist es voll und laut. Drei Tische sind zusammengerückt, zwischen den Stühlen stehen Sporttaschen. Die meisten haben einheitliche Anzüge an, blau-weiß mit Aufschrift, SV Türkyemspor. Sener wieselt hin und her, grüßt zwischendurch, balanciert mit gut gefüllten Tellern, lacht und erzählt laut Türkisches mit gestikulierenden Armen.

Ayse kommt durch die Schwingtür. Ohne Schürze, bringt noch ein Essen.

Die Fußballer werden schlagartig etwas ruhiger. Einige machen Sprüche mit Baggerblick, Ayse antwortet türkisch, Gelächter.

Sie kommt zurück, sieht herüber, lächelt.

»Na, wie war der Sekt?«

»Oooch, nicht zu süß. Okay.«

»Sag ich doch. Tschüüss.«

Sie hebt kurz die Hand, dreht sich, geht nach oben.

Das Bier ist kalt.

FREITAG

Kurz nach sechs

Die Wellen laufen langsam auf den weißen Strand, Welle auf Welle, auf Welle, werden Zungen, blaue raue Zungen, lecken lange Reihen fußballgroßer Manonsteine, führen über feuchte, unebene Treppen hinunter in Zellen, Gewahrsamszellen, dort liegen riesige pelzbesetzte Muscheln, durch die Terrassentür kommt der schwarze Rüde, drückt seine spitze Nase in das dichte Haar, dreht die Muschel, darin Ayse, hockt mit gefesselten Händen und Füßen, knetet Mett, füttert große Brocken, der Rüde drückt die Schnauze tief in das bluttriefende Fleisch, Ayse schält mit gläsernem Skalpell gebratene Streifen aus dem Hals des Rüden, der hechelt und stöhnt, hechelt und stöhnt und stöhnt…

Die Digitalanzeige des Radioweckers zeigt 06.07 Uhr. Serge Gainsbourg singt *Je t'aime.*

7 Uhr 50

Ist noch früh genug, also die Treppe, 'n bisschen Bewegung. Der Frühbesprechungsraum ist leer, die Stuhlreihen sind umgestellt.

Wer kam denn auf die Idee?

Die Schritte hallen auf dem PVC, an einem der Fenster flattert eine Motte.

Unten auf dem Busbahnhof ist Betrieb. Eine Reisegruppe wartet, einige sitzen auf ihren Koffern.

Eine Alte schlurft gebückt zum orangefarbenen Abfalleimer, zieht Zeug raus, untersucht es. Sie wankt weiter zum nächsten, holt wieder einiges heraus, steckt es in die Manteltasche. Sie quält sich zum Container hinter Kurti's Grill, schiebt nur mit Mühe den schweren Deckel zurück, hält ihn mit der einen, wühlt mit der anderen, isst.

Die auf den Koffern sehen zu.

»Morgen.«

Pape kommt lauthals rein.

Besser in die Nähe vom Eingang setzen, kommt man hinterher besser raus.

Die beiden Dicken von der Mono kommen, gemächlicher Schritt.

Die haben Zeit, das ist klar.

Uta grüßt mit einem lächelnden Nicken. Morgen Uta. Setzt sich nach vorn. Die Klamotten sind ja wohl wieder märchenhaft. Hat wirklich Mut. Diese Schuhe.

Die Einbrecher kommen im typischen Bullendress, T-Shirt, Jeans, Turnschuhe. Sehr junge Truppe. Machen eigentlich alle 'nen ganz lockeren Eindruck, wenn der Leiter nicht wär. Bolle hätten sie beim Bund als Schleifer gebrauchen können, bei den Jungens versaut der nur alle.

Helmut kommt mit Ulla und Gerster, Ulla drückt vor der Tür eine Kippe aus, beide setzen sich nach vorn.

Frau Donath von der Sitte, ganz Dame, wie immer.

Zimmermann von der K-Wache bleibt kurz stehen.

»Morgen, Konstantin. Ich hab gestern noch zwei Hinweise in der MK Baum aufgenommen, der eine bezog sich auf ein rotes Fahrzeug, habt ihr da schon irgendwas?«

»So zwei, drei ganz allgemeine Sachen, aber nichts Konkretes.«

»Der eine klang nämlich ganz gut.«

»Gib sie mir einfach rein.«

Er geht, stößt mit Daisy aus der Aktenhaltung zusammen.

»Na, noch nicht ganz wach? Morgen, Konni.«

Die Riege der Kommissariatsleiter aus Kriminalgruppe zwei, ah ja. Der dicke Huck voran. Der wird auch immer fetter. Die drei, das is auch so'n Grüppchen, da kommt so schnell keiner dazwischen, nicht mal der Leiter ZKB.

»Morgen, Gerd.«

Gerd hebt kurz die Hand.

Jahn will durch, schiebt die Stühle auseinander. Olivgrüne Jacke, Kniebundhose. Der mit seinen Jägerklamotten, Jäger sind Heger, das kennt man.

Das muss die junge Kommissarin vom Rauschgift sein, hübsch. Dunkle kurze Haare, Jeans, weißes T-Shirt, nichts drunter.

»Hallo, Konni, lass mich mal an deine grüne Seite.« Britta setzt sich, lila Rock, lila Fransenpullover, Brosche mit Venuszeichen.

»Selbst gestrickt?«

»Klar, oder meinste vielleicht, ich lass zu Hause meinen Alten stricken, so zwischen Kochen und Kinder füttern?« Sie lacht.

Hat einen schönen Mund.

»Die meisten hier denken das bestimmt.«

»Die meisten hier können mich mal, Chauvi-Pack.«

Udo kommt rein, der Zeremonienmeister, macht die Tür zu, geht zum Pult.

»Morgen, Kolleginnen und Kollegen. Bevor wir zu den Berichten aus den Kommissariaten kommen, kurz die Tätigkeiten der K-Wache. Gestern Nacht wurden nach Pkw-Aufbruch drei Jugendliche festgenommen, nachdem sie den entwendeten Wagen noch auf dem Gelände der geschädigten Firma in den Zaun gesetzt hatten. Bei den Tätern handelt es sich um…«

Er liest einen deutschen und zwei marokkanische Namen vor, die marokkanischen nur mit Mühe.

»Kein Wunder. Letzten Monat noch Kamele eingeparkt, jetzt wollen se Auto fahrn.« Von hinten links. Zwei, drei leise Lacher.

Fünf Gramm Haschisch sind sichergestellt worden, beim Rockkonzert. Dass sie den Mist immer noch machen.

»Eine versuchte sexuelle Nötigung. Gestern in den frühen Abendstunden wollte die Geschädigte, eine zwanzigjährige Studentin, per Anhalter die Kanalstraße Richtung Autobahn fahren. Sie wurde von dem siebenunddreißigjährigen Beschuldigten in dessen Mercedes 190 mitgenommen. Schon kurze Zeit später wurde der Beschuldigte handgreiflich, wogegen sich die Geschädigte wehrte. Der Täter zog dann ein Messer unter dem Sitz hervor, was sie ihm entreißen und aus dem Fenster werfen konnte. Als der Beschuldigte kurze Zeit später in einen Waldweg einbog, ließ sie sich in einer Kurve aus dem Auto fallen. Nachdem der Fahrer kurz anhielt, fuhr er mit hoher Geschwindigkeit Richtung Naherholungsgebiet davon. Die Geschädigte, die nur einige Schürfwunden erlitten hatte, trampte daraufhin zur Polizei und erstattete Anzeige, das Kennzeichen hatte sie abgelesen. Bei der anschließenden Fahndung wurde der Täter in seiner Wohnung festgenommen. Er ging in U-Haft. Bei einer Nachsuche konnte das Messer ebenfalls gefunden werden.«

Allgemeines Gemurmel.

»Wer weiß, vielleicht hat sie ja was Schönes verpasst?« Der dicke Jahn von hinten, feistes Grinsen.

Britta dreht sich um, sagt nichts, schüttelt den Kopf.

Vier Wohnungseinbrüche, zwölf aufgebrochene Pkw.

»Zum Schluss habe ich noch eine Vermisste. Seit vorgestern von zu Hause abgängig ist die siebzehnjährige Gülnor Tepe. Sie hat das Haus nach einem Familienstreit verlassen und trägt Blue Jeans, ein weißes T-Shirt, eine schwarze Lederjacke und Turnschuhe. Gülnor ist einsachtundsechzig groß und schlank.«

»Noch.« Wieder der dicke Jahn, wieder einige leise Lacher.

Britta dreht sich um.

»Warst du eigentlich irgendwann mal schlank, oder bist du schon als Wildschwein auf die Welt gekommen?«

Jahn kann nicht wechseln, winkt ab.

»Emanze.« Mit Verspätung.

Der Leiter ZKB kommt, Udo stockt kurz. Er setzt sich in die erste Reihe, macht eine Handbewegung, weitermachen.

»Aus den Kommissariaten hat man mir zwei Berichte angekündigt. Paul in einem Betrugsverfahren und Konstantin, du wolltest etwas zu der MK Baum sagen.«

Paul von den WIKRI-Leuten steht auf.

»Ja, wir hatten Dienstag eine größere Durchsuchungsaktion gemeinsam mit der Steuerfahndung bei der Fa. EUROPAN. Eigentlich die übliche Vorgehensweise. Die hatten inseriert und eine lukrative Kapitalanlage angepriesen, bis zu sechsunddreißig Prozent Rendite per anno. Professionell aufgemacht das Ganze mit plausiblem Modell, schickem Hochglanzprospekt und gewandtem Auftreten der Mitarbeiter. Die Anlagen wurden entweder auf einmal eingezahlt oder aber per Ratensparvertrag auf zwei Jahre ausgelegt. Gelder sind bisher nicht zurückgeflossen. Nach jetzigem Kenntnisstand können wir von mindestens tausend Geschädigten ausgehen, die genaue Schadenssumme ist noch nicht bekannt, dürfte sich aber im zweistelligen Millionenbereich bewegen.«

Er setzt sich. Gemurmel.

»Danke, Paul. Konstantin.«

»Ja, kurz 'n paar Sätze zu der MK Baum. In der Nacht zu Mittwoch ist die MK alarmiert worden. In der Schillerstraße war die dreiundzwanzigjährige Gudrun Wierwich, Studentin, gegen 00.30 Uhr von einem ca. zweistündigen Spaziergang mit ihrem Hund in ihre Wohnung zurückgekehrt. Als sie das Zimmer ihrer Mitbewohnerin, der siebenundzwanzigjährigen Kerstin Baum, betreten will, steht sie einem jungen Mann gegenüber, der – vermutlich wegen des großen Hundes – wieder in das Zimmer zurückläuft und durch die offene Terrassentür flieht. Die Zeugin findet dann das Opfer tot auf dem Bett, an die Pfosten gefesselt, halb bekleidet und mit zahlreichen Messerstichen in Brust und

Rücken, wobei zumindest einige der Rückenstiche nach Aussage des Obduzenten postmortal gesetzt worden sein können.

Der Täter ist vermutlich durch die geöffnete Terrassentür in das Zimmer gelangt, wo das Opfer wahrscheinlich schon im Bett lag. Soweit wir wissen, war Kerstin Baum am Tatabend von ca. 20.00 Uhr bis 23.30 Uhr im Squash-Center ›Quick‹ und hat dort gespielt. Davor war sie den Nachmittag über an der Uni gewesen. Die Zeugin war von 18.15 Uhr bis gegen halb elf zu Hause und hat dann mit dem Hund einen Spaziergang gemacht, bis sie eben gegen halb eins nach Hause kam.

Der genaue Tathergang ist noch unklar, todesursächlich war aber ein Stich, der den Herzbeutel verletzt hat. Das Opfer ist jedoch auch gewürgt worden, außerdem hat es Schnittverletzungen an der Scheide. Spermaspuren konnten gesichert werden, weiterhin – als wichtige Spur – ein Herrenschuh in der Wohnung, der mit großer Sicherheit dem Täter gehört. Wahrscheinlich also keine Beziehungstat, 'ne ganz heiße Spur haben wir noch nicht, wir versprechen uns aber einiges von den chemischen Untersuchungen, das dauert allerdings noch ein paar Tage. Vom Täter haben wir 'ne ganz gute Beschreibung, das Phantombild habt ihr ja schon gesehen, darüber hinaus sind keine Besonderheiten aufgefallen. Ob er auch Student ist, was vom Alter her infrage kommt, kann natürlich noch nicht gesagt werden.

Das wär's eigentlich so weit. Eine Bitte noch an dieser Stelle: Die anderen Kommissariate möchte ich um Verständnis bitten, wenn wir nicht noch 'ne Leitspur kriegen, müssen wir mindestens noch nächste Woche in dieser

Stärke fahren. Ich weiß, dass euch die Leute fehlen, aber ich kann es nicht ändern. Vielen Dank.«

Gebrabbel.

»Wenn das meine Tochter wär… Solche Leute, sofort Rübe ab.« Der dicke Jahn.

»Vielen Dank, Konstantin. Hat noch einer was?« Udo blickt in die Runde.

»Okay, dann schönes Wochenende.«

Lautes Stühlerücken.

Pape öffnet den zweiten Flügel der Eingangstür.

9 Uhr 30

Bestatter Piecholke grüßt im Vorbeigehen durch die geöffnete Bürotür. Wahrscheinlich Berechtigungsscheine für die Feuerbestattungen abholen. Anne kommt rein, legt zwei Spuren ins Erledigt-Körbchen, öffnet eine Tüte Haribo Colorado, stellt sie daneben.

»Für die Allgemeinheit.«

Sie geht raus, kommt wieder mit einer Tasse Kaffee, weiß mit blauen Punkten, am oberen Rand mit einer Macke. Stroters Tasse, eindeutig. Anne schwingt sich rückwärts auf den Aktenrollschrank, zieht ein Bein hoch, legt es über das andere. Zwischen Jeans und schwarzen Socken ist ein Stück Haut zu sehen. Keine rasierten Beine, einige blonde Härchen glänzen. Das beste an Color-Rado sind die Dinger, die aussehen wie Zäpfchen und die Himbeeren.

»Das waren die letzten beiden Adressen aus dem roten Kalender, beide negativ. Die haben sie schon jahrelang nicht gesehen.« Sie nimmt einen Schluck.

Ulla hört auf zu lesen, schaut hoch.

»Ja, der rote ist der aus dem Regalschrank. Wahrscheinlich ’n altes Ding.«

»Manchmal wundert’s einen richtig, dass die das nach so langer Zeit noch wissen. Ich wüsste nicht, wann ich die Leute aus meiner Klasse das letzte Mal gesehen habe.« Die braunen Konfekte schmecken auch ganz gut.

Telefon. Ulla nimmt ab.

»Mordkommission, Wiesing.« Sie nimmt Bleistift und Papier. »Ein früherer Nachbar von Ihnen. Große Ähnlichkeit. Wohnt jetzt Bahnhofstraße 11.« Sie notiert den Rest. »Vielen Dank für Ihren Hinweis, Frau Ströhn.«

Müller kommt, legt die Fotomappe mit den Obduktionsfotos auf den Tisch, nimmt sich eine Lakritzstange.

»Ah, Color-Rado. Das beste ist das Lakritz, den Rest kannst du vergessen.«

Er wühlt in der Tüte herum, nimmt sich ein paar schwarze Lakritzstücke. Ulla haut ihm mit dem Lineal auf die Finger.

»Hast du dir heute überhaupt schon die Finger gewaschen?«

»Ich wasch mir doch nur montags die Hände, das weißt du doch.« Er legt die Hand mit den Lakritzen vor den Mund, kippt den Kopf nach hinten. Telefon.

»Mordkommission, Wiesing.« Ulla notiert.

»Weißer Ford Escort, kurz nach Mitternacht...« Sie blickt hoch, steckt sich eine Zigarette an, nimmt zwei Züge. Bedankt sich. Die weißen gehn so. Davon sind aber am meisten drin. Anne holt sich die Libimappe, nimmt ein weißes Konfekt mit, setzt sich wieder auf den Rollschrank.

»Sieht ja schon so’n bisschen aus wie die Theke beim

Fleischer.« Sie blättert langsam weiter. »Diese Stiche vorne und hinten sind eigenartig.« Ulla blickt wieder auf.

»Schwer zu sagen, wie das genau abgelaufen ist. Hat der Obduzent irgendwas dazu gesagt?«

Sie sieht rüber.

»Todesursächlich war ein von vorn geführter Stich in die linke Herzkammer, sagt Schnake. Ist sehr wahrscheinlich, dass die Stiche von vorne zuerst stattgefunden haben, sicher war er sich da aber nicht. Vielleicht hat er sie im Stehen von vorne gestochen, sie ist dann gestürzt, und er hat ihr die restlichen Stiche von hinten gegeben. Ist der Bericht von denen überhaupt schon da?«

Ulla schüttelt den Kopf. »Ne. Aber vielleicht hat sie die tödlichen Stiche erst auf dem Bett gekriegt. Wenn du dir die Tatortfotos anschaust, wie viel Blut da noch auf dem Laken ist. Vielleicht ist sie gar nicht aus dem Bett raus gewesen.«

»Vermutlich doch. Auf dem einen Flickenteppich sind Blutspuren, von der Form her eindeutig Tropfspuren, keine Spritzer, und der Teppich lag einige Meter vom Bett weg. Außerdem war er so ein bisschen zusammengeschoben, als wenn jemand, tja, als wenn jemand darauf gezogen worden wäre. Auf jeden Fall hat sie, so wie's aussieht, auch außerhalb des Bettes geblutet.«

Anne hört zu blättern auf. »Aber warum hat er sie dann noch gefesselt, wenn sie schon tot war?«

»Vielleicht stand er drauf.« Müller, mit Lakritz.

»Vielleicht hat er sie aber auch erst verletzt und dann auf dem Bett nach dem Fesseln getötet. Sie hatte ja Spermaspuren auf'm Hintern. Kann also auch sein, dass er sie erst nach dem Samenerguss getötet hat. Jedenfalls hat sie schon geblutet, als sie noch nicht im Bett war.«

Müller nimmt noch ein Lakritz.

»Oder der Teppich lag vorher anders. Er lag am Bett, sie hat auf den Teppich geblutet, und der Täter hat das Ding hinterher weggeschoben.«

»Aber warum soll er den Teppich wegschieben, wenn sie gefesselt auf dem Bett liegt? Wahrscheinlicher ist, dass sie sich noch irgendwie gewehrt oder er sie bewusstlos geschleift hat und der Teppich dadurch zusammengeschoben wurde.«

Telefon.

»Wiesing.« Pause. »Tag, Kollege.«

Sie nimmt die Zigarette aus dem Aschenbecher, lehnt sich zurück, hört zu.

»Mach 'nen kurzen Vierzeiler und schick es uns zu, wenn es geht, mit den Bildern. Oder fax es. Unsere Nummer ist 4411. Okay. Danke.« Sie drückt die Zigarette aus, nimmt sich eine weiß gefüllte Lakritzstange. »Ein Dienstgruppenleiter aus dem SB Süd. Er hat einen, auf den passt die Beschreibung.«

Anne springt vom Schrank, legt die Mappe ins Körbchen.

»Was mich nur wundert, ist, dass da keiner was gehört hat. Hat die denn nicht geschrien?«

»Dann hätte einer was gehört«, Ulla fährt sich mit der Hand durch die Haare, »wir haben aber alle Nachbarn abgegrast, auch die von gegenüber, denn die Terrassentür war ja offen, es hat keiner einen Piep gehört. Also hat die auch nicht geschrien.«

»Das kannste so auch nicht sagen. Erinnere dich mal an den Penner vor zwei Jahren, der in seiner Blutlache vor der Kneipe lag. Da sind ganze Hundertschaften dran vorbeigelaufen, und wir haben wochenlang nach Zeugen gesucht.

An die meisten Aussagen kannste ’nen großen Haken machen.«

Müller wühlt wieder nach Lakritz, Ulla seufzt hörbar. Schmidt poltert rein, sieht die Tüte.

»Darf man?« Er sieht in die Runde, Nicken.

»Keine weißen mehr da? Doch.« Er sucht sich drei weiße Konfekte, wirft Spur 37 auf den Schreibtisch.

»Ganz interessante Sache«, er stopft sich noch ein Weißes und ein Gelbes rein, isst und spricht: »Ich habe mir mal die Vernehmung der Schwester durchgelesen. Die erzählt doch was von einem Robert aus Cuxhaven, der aber seit Jahren hier wohnt. Mit dem soll die Kerstin mal zusammen gewesen sein und ziemlichen Ärger gehabt haben, noch vor knapp einem Jahr, sagt die Schwester. Der hat ihr wohl ein- oder zweimal ’n paar reingehauen, wenn sie inner Kiste nicht so wollte. Das ist ein Robert Tauscher, 76 in Cuxhaven geboren. Der hat ’ne ganz ordentliche Akte bei uns und ist vor zwei Monaten aus der Haft entlassen worden, saß ein wegen Beleidigung auf sexueller Basis und ist auf Bewährung raus. Bei dem zu Hause war ich grad, und die Mutter hat keine Ahnung, wo er ist. Hat ihn nach der Haft auch nur einmal gesehen. Von ihrer Schwiegertochter weiß sie aber, dass Robert am Dienstag noch hier war, also am Tattag. Die bestätigt das, ich hab mir die mal gekauft. Auch unterste Sohle, aber sie sagt, dass Tauscher, bevor er in Haft ging, schon mal vom Opfer gesprochen haben soll, und zwar in der Form das-kann-die-mit-mir-nicht-machen-die-kauf-ich-mir-noch-mal. Ich meine, kann natürlich sein, dass die mich alle angekrückt haben, dieses asoziale Pack lügt ja beim Guten-Morgen-Sagen, aber in den Wohnungen war nichts, was nach ihm aussah.«

»Aha.« Ulla steckt sich wieder eine an. Anne holt sich die letzte Himbeere, mmmh.

»Wenn du dir mal das Bild anguckst, bei eins vierundachtzig Größe, könnte passen.«

Ulla nimmt das Bild, gibt es weiter.

»Was ist denn mit der Sache, wegen der er eingesessen hat?« Schmidt stopft sich noch zwei Gelbe rein. Der frisst auch alles.

»Ach ja, das ist ja das Interessanteste: Die letzte Sache war nicht so schlimm, da soll er nur 'ner Studentin an die Titten gefasst und gedroht haben, aber vor fünf Jahren, also noch vor der kurzen Beziehung zum Opfer, da hat er eine sechzehnjährige Hilfsschülerin aus der Nachbarschaft an einen Baum gefesselt, hat sie gepeitscht und gedroht, dass er sie anritzen würde, wenn sie ihn verrät. Hat er Schwein gehabt, dass er noch Heranwachsender war. Hat damals 'ne lächerliche Strafe gekriegt, aber das kennt man.«

»Perverses kleines Schweinchen.« Müller lacht genüsslich, sucht nach Lakritzen. »Young girl bondage.«

Sieh an, der Müller, guckt der auch Pornos.

Anne springt vom Schrank. »Ist doch 'ne super Spur. Wollen wir uns den nicht mal krallen?«

»Erst mal müssen wir wissen, wo er ist.« Ulla beschwichtigt. »Außerdem isses bisher nur 'ne Ähnlichkeit. Leute, die mal irgendeine Frau vergewaltigt haben und jetzt wieder frei rumlaufen, gibt es genug.«

Ulla hat Recht, aber ganz interessant.

»Mach doch erst mal 'ne Libivorlage mit der Wierwich, dann sehn wir weiter.«

»Und wenn sie'n nicht erkennt. Dann ist eine Gegenüberstellung im Eimer.« Schmidt zweifelt.

»Macht ja nichts. Wir haben ja mit großer Wahrscheinlichkeit Spermaspuren, wenn er's dann war, kriegen wir ihn sowieso dran.«

»Meinetwegen, du bist der Chef.« Er nörgelt, nimmt noch zwei Gummibärchen, geht.

Telefon.

»Mordkommission Wiesing.«

12 Uhr 20

»Ich geh kurz einen Happen essen.«

Ulla nickt, wirft Blätter in ein Körbchen, trifft nicht genau. »Du hast um eins die Besprechung, vergiss es nicht.«

»Nein, nein.«

Im Fahrstuhl riecht es nach Zigarre. Im Fünften steigt eine junge Mutter mit Kinderwagen ein. Dreckige Fingernägel, Leggins, Bauch, Dauerwelle. Steckt sich eine Marlboro an, das Baby schaut ernst mit großen Augen. Zwei junge Uniformierte steigen im Dritten zu, noch ohne Krawatte, mit Handtäschchen, reden über Fußball. Wahrscheinlich der Frühwagen vom Spätdienst.

Vor dem Präsidium lärmen Schüler an der Bushaltestelle. Die Jungen werfen sich in Pose, kloppen rum, die Mädchen ignorieren sie scheinbar.

Ein Gehbehinderter in orangefarbener Uniform humpelt über den Busbahnhof, von Abfalleimer zu Abfalleimer, schüttet den Inhalt in einen Handkarren.

In der Nähe vom U-Bahnhof soll 'ne neue Gyrosbude sein, mmmh. So was Großes muss aber nicht sein, macht immer so müde nachmittags.

Ein paar Tauben picken Brot aus den Ritzen des Pflasters, bringen sich träge vor den Füßen der Leute in Sicherheit.

Auf der Bahnhofstraße kommt eine Blonde entgegen, rotes T-Shirt, schwingende Brüste, die Brustwarzen zeichnen sich ab.

Donnerwetter. Das muss ich noch mal sehen. Oder?

Sie geht zu C&A, Haupteingang. Schon ganz schön weit weg. Vergiss es.

Die Digitaluhr zeigt 12.35 Uhr.

Vielleicht 'n Käsecroissant vom Bäcker bei Karstadt?

Draußen spiegelt sich die Sonne in den Scheiben der Bank. Die gekippten Fenster malen Vierecke auf die Fassade gegenüber. Ein Alter mit Mütze spielt Ziehharmonika und singt ein russisches Lied. Traurige Augen, klarer Tenor.

Die Käsecroissants sind fünf Cent teurer geworden, eins zehn.

Der erste Blumenkübel ist besetzt. Zwei Punks mit schwarzem Hund liegen in den Blumen, trinken Dosenbier. Das Fell des Hundes glänzt, Herrchen gibt ihm einen Schluck aus der Dose. Der nächste Kübel ist frei.

Das Croissant ist noch etwas warm, die Käsekruste kracht leise beim Zubeißen. Sehr aromatisch.

Die meisten Passanten tragen Taschen und haben ernste Gesichter. Leider nur wenige Schülerinnen unterwegs heute. Die Leute sehen wirklich fast alle unglücklich aus, vor allem die, die alleine gehen.

Die, die sich unterhalten, wirken positiver. Man sieht nur das in den anderen, was auch in einem selbst vorherrscht.

Hat, glaub ich, Bhagwan gesagt. Geht's mir denn so beschissen? Hier sieht doch beim besten Willen keiner glücklich aus.

Im Haupteingang von Karstadt ist eine schwarze Mähne zu sehen, dreht sich kurz um.

Hey, das ist Ayse.

An den Wühltischen im Erdgeschoss ist sie nicht zu sehen, großes Gewühl. Die müsste doch auffallen mit der Größe. Vielleicht in der Parfümerie. Zwei Kollegen von der Fahndung kommen mit vollen Tüten auf Kaufhausstreife vorbei, grüßen.

In der Parfümerie ist nur eine Blonde mit blauer Jacke. Verdammt. Auch im Lebensmittelmarkt im Keller ist nichts zu sehen. Vor jeder Kasse eine kurze Schlange. Die Leute auf den Rolltreppen stehen dicht, keine Ayse. Nicht an den Wühltischen, die blaue Jacke ist immer noch in der Parfümerie, sonst nur angeknallte Verkäuferinnen in weißen Kitteln.

Vielleicht ist sie raus?

Ernste Gesichter in der Fußgängerzone. Die Punks mit Hund trinken noch, haben die Marke gewechselt.

»Hallo.«

Ayse von hinten, bleibt stehen, lächelt.

»Ja, äh, hallo. Das is ja 'n Zufall.«

»Ja«, sie legt den Kopf ein wenig schief. »Na, auf Beobachtungsposten in der Fußgängerzone?«

»Nein, nein, nein. Nur etwas essen. Und mal 'n paar andere Gesichter sehen.«

»Und bei dem Wetter.«

»Ja, ganz toll heute. Is ja nicht so häufig hier.«

Ein Thema, ein Thema.

»Keinen Döner-Dienst, heute?« Oh, Scheißspruch.

»Nein«, sie schüttelt den Kopf, lacht, streicht mit der Linken die Haare hinter die Schulter, »erst heute Abend wieder. Tagsüber bei den Stammgästen ist Onkel Sener lieber selbst da. Den Kontakt braucht er.«

»Sener und sein Laden.«

»Tja, das stimmt.«

Ihre rechte Hand umfasst den linken Ellenbogen, die Jutetasche schwingt hin und her.

»Ich glaube, ich mach dann noch 'n paar Einkäufe«, sie zeigt mit dem Kopf Richtung Fußgängerzone. Nein, bloß nicht.

»Äh, wolln wir nicht irgendwo 'nen Kaffee trinken?«

Schulterzucken, die dichten, breiten Augenbrauen schieben sich nach oben.

»Ich weiß nicht, meinetwegen. Zeit hätte ich schon.«

»Super. Wir können ins Ratscafé gehen, das ist um die Ecke.«

»Okay. Ich kenn mich hier sowieso nicht aus.«

Reichlich freie Tische im Café. Sie zeigt auf den am Fenster. Günther kommt, fragt, zwei Cappuccino.

»Tja, ich wusste gar nicht, dass Sener so 'ne große Nichte hat.«

»Ich war ja das letzte Mal auch bei ihm, als ich acht war. Schon etwas länger her. Da sah ich schon noch anders aus.«

»Warst bestimmt auch mal 'n sehr süßes Kind?«

»Alle Kinder sind irgendwie süß, wenn man sie kennt.«

»Alle nicht, würd ich nicht sagen. Aber bei dir kann ich mir das schon vorstellen. Das Du ist hoffentlich okay?«

»Doch, doch, auf jeden Fall.«

»Ein untrügliches Kennzeichen des Alterns ist es nämlich, wenn man von allen Jüngeren plötzlich gesiezt wird. Und an dem Punkt war ich schon vor'n paar Jahren.«

»Soll das jetzt die Aufforderung zu einem Kompliment sein?« Sie blinzelt. Die Cappuccinos kommen.

»Bloß keine Komplimente, da werd ich immer rot.«

Sie rührt, leckt den Löffel ab. »Du hast übrigens wunderbare Haare. Muss ich einfach mal sagen. Find ich ganz toll.«

»Haben fast alle meine Landsfrauen, sieh dich um.« Sie zeigt durchs Fenster nach draußen.

»Ja, ich weiß. Mit dem Umsehen muss man nur 'n bisschen vorsichtig sein. Vor zwei Jahren hatte ich mal 'nen Mordfall, der damit anfing, dass einer ein türkisches Mädchen angelächelt hatte. Ist also nicht so einfach.«

»Ja, da läuft einiges schief. Zum Glück hatte ich in meinem Elternhaus davon wenig zu spüren, was auch an meiner Mutter lag. Aber auch Paps' Familie war immer schon etwas freier, sieht man ja an Onkel Sener.« Sie nimmt noch ein Stück Zucker.

»Hab ich ja richtig Glück gehabt.« Lächeln.

»Warum?«

»Na ja, dass ich halt bei Sener Stammkunde bin. Ich hätte dich ja sonst nicht getroffen.«

»Zufälle gibt es.« Sie lächelt.

Die alte Pendeluhr zeigt zehn nach eins.

»Oh Scheiße.«

»Was ist los?« Verschrecktes Gesicht.

»Ich hatte um eins einen Termin, hab ich vollkommen verpennt.«

»Tut mir Leid.«

»Ach Quatsch. War toll, dich zu treffen.« Sie nimmt ihre Tasche.

»Dann beeil dich, ich zahle.«

»Kommt gar nicht infrage.«

»Doch. Was soll das denn.«

»Aber nur, wenn ich mich heute Abend mit ’nem Essen revanchieren kann.«

»Heut Abend geht nicht. Da habe ich, äh, Döner-Dienst.« Verschmitztes Lächeln.

Der Spruch war echt daneben.

»Morgen?«

Langer Blick.

»Na, gut. Nehm ich mir frei.«

»Super. Acht Uhr.«

»Acht Uhr.«

»Bis dann.«

Draußen stehen drei Jugendliche, krümmen sich über irgendwas vor Lachen.

14 Uhr 05

Eine Putzfrau schwingt die Bohnermaschine über das PVC. Auf der Viererstuhlreihe vor dem Vernehmungszimmer sitzen zwei Männer, Gerster bittet einen herein. Tastaturgeklapper, der Boden glänzt im Muster der Bohnermaschine.

Altenkamp erklärt Ulla die Ermittlungen zu einer Spur.

Im Eingangskörbchen liegen Blätter.

Spur 84
Frau Grete Gählich, wh. hier, Am Park 12, teilt mit, in ihrem Mietshaus am Park 16 habe sie einen Mieter, auf den das Aussehen des Phantombildes in der Zeitung passe. Bei dem Mieter handelt es sich um Dieter Preis, geb. 16.08.62 in Iburg.
Die Person wurde aufgesucht. Eine Ähnlichkeit zum Phantombild besteht (Polaroidfoto liegt bei). Preis war zur Tatzeit mit seinem Fußballverein auf Kegeltour, was von drei Mitfahrern telefonisch bestätigt wurde.
Die Spur ist erledigt.

Altenkamp KHM

Fernschreiben
Betr.: Mord zum Nachteil Kerstin Baum, 10.09.02
Bezug: Ihr FS Nr. 155 v. 11.09.02
Die im o. g. Fernschreiben aufgeführte Personenbeschreibung passt auf den hier einschlägig bekannten
Alfred Klemm, 01.04.59 in Aalen.
Klemm ist mehrfach wegen Vergewaltigung und versuchten Totschlags in Erscheinung getreten und verbüßt seit dem 14.12.87 eine Haftstrafe wegen sexueller Nötigung in der JVA Hamburg. Er hatte am Tattag Hafturlaub, aus dem er einen Tag zu spät zurückkehrte.

Kripo Hannover, KK 14, i. A. Grimm+

Spur 112
Frau
Emmi Lange, 03.01.23,
wh. hier, Goethestr. 17,
teilt mit, dass sie am Morgen nach der Tatnacht ihr Gartenhäuschen aufgebrochen vorfand. Entwendet wurde nach erstem Eindruck nichts.
Frau Lange wurde am heutigen Tage noch einmal aufgesucht und befragt. Es ergaben sich keine weiteren Hinweise.

Dierks, PMin/KKBin

Im Radio fängt irgendeine Techno-Nummer an zu dröhnen. Ulla dreht voll auf und rockt im Sitzen mit erhobenen Händen.

14 Uhr 40

Telefon.

Ulla nimmt ab. Der Anzeiger.

Ne, bloß nicht. Mach du das man.

Noch gar keine Zeitung gelesen, heute. Wo ist denn der Sportteil?

Schmidt kommt, legt zwei Fernschreiben ins Körbchen.

»Ich hab den Tauscher zur Aufenthaltsermittlung ausgeschrieben. Jetzt geh ich noch mal zur Schwester. Vielleicht krieg ich noch 'n bisschen Fleisch an die Sache.«

»Okay.«

Scheiß Bayern. Die müssten nur Druck kriegen. Dieser oberarrogante Feistschädel von Hoeneß.

Müller und Beckmann erscheinen. Beckmann schmunzelt, Müller brabbelt.

»Ist doch wohl super, oder? Äh, Ulla, kennste den? Was ist Pech?«

»Wenn du mir'n Witz erzählen willst.«

»Komm, sei nicht so zickig. Was ist Pech?«

»Ein Kohlenwasserstoff.«

»Aaach, Weiber.« Er zieht die Mundwinkel nach unten, winkt ab, geht.

Ulla sieht rüber, lächelt, Schulterzucken.

Tolles Foto von Katharina Witt. Wunderschöne Augenbrauen.

Auf der Autobahn nach Dortmund steht ein Wohnmobil, Warnblinkanlage, trampende Frau, anhalten, helfen. Mann, das ist ja Katharina Witt. Hat 'ne Panne, und in einer Stunde fängt ihre Tourneeshow in der Westfalenhalle an. Der Motor ist völlig hinüber. Mitnehmen? Eigentlich bin ich ja selber unter starkem Zeitdruck, aber okay. Einsteigen, fast eine Stunde Fahrt, kann meine Fahrerfähigkeiten aus den unzähligen Kursen beim MEK voll anbringen. Außergewöhnlich gute Unterhaltung, ist ganz locker und wirkt sehr angetan. Das muss sie unbedingt wieder gutmachen. Morgen ist sie noch in Dortmund. Essen gehen und …

Glowatzki und Anne kommen. Er hebt den Zeigefinger und die Augenbrauen.

»Sehr interessant.«

Legt einen Vermerk auf den Tisch.

»Wir hatten doch diese Spur mit dem Gartenhäuschen bei Lange in der Goethestraße, drei Straßen vom TO entfernt. Die Frau ruft mich eben an.« Er hebt beide Hände.

»Heute hat ihr der Nachbar, ein Ernst Meinert, erzählt,

dass sein Scheiß Gartenhaus auch aufgebrochen worden ist. Und weißt du, was da fehlt?«

»Holzschuhe!«

»Knapp daneben. Gummistiefel, Größe 44.«

Er lässt sich zurückfallen, die Lehne knarrt. Grinsen bei Anne.

»Ich habe Beckmann schon Bescheid gesagt, der kommt sofort runter.«

Na, denn, so langsam kommt's doch.

Die Nadel vom roten Fähnchen sticht genau durch das O von Goethestraße an der Wandkarte.

Ulla tippt etwas, sieht auf die Karte.

»Nu mal nich so voreilig mit die Fähnkens.«

»Wenn das nicht unser Mann war, fress ich 'nen Besen. Wer klaut denn Gummistiefel?«

»Das kannste so nicht sagen.« Glowatzki. »Meine Pappenheimer, die brechen nachts sogar in Baubuden ein und klauen Schraubenzieher.«

»Ich glaub's ja auch, aber wenn nicht, komm ich auf dein Angebot zurück.« Ulla bildet mit der rechten Hand eine Pistole und schießt.

17 Uhr 30

Gerster öffnet die Tür, die Mannschaft poltert aus dem Besprechungsraum. In der Zugluft bewegen sich die Gardinen. Glowatzki und Beckmann bleiben noch sitzen und erklären Stroter und Röhrig die Spurensicherung im Gartenhäuschen, Heike steht an die Fensterbank gelehnt, hört zu.

Es zieht auf dem Flur. Inspektionsleiter Grimm kommt

die Treppe herunter. Junge, Junge, Schulterklappen auf dem Hemd. Gold wird doch immer wieder gerne gezeigt. Er bleibt stehen, erkundigt sich nach den Ermittlungen, wünscht viel Erfolg. Ulla hakt von hinten den Arm ein.

»Was dagegen, wenn ich heute früher gehe?«

»Wieso sollte ich. Wann denn?«

»Am besten, jetzt gleich. Ich muss unbedingt was für meine Mutter kaufen, die kommt am Wochenende.«

Im Büro packt sie ihre Sachen, grüßt, geht, kommt zurück.

»Hab ich vergessen. Dr. Kürfel vom LKA wollte noch mal anrufen. Als ich ihn vorhin erreicht habe, war er noch nicht ganz so weit. Eine erste Analyse der Spuren kriegt er heute noch fertig. Das ist aber schon zwei Stunden her. Du kannst ja mal nachfragen.«

»Freitags um diese Zeit.« Wenn der man noch da ist. Sie grüßt noch mal, verschwindet.

Das Telefonverzeichnis ist nicht zu finden. Im Radio Zappa, super.

Hey, there, people, I'm Bobby Brown, they say, I'm…

Das Verzeichnis liegt unter dem Spurenordner. Halb sechs, da müssten die Polizeileitungen eigentlich frei sein. Kürfels Durchwahl ist 3012.

Freizeichen.

»Abteilung fünf, Dr. Kürfel.«

»Kirchenberg, MK Baum. Tag, Herr Doktor. Meine Kollegin, Frau Wiesing, hatte schon mit Ihnen gesprochen…«

»Herr Kirchenberg, ich habe schon vor 'ner halben Stunde versucht, Sie zu erreichen, ohne Erfolg.«

»Ja, das kann sein, wir hatten Besprechung. Wie sieht's aus, gibt's schon was?«

»Das kann man wohl sagen. Wir haben zuerst den Schuh untersucht und allerhand daran festgestellt. Die biologischen Untersuchungen bezüglich des Bodens sind zwar noch nicht abgeschlossen, aber man kann dennoch einiges dazu sagen. Das Interessanteste aber zuerst. An dem Schuh ist eine Spermaspur, in den Rillen des Absatzes und in dem Bereich davor.«

»Sperma? Am Schuh?«

»Aber das allein ist noch gar nicht so interessant, das Ergebnis hatten wir gestern schon. Ich habe mir daraufhin heute die Sekretspur 13 aus dem Spurensicherungsbericht mal angesehen, eine Blut-Sperma-Spur vom Gesäßbereich des Opfers. Das Blut ist eindeutig vom Opfer, das Ejakulat ist aber ohne jeden Zweifel nicht mit der Spermaspur am Schuh identisch.«

»Wie bitte? Zwei verschiedene Spermaspuren. Heißt das, wir haben zwei Täter?«

Kerstins Zimmer, zwei Männer, keine Gesichter, Kerstin auf dem Bett, Terrassentür, dunkel, Nacht, schwarzer Hund, Blut…

»Weiß ich nicht. Ich kenne die weiteren Tatzusammenhänge nicht. Jedenfalls sind beide Spuren von Ausscheidern. Die am Schuh ist Blutgruppe null positiv, die andere AB negativ, also ziemlich selten.«

»So im ersten Augenblick ist mir das ein absolutes Rätsel.«

»Ja, schon ungewöhnlich. Außerdem haben wir am Schuh neben Erdreich aus dem Garten des Opfers in den Rillen schwarze Aschenpartikel gefunden, der Art, wie sie früher auf lose befestigten Plätzen verstreut wurde. Macht man heute aber nicht mehr, wegen des Dioxins. Ich könnte

Ihnen jetzt nicht einmal sagen, wo hier in der Stadt noch so was ausliegt.«

»Kirmesplätze vielleicht…«

»Schon möglich. Wenn Sie bei sich eine Kontrollspur haben, lassen Sie sie uns schnellstmöglich zukommen.«

»Gut… ja… natürlich. Ist ja 'ne ganz schöne Überraschung. Ich…«

»Ich wollte das nur in aller Kürze vorab mitteilen. Einen vorläufigen Bericht werde ich Ihnen heute Abend noch zufaxen.«

»Heute Abend noch…?«

»Ja, morgen komme ich nicht dazu. Den Samstag habe ich mir freigehalten für einen Doppelmord aus der Eifel. Die sind da ziemlich unter Zeitdruck und brauchen ein serologisches Gutachten.«

»Gut. Ich bin ohnehin noch eine Zeit hier. Dann sage ich erst mal schönen Dank und wünsche dennoch ein schönes Wochenende.«

»Danke, Wiederhörn.«

»Wiederhörn.«

Im Radio sind Nachrichten. Das stört jetzt. Angenehme Stille.

Auf dem Hochhaus gegenüber stehen die beiden Fahnen der Sparkasse stramm im Wind.

Zwei Spermaspuren. Doch zwei Täter? Vielleicht war ja noch einer drin, ist mit abgehauen, bevor die Wierwich reingegangen ist. Sie hat ja auch 'ne ganze Zeit gewartet. Aber wieso am Schuh? Am Absatz?

Schritte auf dem Flur. Stroter erscheint, Heike, die Durchläuferin, danach Gerster und Röhrig.

Stroter nimmt eine Zigarette.

»Sind das deine? Du hast Zigaretten?« Staunen.

Gerster blättert in seinem Körbchen, Röhrig nimmt auch eine Kippe.

»Irgendwas Neues, so zum Wochenende? Läuft morgen was?«

»Ich habe gerade mit dem LKA gesprochen. An dem Schuh, den wir gefunden haben, ist Sperma.«

»Sperma? Am Schuh?«

»Ja, aber – *attention* – diese Spermaspur ist ohne jeden Zweifel von einer anderen Person als die am Opfer.«

Überraschte Blicke.

»Wie? Zwei verschiedene Abgänge? Das ist sicher?«

Röhrig vergisst fast das Streichholz in seiner Hand, schüttelt es im letzten Augenblick.

»War denn da noch einer mit drin?« Heike.

Stroter schüttelt den Kopf.

»Glaub ich nicht. Es gibt im gesamten Spurensicherungsbericht keinen einzigen müden Hinweis auf 'nen zweiten Täter.«

»Bis auf die zweite Spermaspur.«

»Hmmmm.« Stroter.

»Wie soll das denn sonst gehen? Vielleicht haben wir uns durch die Zeugin zu sehr auf einen Täter fixiern lassen, waren zu festgelegt.«

Stroter hebt die Arme. »Aber es gibt keinen Hinweis auf zwei. Über 90 Prozent aller Sittentäter arbeiten allein.«

»Außer dem Schuh gibt es auch keinen Hinweis auf einen Täter …«

»… die Zeugenaussage …«

»… okay, aber sonst nichts. Vielleicht war er schon raus, als die Wierwich reinkam.«

»Und bei dem Regen hat hinterher sowieso keine Sau mehr Spuren erkennen können im Garten. Außerdem: Die ganze Fesselung kriegt man zu zweit auch besser gebacken.« Röhrig quillt beim Reden der Qualm aus dem Mund. Wie früher bei Onkel Willi.

Stroter winkt ab. »Ne, ne, ne. Wie gesagt: Fast alle Sittentäter, die nicht Zufallstaten begehen, also planen, handeln allein. Vom Alter her passt es auch. Da war kein zweiter, glaub ich nicht. Warum solln die denn abhauen, zu zweit. Hätten die die Wierwich doch auch noch mitnehmen können.«

»Wegen des Köters.« Heike.

Schweigen. Überlegen.

»Auf jeden Fall müssen wir ab jetzt stramm in beide Richtungen ermitteln. Da geht kein Weg dran vorbei, Leute. Bei dem Spurenbild sind zwei Täter einfach denkbar. Wie kommt man denn sonst an 'ne Spermaspur am Schuh, als Mann?«

Heike zeigt auf die Zigaretten, fragender Blick. Ja, klar. Röhrig gibt Feuer, nebenbei.

»Höchstens im Stadtpark. Hinten am See ist im Sommer jede Nacht Schwulentreff. Da ist richtig was los, wenn's warm ist. 'ne Nummer machen da zwar die wenigsten im Gebüsch, aber reichlich gegenseitiges Onanieren zum besseren Kennenlernen.«

»Hm, kennst dich ja gut aus.« Stroter, hämisch.

»Und warum fesselt der dann Frauen und spritzt ihnen auf'n Hintern? Ne, ne, glaub ich nicht.«

»Ja, gerade«, er gestikuliert, »passt doch super zusammen. Liebt Männer, hasst Frauen. Erst tötet er sie, dann vögelt er sie aus Verachtung.«

Heike sagt nichts. Ob die solche Sprüche verträgt?

»Möglich ist so was natürlich, aber ob man so 'ne Spur am Absatz von einem Ende der Stadt bis zum anderen retten kann?«

Heike setzt sich.

»Wenn's trocken ist, kann das schon sein. Aber zu dem Thema davor habe ich im letzten Semester 'ne Seminararbeit gemacht. Nach allem, was ich gelesen habe, hat eine Reihe von Männern beim GV schon Machtausübungsgefühle. Ein Triebrudiment aus der Urzeit. Wenn ich meine Alte vögele, gehört sie mir auch, also Unterwerfung mit dem Schwanz, quasi. Findet man übrigens noch in sehr vielen Kulturen. Wenn der vorher allerdings im Park war, würd ich an deren Stelle besser aufpassen, dass der andere mir nicht auf die Schuhe wichst, wenn ich ihm schon einen pelle.«

Stille. Stroter und Röhrig sehen Heike an, schweigend. Donnerwetter, die Durchläuferinnen.

»Ja, äh, okay. Aber das Sperma war ja auch unterm Schuh, so, als ob er reingetreten wäre. Außerdem war noch Asche in den Rillen, sagt Dr. Kürfel.« Stroter nickt.

»Na also, das passt doch. Dahinten sind jede Menge Wege und so'n alter Bolzplatz, alles mit Asche bestreut.«

Da muss Beckmann ran. 2122. Geht keiner ran.

»Hat einer von euch Beckmann gesehen?«

»Mann, wovon träumst du? Es ist Freitag, sechs Uhr.«

Stroter winkt ab.

Der könnte auch mal nachfragen, ob noch was anliegt.

»Könnt ihr das machen, ein paar Vergleichsproben? Dann können die morgen noch zum LKA gebracht werden.«

Röhrig streicht sich übern Hintern.

»Wir zwei gut aussehenden Typen? In den Stadtpark? Um diese Zeit?«

»Ihr könnt ja Heike vorschicken, die ist nicht gefährdet.«

Er wuschelt ihr durch die Haare.

»Nachher überzeugt sie noch einen.«

Heike imitiert ein tiefes Lachen. Sie gehen.

»Die Tüten sind in der KTU. Und nehmt von mehreren Stellen. Mit Skizze.«

Stroter kommt zurück, guckt beleidigt.

»Ich war sechs Jahre bei der KTU.«

Ach, ja. 18 Uhr 17 auf der Digitalanzeige des Radioweckers. Was gibt es denn? Gianna Nannini.

O Gott. WDR II.

21 Uhr 35

Das Schnürband am rechten Joggingschuh reißt, ist aber noch lang genug zum Reparieren, zum Glück. Stinkt schon ganz schön nach Schweiß, die Hose. Kommt nachher gleich in die Wäsche. Schlüssel nicht vergessen. Die Wohnungstür fällt zu, hallt im Treppenhaus nach. Im Eingang sind Prospekte verstreut, klemmen beim Öffnen unter der Tür.

Dämmriger Himmel über den Häusern, die Straßenlaternen zucken kurz, glühen schwach rot. Eine Alte lässt auf dem Erdreich um die Erlen ihren Dackel kacken. Scheiß Köter, sollte man alle an den Straßenlaternen aufhängen. Am Schwanz.

Halb zehn. Da lässt der Verkehr schon nach, bis zum Park kann man da die Hauptstraße benutzen, ohne sich zu vergiften.

Oh, Mann, die Beine. Der letzte Lauf ist auch fast zwei Wochen her, ungefähr. Das merkt man.

Bei Sener sind Gäste. Ayse steht hinter der Theke. Sieht beschäftigt aus. Die kann von drinnen bestimmt nichts sehen, oder? Lieber ’n bisschen zügiger laufen.

Wie das wohl wird, morgen? Hat ja eigentlich prompt zugesagt. Lachen kann die, und wirkt eigentlich vollkommen frei. Aber irgendwas bleibt von so ’ner Erziehung bestimmt hängen. Vielleicht, wenn man sie näher kennt...

Auf der Bank am Parkeingang steckt ein Mädchen einem Jungen ein Kaugummi in den Mund. Was machen die denn noch draußen, die sind doch höchstens fünf. Das Mädchen lacht, steckt die restlichen Kaugummis wieder ein. Die Fontäne am Teich wird schon angestrahlt, der Schein kitzelt ganz schwach das Grün des Rasens hinter dem Museum. Ein imposanter Kondensstreifen im Westen. Sieht aus wie ’ne Vierstrahlige, oder? Ein Pärchen schlendert eng umschlungen unter den jungen Linden, beide lachen hemmungslos, können sich kaum auf den Beinen halten.

Seitenstiche. Rechts. Wie kommt das denn? Rhythmisch atmen, los.

Auf der beleuchteten Promenade am Ententeich lässt einer seinen Rottweiler frei laufen. Mann, nimm die Töle an die Leine.

Der Rottweiler sieht rüber, kommt augenblicklich angerannt, bellt tief, gurgelnd.

»Mann, ruf den Scheiß Köter zurück. Du hast sie doch wohl nicht alle?«

»Stehen bleiben, der tut nichts.«

Der Hund steht in zwei Meter Abstand, bellt mit freigelegten Zähnen.

Ist hier kein Baum in der Nähe. Bloß nicht umdrehen. Herrchen kommt in Seelenruhe angeschlichen. Er nimmt ihn am Halsband.

»Machen Sie doch nicht so einen Aufstand, das ist nur Spiel. Sie machen den Hund ja ganz nervös mit dem Geschrei.« Schnell weg.

Der hat sie doch wohl nicht alle. Scheiß Hundebesitzer. Der tut nichts! Man sollte echt die Plempe mitnehmen, die würden blöde Gesichter machen.

Der Köter kommt angerast. Hey, nimm den Hund zurück. Der tut nichts, Satan, Platz. Satan kommt in langen Sprüngen, bellt tief. Mitten im Sprung reißt ihn die neun Millimeter nach hinten. Kurzes Jaulen. Die Birne ist hinten aufgeplatzt. Satan röchelt noch, kriegt noch einen Aufgesetzten ins Ohr, Gnadenschuss, versteht sich. Herrchen kriegt das Maul nicht zu. Stimmt, der tut nichts. Herrchen ist geschockt, blickt auf Satan, erholt sich, kommt mit erhobener Faust. Mörder und so'n Zeug. Will schlagen, kriegt einen kurzen Tritt in die Eier.

Verdammte Köter.

Bei der Festnahme von Brameier, dem Luden, da hat Kunz mal 'nen Hund erschossen. Irgendwie so'n Kampfvieh. Brameier, der hat es auch verdient gehabt. War ganz schön sauer, damals.

Irgendwann krieg ich dich, Kirchenberg.

Wie lange hat der eigentlich noch? So sieben, acht Jahre. Diese Ratte. Die Nutten gequält bis zum Exzess, schade, dass der keinen Widerstand geleistet hat.

Brameier, Sie sind festgenommen. Er hat 'ne große Fresse, stößt den ersten Kollegen zurück, will mit 'nem Aschenbecher schlagen. Ihr kriegt mich nicht. Ist mit dem zweiten

Kollegen beschäftigt, sieht nicht die gerade Rechte, voll auf die Nase. Leichtes Knirschen. Er fällt etwas zurück, blutet stark. Die Augen funkeln vor Wut, ist doch 'n harter Hund. Nimmt den Stuhl, will dem Kollegen eins rüberziehen. Der weicht aus, der Schwinger geht ins Leere. Er passt einen Augenblick nicht auf, wieder die Rechte, diesmal auf die oberen Schneidezähne. Der linke bricht ab, so knapp unterm Zahnfleisch, der Nerv hängt raus wie'n grauer Popel. Das schafft ihn. Er brüllt. Die beiden Kollegen biegen ihm die Arme ins Kreuz, die Acht schließt sich mit leisem Klicken bis zum Anschlag. Und noch etwas weiter.

Das wär's gewesen. Aber dafür war der einfach zu cool.

Kohle hatte der bis zum Abwinken. Testarossa, Range-Rover und Porsche in der Garage. Kein Wunder, so fünfzig Mädels liefen für den. Jede Nacht zwei Hunnis – schlapp gerechnet – kommt ganz schön was zusammen. Ein paar von den Pornoläden am Bahnhof gehörn dem auch. Diese Wichsschuppen. Aber Geld ist damit zu machen. Man muss nur einen finden, der mit dem Aufnehmer da durchwieselt.

Hey! Mann! Das isses! Verdammte Scheiße. Der ist da reingetreten. Der Täter war vorher in so 'nem Laden. Daher das Sperma am Schuh. Dass da noch keiner draufgekommen ist. Sofort Ulla anrufen.

Der Rottweiler am Teich ist zum Glück nicht mehr da, die Kinder auf der Parkbank auch nicht. Bei Sener ist es voll.

Die blöden Prospekte. Auf der zweiten Treppe sitzt der alte Siele. Schon wieder stramm?

»'n Abend.«

»Guten Abend.«

»Na, 'n kleines Päuschen machen auf dem Weg nach oben?«

»Sieht wohl so aus«, er lacht. »Nein, nein, ich habe meinen Schlüssel drinnen gelassen, und die Tür ist zu.«

»Ach du lieber Himmel. Wie spät isses denn?«

»Viertel nach zehn.«

»Auch das noch. Etwas zu spät. Da nimmt der Schlüsseldienst schon Nachtzuschlag.«

Er winkt müde ab. Zwei Schweißtropfen fallen von der Nase.

»Schlüsseldienst brauch ich nicht. Ich habe meinen Bruder angerufen, der hat einen Schlüssel. Mit dem Auto braucht der aber noch 'ne Zeit.«

»Dann geht's ja noch.« Den kann ich doch hier nicht sitzen lassen.

»Wollen Sie sich nicht zu mir setzen? Ist 'n bisschen angenehmer als hier draußen.« Skeptischer Blick.

»Ich will Ihnen keine Umstände machen, so spät.«

»Ach, wo. Ich geh sowieso nie vor zwölf ins Bett.«

Er nickt, steht auf. »Na gut. Sehr nett. Die Treppe ist wirklich ein wenig hart und kalt. Ich müsste nur unten an der Klingel einen Zettel anbringen.«

Er kramt in den Taschen, hält Zettel und Kugelschreiber hoch, geht runter.

Die Tür anlehnen, erst mal 'n Bier. Siele kommt rein, bleibt in der Küchentür stehen, lässt den Mantel an.

»Wollen Sie sich nicht ausziehen? Wer weiß, wann Ihr Bruder kommt.«

Er stimmt zu, zieht den Mantel aus, altes Teil, legt ihn über die Lehne des Küchenstuhls. Die Bierflasche zischt beim Öffnen.

»Was kann ich Ihnen anbieten? Sie können auch was anderes haben. Wasser, Wein oder Kaffee?«

Er atmet durch, prüfender Blick, überlegt.

»Wenn Sie es schon anbieten, nehm ich gern einen Wein, einen roten nach Möglichkeit.«

Ist möglich. Ein trockener Roter aus Spanien. Er fasst das Glas am Stiel, trinkt, anerkennendes Nicken.

»Sie sind bei der Polizei, nicht wahr?« Woher weiß der das denn?

»Ist das so bekannt hier im Haus? Ich dachte immer, hier weiß keiner was über den anderen.«

Er lächelt, trinkt.

»Das stimmt eigentlich auch, aber bei Polizisten weiß man so was meistens.«

Das Bier ist ziemlich warm. Langsam beginnt am Rücken die Kühle hochzukriechen. Erst mal hinsetzen.

»Ja, wirkt immer so exotisch, hab ich das Gefühl, ist es aber gar nicht.«

»Was machen Sie da, wenn ich fragen darf?«

»Ich bearbeite Kapitaldelikte, also in erster Linie Tötungsdelikte, Morde und so. Exakt ausgedrückt leite ich Mordkommissionen.«

Er schiebt die Unterlippe vor, nickt, trinkt dann. Seine Augen fixieren einen Punkt an der Decke. Er beugt sich vor.

»Ist es für Sie ein Problem, mit dem Leid fertig zu werden?«

Er stützt sich auf beide Ellbogen, aufmerksamer Blick. Leid?!

»Eigentlich nicht, nein. Wir werden natürlich nach so einer Tat häufig mit trauernden Angehörigen konfrontiert, aber es gab in all den Jahren vielleicht drei oder vier, bei denen ich sehr berührt war. Alle anderen versinken bei mir so ein wenig in der Sachlichkeit der Ermittlungen.«

Die Küchenuhr tickt.

»Ich denke, anders wäre es wohl auch nicht möglich.«

»Nein, wohl nicht. Die Kinder sind natürlich immer schlimm. Aber wissen Sie, das Umfeld der Täter, in das man jedes Mal sehr tief eindringt, es zumindest versucht, greift einen oftmals genauso an. Klingt herzlos, nicht?«

Er schüttelt kaum merklich den Kopf. »Nein, keineswegs, das versteh ich sehr gut.«

»Am Anfang dachte ich immer, dass sei Gefühl für die Falschen, auch wenn die Eltern eines Täters nichts mit seiner Tat zu tun haben«, 'n Schluck Bier, »ist es natürlich nicht. Einen Menschen auf grausame Weise zu verlieren ist sicherlich oft unverwindbar. Aber mit einer Schiffsladung Schuld zu leben ist vielleicht genauso schwer.«

»Ja, die Schuld. Wohl ein zentraler Punkt in unserem Leben.«

Wie der spricht, heute Abend. Der wirkt so ganz anders.

»Das ist eine ganz eigenartige Erfahrung, wissen Sie, die man natürlich nicht verallgemeinern kann, sondern im Einzelfall sehen muss, aber manchmal hatte ich schon das Gefühl, dass nach Jahren die Angehörigen der Opfer mit der Sache besser abgeschlossen hatten als die Menschen, die dem Täter nahe standen.«

Langsam müsste ich mal duschen, wird kühl.

»Das kann wohl sein. So eine Tat reißt sicherlich viele in einen Abgrund.« Kurzes Schweigen. »Nur, in solch einem Fall wird es klar erkennbar, aber glauben Sie mir, hinter vielen Mauern läuft das Grauen viel subtiler ab, die Folgen sind dennoch oftmals nicht viel weniger gravierend.« Blick ins Leere. Wie der redet.

»Das klingt so wissend.«

Er schaut rüber, wie aufgewacht, nimmt einen Schluck Wein, lehnt sich zurück.

»Ich bin achtundfünfzig, da hat man ein Leben hinter sich.« Gequältes Lächeln. »Aber Sie vermuten schon richtig. Wissen Sie, ich war mal Pfarrer. Das ist zwar lange her, aber man bekommt da oft einen Einblick, den viele nicht vermuten.«

Das ist der Hammer. Pfarrer. Ein Intellektueller. 'n Schluck Bier.

»Pfarrer?«

»Ja.« Er lächelt amüsiert.

»Evangelisch oder katholisch?«

»Ich war katholischer Pfarrer in einem kleinen Ort im Münsterland. Das ist aber fast fünfzehn Jahre her.«

»Im Münsterland auch noch.«

»Hat das so einen schlechten Ruf?« Er trinkt den Rest, nickt, nimmt noch ein Glas.

»Na ja, scheint ja 'ne ziemlich konservative Ecke zu sein, wie man so hört. Und dann auch noch ein kleiner Ort.«

Er lehnt sich zurück, denkt kurz nach.

»Meine Gemeinde war in Ordnung, da hab ich sehr viel Vertrauen erfahren. Das wirkliche Problem ist die Kirchenleitung gewesen, und die ist überall gleich. Ich bin nämlich nicht ganz freiwillig ausgeschieden, müssen Sie wissen, sondern unter unerfreulichen Umständen. Und da hat meine Gemeinde – auch für mich überraschend – sehr viel Engagement gezeigt.«

Er trinkt. Kurzes Schweigen. Das hört sich nach 'ner heftigen Sache an.

»Aber es hat nichts genützt?«

»Nein, hat es letztendlich nicht. Ich habe damals sehr viel

Enttäuschungen erlebt, aber auch sehr, sehr viel Vertrauen erfahren. Das tat gut. Trotz aller Rückschläge ist es doch leichter, mit Vertrauen zu leben, denk ich.«

Es schellt.

»Das wird mein Bruder sein.« Er stemmt sich hoch, zieht den Mantel an. Ein Dicker mit Glatze kommt die Treppe hoch, braune Jacke, Jogginghose, hält den Zettel in der Hand. Die beiden begrüßen sich mit einem Lächeln.

»Vielen Dank, Herr Kirchenberg, für den Wein und die Gastfreundschaft.«

»Jederzeit wieder. Ich will mich nicht aufdrängen, aber wenn Sie mir vertrauen, können Sie auch einen Schlüssel bei mir hinterlegen.«

Er nickt, die beiden gehen hoch.

Noch zwei Schluck Bier in der Flasche. Ach ja, Ulla. Wie spät? Halb elf, geht noch.

»Hi, Ulla, ich bin's.«

»Hallo. Was ist los? Gibt's was Besonderes, dass das nicht bis morgen Zeit hat?«

»Nur 'n Gedanke, hatte beim Joggen 'ne Idee. Könnte das Sperma unterm Schuh nicht aus 'nem Sexshop stammen, dass der da reingelatscht ist. In so 'ner Kabine?« Kurze Pause.

»Wie? Also, Sexshop, okay, aber meinst du, da liegt Sperma rum?« Die kennt das nicht. Die war da echt noch nicht drin.

»Ja, da gibt's so Kabinen, da ist das möglich.« Wieder kurze Pause.

»Gut. Das heißt, er müsste unmittelbar vorher in einer von diesen Kabinen drin gewesen sein? Und du meinst, das bringt uns weiter?«

»Weiß ich nicht, aber möglicherweise. Ist ’ne Chance. Vielleicht ist er irgendwie aufgefallen.« Scheint ja nicht so begeistert.

»Ja. Ist zumindest ein Ansatzpunkt.«

»Okay. Wollt ich nur noch mal loswerden. Schlaf gut.«

»Schlaf gut.«

Erst mal duschen jetzt, sonst fang ich mir noch einen ein. Die Flamme im Gasofen entzündet sich mit einem dumpfen Schlag, das Wasser rieselt wunderbar warm über den kalten Nacken.

SAMSTAG

7 Uhr 25

Beim Bäcker stehen sieben Leute vor dem Tresen. Jetzt schon? Um halb acht? Schade, die dunkle mit den kurzen Haaren ist heute Morgen nicht da. Eine ältere Frau mit Lockenwicklern unterm Kopftuch macht wahrscheinlich den Wocheneinkauf für die gesamte Straße. Bild-Zeitungen liegen neben den Überraschungseiern. Dicke Schlagzeile. Das ist er, der Menschenfresser. Dass den Laden noch keiner in die Luft gesprengt hat. Die mit den Lockenwicklern ist fertig.

»Zwei Vollkorn, bitte.«

Frau Gierth von unten macht die Tür auf. Das hat gerade noch gefehlt.

»Herr Kirchenberg, gut, dass ich Sie mal treffe. Sie leiten doch die Ermittlungen, hab ich gelesen. Wie sieht's denn aus?« Die lernt es nicht mehr.

»Wir tappen immer noch ziemlich im Dunkeln, Frau Gierth. Noch keine konkreten Hinweise.«

»Immer noch nicht? Sie sind doch schon fast eine Woche dran.«

»Tja, schwieriger Fall.«

»Isses denn eine Beziehungstat? Ich hab da letztens wieder so ein Buch gelesen…«

»Vermutlich nicht, Frau Gierth. Aber Sie verstehen ja, zu

viel darf ich nicht ausplaudern. Ist doch ein laufendes Verfahren.«

»Versteh ich ja.«

»Also, ich muss dann.«

»Aber ich sprech Sie noch mal an, ja.«

»Ja, ja.« Sie bleibt in der Tür stehen.

Am Brennnesselkäse ist an der Rinde etwas Weißes zu sehen, könnte Schimmel sein. Lieber wegschmeißen. Telefon.

»Kirchenberg.«

»Hier ist Ulla, Morgen. Bist ja noch zu Hause. Haben wir gestern Abend gar nicht mehr drüber gesprochen. Ich komme 'ne Stunde später heute. Du weißt, meine Mutter.«

»Okay. Stroter kommt auch etwas später. Kein Problem.«

»Willst du wegen der Sexshops heute schon was unternehmen?«

»Klar, müssen wir. Mal nachfragen. Vielleicht mach ich das selber.«

»Wenn es nicht zu früh ist, komm ich mit, auch mal 'n bisschen rauskommen.«

»Okay, gegen zehn hatte ich gedacht. Vorher haben die sowieso nicht auf.«

»Bis dann.«

Die Digitalanzege zeigt 07.53 Uhr. Im Radio läuft *Listen to your heart* von Roxette. Schönes Lied, fetter Synthesizer am Schluss.

Reichlich Parkplätze am Präsidium. Ein Schwarm Spatzen schreckt vor den Müllcontainern auf, dreht eine Runde über den Parkplatz. Ein Obermeister liest Zeitung auf dem

Wachtisch, sonst ist niemand zu sehen. Klingeln, er drückt den Summer.

»Morgen. Ist von uns schon jemand da?«

»Ja, vor zehn Minuten.« Kriegt die Zähne heute Morgen auch noch nicht auseinander. Die Fahrstuhltür schließt sich langsam. Scheissbullen ist innen in die Tür eingekratzt, »Scheiss« mit SS-Runen. E auf der Digitalanzeige, eins, zwei, drei… Oben ist es still, stiller als sonst. Mit einem leichten Heulen fährt der Fahrstuhl wieder nach unten.

Schnurrbärte. Ein Witzbold hat den meisten Terroristen auf dem Fahndungsplakat Schnurrbärte gemalt, auch den Frauen. Auf dem langen Flur spiegeln sich die Spuren der Bohnermaschine in Halbkreisen. Wie das Dach beim Chryslergebäude in Manhattan. New York. Da muss ich auch noch mal hin, so ein, zwei Wochen, das reicht.

Schmidt kommt, aufgeregt, wedelt mit einem Telex.

»Hier, sieh dir das an. Sie haben den Tauscher angetroffen, in der Nähe von Köln.«

Schwein gehabt. »Wann denn?«

»Leider gestern Abend schon, wir müssen also heut noch was machen. Ich fahr hin.«

»Allein?«

»Nein, nein. Mit Brokamp. Hole ihn von zu Hause ab. Wir nehmen den Omega.«

»Halt mich auf dem Laufenden. Länger als einen Tag möchte ich da nicht investieren, und nur ein Team.«

Er geht eilig den Flur entlang, stoppt. »Ich werd auf der Leitstelle hinterlassen, wo wir sind.«

»Die Wierwich ist zu ihren Eltern gefahren, das weißt du? Die kommt Sonntagmorgen erst zurück, ich meine wegen ’ner Gegenüberstellung.«

»Scheiße, wusste ich nicht. Aber wir müssen ihn auch erst mal haben.« Er winkt, verschwindet.

Im Eingangskörbchen liegen zwei Vermerke von den Schutzis. Eine Ähnlichkeit mit dem Phantombild, ein verdächtiger PKW in Tatortnähe.

Auf einem Teil des Busbahnhofes ist Wochenmarkt, grüne Zeltplane über den meisten Buden. Auf einigen sitzen Möwen, weiß vor grün. Stapelweise Holzkisten. Die könnten sich mit ihrem Abfall auch mal was einfallen lassen. Altenkamp kommt rein, leert sein Körbchen.

»Zu deiner Information, Konni, Werner und ich haben gleich noch einige Ermittlungen außerhalb. Zwischendurch müsste ich für 'ne Stunde meinem Sohn helfen. Die haben heute so'n Fest in der Schule. Hat der sich schon lange drauf verlassen, dass ich da komme…«

»'ne Stunde?« Nicken. »Klar, Mann. Auch länger.«

Er winkt, dreht sich, bleibt stehen. »Noch was, ganz interessant. 'ne Zeugin, die in der Nacht zu Mittwoch spät nach Hause gekommen ist, will am Bahnhof zwei komische Typen gesehen haben, so gegen zwei Uhr.« Er zieht die Schultern hoch. »Ich meine, wegen des zweiten Täters.«

»Okay. Hör's dir mal an.« Er geht.

Die Zeitung. Wo ist denn der Sportteil? Findet man samstags kaum, diese Papierberge. Starkes Großfoto von Jana Kandarr, fliegende Mähne. Schade, dass die immer schon spätestens in Runde drei ausscheidet. Zu früh, zu früh.

»Morgen.« Ulla steht gehetzt in der Tür.

»Wollen wir gleich los? Kaffee hab ich schon gehabt.«

»Mein Gott, so eilig.«

»Desto früher sind wir zurück.«

»Hm. Nich mal Zeitung lesen kann man in Ruhe. Affenstall.«

Kadett oder Golf? Golf. Gerster kommt lesend aus dem Vernehmungszimmer. »Was ist das denn? Der Meister fährt persönlich raus?«

Schulterzucken, ahnungsloses Gesicht.

»Hast dir wahrscheinlich die Zuckerspur gesucht.«

Ulla geht vor, holt den Fahrstuhl, wartet.

»Wie viele Läden gibt es davon überhaupt in der Stadt?«

»Keine Ahnung. Zwei kenn ich vom Vorbeifahren, am Bahnhof. Müssen mal fragen.«

»Kann ich mir gar nicht vorstellen, wie das aussieht. Kabinen haben die? Warst du da mal drin?«

»Du, irgendwann mal vor'n paar Jahren. In einer MK. Weiß ich kaum noch.«

Der Fahrstuhl kommt.

11 Uhr 47

Ulla hat Schwierigkeiten, am Ausgang den Schlitz im dichten dunkelroten Filzvorhang zu finden. Draußen, sie spreizt die Finger beider Hände, zieht die Mundwinkel nach unten.

»Hoffentlich holt man sich da nichts. Ekelhaft.«

»Find ich auch.«

»Einen haben wir noch?«

»Ja, hinten am Bahnhof. Ist, glaub ich, sogar 'n ziemlich großer.« Wieso liegt hier so viel Müll auf der Straße rum? Wahnsinnig viele Dosen, meistens Bierdosen. Fegen die hier nicht?

Neben einem Lampenladen ein Eingang mit Neonfiguren. Brüste in Blau, Herz in Rosa, Pimmel in Gelb. Kein Filzvorhang. Ulla lässt den Vortritt, links und rechts endlose Kabinenreihen, rote Lämpchen darüber. Einige brennen.

An den Wühltischen und den Regalen stehen Kerle, blättern in Magazinen. Hinterm Tresen ein Aufpasser, wechselt einem Trenchcoat 'n Zwanziger in Eurostücke. Bei dem hab ich auch schon mal gewechselt, Scheiße. Hat er hoffentlich vergessen.

Der Aufpasser hat noch zu tun, Ulla pflückt sich aus dem Wühltisch beim Warten ein Magazin heraus, *Pissende Teenies 3*, betrachtet die Titelseite, legt es zurück. Roter Kopf. Der Aufpasser ist fertig.

»Tag, Kirchenberg, Kriminalpolizei, Mordkommission.«

»Tag.« Er schiebt beeindruckt die Unterlippe vor.

»Wir ermitteln zurzeit in einer Mordsache, bei der eine junge Studentin getötet wurde. Der Täter hat sie in der Nacht zum Mittwoch in ihrer Wohnung umgebracht, und wir haben Hinweise darauf, dass er vor der Tat in einem Sexshop war.«

»Dies ist ein Erotikbasar.« Idiot.

»Okay, er könnte auch in einem Erotikbasar gewesen sein, jedenfalls irgendwo, wo man in Sperma tritt.« Hoffentlich war das nicht zu dick, nachher erkennt der einen noch. Der guckt so. Ist nicht grad polizeifreundlich.

»Wieso muss es unser Kaufhaus gewesen sein?«

»Muss es ja nicht, aber es könnte sein. Ist Ihnen dieser Mann aufgefallen, Dienstag, gegen Abend?« Er nimmt das Foto.

»Ne, kenn ich nicht«, schüttelt den Kopf, »Dienstag war ich aber auch nicht hier. Da war Zapp hier.«

»Zapp?«

»Ja, Reinhard Zapp, mein Kompagnon. Wir betreiben das Geschäft gemeinsam. Er löst mich heute um drei Uhr ab.« Drei Uhr ist zu spät.

»Wenn ich Ihnen ein Bild dalasse, können Sie's ihm bitte zeigen. Wenn er etwas dazu sagen kann, kann er mich ja anrufen. Ich lege meine Karte dazu.« Er nimmt sie, betont lässig.

»Wiedersehn.«

Ulla geht vor. Einem Alten mit wirrem Haarkranz fallen polternd drei Videokassetten aus dem Regal. Er will sie hektisch auffangen, reißt noch zwei andere runter, kriegt 'ne knallrote Birne. Zwei Kabinen am Ende der Reihe stehen offen. Auf dem PVC glänzen drei dicke Kleckse. Ulla zeigen.

»Siehst du, das meine ich. Deshalb sind wir hier.« Sie sieht genau hin, dreht sich, imitiert einen Kotzanfall, geht raus.

»Das ist doch wohl das Allerletzte.« Kopfschütteln. »Da hätt ich lieber gar keinen Sex als so was. Ekelhaft.«

»Ein Indiz für die Vereinsamung der Gesellschaft.«

»Fällt dir sonst noch was Blödes ein. Hör bloß auf!« Sie schnaubt. »Das ist schon 'ne reine Männerkiste. Wieso gehen Frauen nicht in so was, hm? Ne, ne, mein Lieber.«

»Vielleicht würden sie ganz gerne, trauen sich aber nicht.«

Sie lächelt gekünstelt.

»Ach ja, ihr seid ja auch noch mutiger, hatte ich ganz vergessen.«

»Reg dich nicht auf.« Sie lässt sich in den Arm nehmen, der Kopf wackelt schlaff hin und her.

Recht hat sie. Wahrscheinlich haben Frauen wirklich 'ne ganz andere Sexualität, jedenfalls die meisten. So einfach nur aus purer Geilheit…

»Aber mit Einsamkeit hat's vielleicht doch was zu tun«, sie redet wieder ruhiger.

»Und mit Mut auch, nur anders.«

Sie sieht hoch, zuckt die Schultern. Eine S-Bahn fährt über die Brücke, lückenlos mit Graffiti besprüht. Sieht toll aus. Das sollten die mit allen Zügen so machen.

»Ich hab noch 'ne Bitte: Wenn's geht, würde ich heute gern gegen drei gehen. Mama.« Sie zieht die Augenbrauen hoch. »Können wir wenigstens noch gemeinsam Kaffee trinken. Heute Abend fährt sie wieder. Das Wochenende war sowieso im Eimer.«

Passt ganz gut. Dann klappt das mit Ayse heute Abend auch leichter. Halb acht ist Feierabend.

»Klar, geht. Kannst ja gleich noch schnell durchsehen, ob noch irgendwas Wichtiges in den Ausgängen ist.«

Sie nickt, lächelt. »Gehn wir noch was essen?« Gute Idee.

15 Uhr 50

Ailton auf Daun, Daun hält den Ball, macht das Spiel langsam, spielt auf Verlaat, kurzer Pass, Verlaat wieder auf Bode, der jetzt weit auf den rechten Flügel, Ernst, Ernst mit langen Schritten, versucht, das Leder zu erlaufen, bei ihm Wörns, der ihn jetzt rüde von den Beinen holt, aber, aber, aber, oh, oh, oh, grobes Foul von Berhalter, das war nicht nötig. Jetzt gehen sie ihn an, die Bremer, verständlicher-

weise, und Schiedsrichter Jansen muss jetzt aufpassen, dass ihm die Situation nicht aus den Händen gleitet. Er holt sich den Berhalter heraus und zeigt ihm jetzt völlig zu Recht die gelbe Karte, da hat er noch mal Glück gehabt, der gute Berhalter, da sind schon andere wegen wesentlich geringerer Vergehen unter die Dusche geschickt worden…

Telefon.

»Kirchenberg, Mordkommission.«

»Hier ist Ulla. Immer noch da? Wollte mal nachfragen, ob sich noch was ergeben hat?«

»Nichts Entscheidendes. So'n paar Sachen hatte ich noch, die liegen geblieben waren. Hat man endlich mal seine Ruhe hier.«

…ein wild gestikulierender Eduard Geyer an der Seitenauslinie. Nach vorne, nach vorne, da steht das Bremer Tor, zeigt er seinen Mannen, und die können's gebrauchen, meine lieben Zuhörer, denn was die Cottbusser hier in der ersten halben Stunde…

»Ist Schmidt schon wieder aus Köln zurück?«

»Ne, bis jetzt noch nicht, gemeldet hat er sich auch noch nicht. Bevor ich abhaue, ruf ich aber mal da an, er hat mir 'ne Nummer dagelassen. Das Handy hat er nicht dabei.«

»Mach nicht mehr so lange.«

»Nein, nein. Um sieben bin ich weg.«

»Okay, ich werd mir jetzt erst mal ein Stück Kuchen gönnen.«

»Bis morgen.«

»Bis morgen.«

…jaaaaa, das kann er, der Bobic, da spürt man noch nichts von seinen reifen Jahren. Mit unwiderstehlichem Antritt jetzt in die Hälfte der Leverkusener, Bobics Pass auf

Stendel, und der wird festgehalten. Und jetzt meckert er, der Stendel…

Spur 102
PM Müller vom SB Süd teilt mit, dass er
Rene Gertel, 17.12.69 in Schondorf,
wh. hier, Gartenstr. 4,
vor einem Jahr nach sexueller Nötigung festgenommen hat.
Gertel sitzt z.Z. in der JVA Hamburg ein und hat nach telefonischer Auskunft der JVA, Herrn Mauer, seit drei Monaten keinen Hafturlaub gehabt.
Die Spur ist erledigt.

… Meißner mit einem Steilpass auf Krassimir Balakov, Balakov setzt sich auf dem rechten Flügel durch, schießt aus halb rechter Position, Donnerwetter, das war ein Hammer, aber Stiel ist unten, pariert zum wiederholten Male…

Telefon.

»Kirchenberg, Mordkommission.«

»Zapp, guten Tag. Sie wollten mich sprechen.«

»Ja, Herr Zapp, prima. Ich war heute in Ihrem Laden und habe Ihrem Geschäftspartner ein Bild dagelassen. Zur nformation: Wir ermitteln zurzeit in einer Mordsache. In der Nacht zum letzten Mittwoch ist eine Studentin umgebracht worden, und es kann sein, dass der oder die Täter vorher in einem Sex-Shop waren. Ist Ihnen am Dienstag gegen Abend oder überhaupt einmal eine Person aufgefallen, die der auf dem Bild ähnlich sieht?«

…kurzer Zwischenstop im Studio. Ausgleich in München…

»Also, ich hab da mal drüber nachgedacht, aber so richtig ist mir da nichts eingefallen. Das einzige, was 'n bisschen ungewöhnlich war, war letzten Dienstag. Da hatten wir hier einen kleinen Zwischenfall, bei dem ein jüngerer Typ Stunk gemacht hat. Der randalierte rum, und ich habe ihn dann rausgeworfen. Der könnte dem entfernt ähnlich sehen.«

»Ehrlich? Wann war das etwa?«

»Hm, schon etwas später. So gegen zehn ungefähr.«

»Können Sie sich an die Kleidung erinnern?«

»Puuh, irgendwas Dunkles, glaub ich. Genaues weiß ich nicht mehr.« Nicht schlecht.

»Warum ist der Ihnen aufgefallen? Hat er irgendwas gesagt?«

»Na, rumgemosert hat er. Wichsladen und so, und dass wir keine vernünftigen Hefte hätten.«

»Sonst nichts, irgendwas Besonderes?«

»Ne, sonst nichts, nur mosern. Irgendwann könnt ihr mich alle mal und so.«

»War er allein?«

»Glaub schon. Ich habe jedenfalls keinen anderen gesehen.«

»Gut, Herr Zapp. Ich kann noch nicht sagen, ob das wichtig ist, aber wir müssten das natürlich aufnehmen. Am besten gleich Montag. Kommen Sie doch bitte zum Präsidium und lassen sich den Weg zur Mordkommission zeigen, dort wird das aufgenommen.«

»Wenn's sein muss. Wann denn am Montag?«

»Wenn es geht, so früh wie möglich.«

»Meinetwegen, Montag.«

»Wiederhörn.«

... Tor, Tor in Bielefeld. Tor in Bielefeld. Eine tolle Aktion

von Dardai auf links, der den Hansen da regelrecht schwindelig spielt und von der Grundlinie in den Rücken der Abwehr flankt. Dort lauert der überragende Marcelinho und sendet einen Kopfball unhaltbar für Kiraly ins lange Eck …

Spur 80
Frau
Erna Pratt, geb. 01.06.37,
wh. an der Gracht 7,
hat am Tatabend eine blaue Limousine mit einer »2« in der Zahlenkombination mit hoher Geschwindigkeit aus der Siedlung fahren sehen.
Frau Pratt wurde noch einmal befragt, konnte jedoch keine weiteren Angaben zum Kennzeichen machen.
Die Spur ist vorerst erledigt.

Bültmeier, PMin

Telefon. »Kirchenberg, Mordkommission.«

»Hier ist Peter, hallo.«

»Schon so früh. Habe erst später mit euch gerechnet.«

»Ja, passte jetzt aber ganz gut dazwischen. Wir wollen nämlich jetzt gleich noch mal raus zu 'nem Exzellengenossen von Tauscher, da könnte er sein. Zwei andere Möglichkeiten haben wir schon abgegrast, aber negativ. Wir haben aber dafür Hinweise darauf, dass der am Mittwochmorgen nach Köln gekommen ist. Ein früherer Mittäter, den Namen haben wir aus der Akte, will Tauscher hier Mittwoch gegen neun in 'ner Ganovenkneipe am Bahnhof gesehen haben. Klingt doch super, oder?«

»Mittwochmorgen …« Langsam wird's dichter.

»Ja, passt doch zusammen. Ich sag dir, das ist unser

Mann. Wir haben hier noch drei mögliche Adressen abzugrasen, eine erst heute Abend.«

»Das heißt, ihr kommt heute noch zurück?«

»Mal sehen. Wenn's zu spät wird, brechen wir ab und machen morgen weiter.«

»Aber ihr seid sicher, dass der da ist?« Die sollen da keine Lustermittlungen machen.

»Es sieht ganz so aus, Mensch, denk doch mal an die ganze Geschichte. Und jetzt noch der Mittwochmorgen. Das ist doch was. Darauf kriegen wir 'n Haftbefehl.«

Das glaubst auch nur du. »Ruf mich auf jeden Fall noch mal an, auch zu Hause. Wenn ich nicht da bin, sprich auf den Anrufbeantworter oder aufs Handy, ja?«

»Alles klar. Wir müssen los.«

Schmidt haut mit Sicherheit wieder auf die Sahne. Aber wenn der Staatsanwalt mitmacht. Warten wir mal ab…

…jetzt Elber, vorbei an Nike, vorbei an Kos, ooooh, der geht ja ab, der Junge, ist jetzt an der Strafraumgrenze, hat nur noch Kampa vor sich, der verkürzt den Winkel, und Santa Cruz hebt den Ball weit über den Querbalken…

18 Uhr 20

Drei grüne Steine. Dass die dieses Zeug immer noch anschaffen. Abfallprodukt. Der rechte wippt unterm Strahl, die anderen beiden sind nicht zu bewegen. Komm, richtig Druck. Geht nicht, zu schwer. Noch ein fremdes Haar vom Rand spülen, ein paar Spritzer auf die Hose, verdammt.

Altenkamp kommt rein. »Hallo.« Stellt sich vors rechte Becken, berührt mit der Wampe fast den Wasserknopf.

»Hat das geklappt mit deinem Sohn?«

Nicken. »Ja, hat geklappt.« Sein Strahl zischt leise in verschiedenen Tönen, wenn er auf die Steine im Becken trifft. »Musste auch sein, hatte ich ihm lange versprochen. Bei dem Job geht familiär eh vieles den Bach runter, da war das ganz okay, dass ich da heute Morgen teilnehmen konnte. Hat sich gefreut.«

Er schüttelt, spült. Schwerer Atem. Bietet Camel ohne an. Camel ohne? Immer.

»Die eine Spur muss ich noch schreiben, mit der Frau, du weißt schon. Ist aber ganz interessant. Die wohnt in der Nähe vom Bahnhof und hat ziemlich genau um zwei Uhr fünf zwei junge Männer gesehen, die wahrscheinlich in den Bahnhof gingen, auf jeden Fall aber auf'm Bahnhofsvorplatz waren. Einer von denen hatte Blut vorne auf'm T-Shirt.«

»Das hat sie genau erkannt, dass das Blut war?«

»Sie sagt ja, beschreibt auch ziemlich genau die Spritzspuren…«

»…und mit Sicherheit zwei…«

»…ja. Wie gesagt, sind vermutlich in den Bahnhof gegangen, haben sich unterhalten.« Er schnippt Asche ins Pissbecken.

Zwei, um die Zeit, Blut auf'm Hemd. Die können sich auch in irgendeiner Kneipe geprügelt haben.

»Ist ihr irgendwas an den Schuhen aufgefallen?«

»Ne«, er schüttelt den Kopf, tiefer Lungenzug, »und die hat 'ne super Beschreibung abgegeben. Aber da ist ihr nichts aufgefallen.« Der Qualm seiner Kippe steigt steil nach oben, macht dann Drehungen. Wie Korkenzieher.

Stroter kommt rein. »Ist hier 'ne Versammlung?« Geht in die Kabine. Kann wohl nicht pinkeln, wenn einer zuguckt.

»Pass du man auf, dass du dir nicht über die Finger pinkelst«, Altenkamp lacht. Stroter kommt raus, macht ein gelangweiltes Gesicht, steckt sich eine an.

»Heinz hat ’ne Zeugin, die am Bahnhof um zwei Uhr zwei Männer gesehen hat, einer mit Blutspritzern auf'm T-Shirt.«

Stroter wiegt den Kopf. »Wer weiß, wo die sich geprügelt haben?« Sag ich doch.

Altenkamp drückt seine Kippe aus. »Kann schon sein, ist trotzdem nicht uninteressant. Zwei Männer, mit Blutspuren, eine Stunde nach der Tat. Wir haben doch zwei Spermaspuren.« Er öffnet die Arme, zieht die Schultern hoch.

Stroter zieht an der Marlboro. »Ich weiß nicht. Ich hab’s ’n paarmal für mich durchdacht, aber zwei Täter krieg ich einfach nicht auf die Reihe.« Kopfschütteln. »Die ist in der Kneipe vom Squash-Center zuletzt gesehen worden, gegen 23.20 Uhr, ist dann allein nach Hause gefahren, zehn Minuten, hat die Terrassentür aufgemacht und sich ins Bett gelegt. Dann kam er rein. Außerdem: Über 90 Prozent aller Sexualtäter mit anschließender Tötung sind Alleintäter, jedenfalls in den USA. Bei uns sieht das bestimmt nicht viel anders aus. Alleintäter, ledig, mit schwach ausgeprägten sozialen Bindungen.«

»Hast du wieder in deinem *Der kleine Profiler* geblättert?« Altenkamp feixt.

»Mach dich nur lustig. Ich finde es lächerlich, dass das hier bei uns so schlapp gehandhabt wird. Die haben da tierische Erfolge, gerade in solchen Fällen wie diesem.«

»Und, hast du noch weitergeblättert.« Er hat Recht.

»Ja, ein wenig. Also, nach deren Wahrscheinlichkeitsstudien ist eben ein Einzeltäter fast sicher. Er ist zu 88 Prozent zwischen achtzehn und achtundvierzig Jahre alt und eher allein stehend. Meistens geht er einem geregelten Beruf nach. Aber das sind jetzt so allgemeine Klamotten, die ich mal gestern so nachgelesen habe. Wenn man es genau machen wollte, müsste man gezielt mit den Daten aus diesem Fall arbeiten. Ich finde das super.« Altenkamp sagt nichts, legt die Stirn in Falten.

»Könnte sein, aber die letzte Stunde, seit sie das Squash-Center verlassen hat, ist eben offen. Die kann auch einen mitgenommen haben. Oder einer hat sie gesehen und ist hinterhergegangen oder -gefahren.« Altenkamp spielt mit dem Handtuchhalter.

»Die kann überall noch einen getroffen haben zwischen Squash-Club und Wohnung, da kann unheimlich viel passiert sein. Die kann auch einen in die Wohnung mitgenommen haben, und der hat hinterher seinen Kumpel reingelassen.« Er will zwei Täter.

Oder die haben sich die schon im Squash-Club ausgesucht. Hinterherfahren, reingehen…

»Haben wir eigentlich schon alle Gäste vom Squash-Center überprüft?«

Stroter zuckt mit den Achseln. »Gerster macht das, glaub ich. Wenn da was Besonderes gewesen wär, hätte der das schon gesagt.«

Squash-Kneipe, viele Courts drumherum, Mädchen, Schweiß, nasse T-Shirts, glänzende nackte Unterarme, sich schwach abzeichnender Flaum, außer Atem, einer am Tresen, kein Gesicht, Bier, Zigarette…

»Kann schon sein, dass sich da einer ein Opfer ausguckt. Du hast doch freie Sicht auf alles.« Alle Gäste kriegen wir da bestimmt nicht mehr zusammen.

»Die Anzahl der Sexualmörder, die ihre Tat sehr lange vorbereiten, ist gar nicht so groß. Bei vielen trifft auf eine ständig vorhandene Bereitschaft ein zufälliger Impuls ...«

»...Mädels beim Squash ...«

»... zum Beispiel. Letzten Herbst war doch mal ’n ähnlicher Fall im Sauerland, da in der Nähe von Siegen ...« Stroter löscht die Kippe unterm Wasserhahn.

»Die Sache ist aber geklärt. Außerdem war das ein Saunatäter«, Altenkamp kichert hämisch, »hat halt nicht die Katze im Sack kaufen wollen.« Wieder Kichern.

Stroter lächelt still. »Na ja.«

Die beiden gehen raus.

SONNTAG

0 Uhr 51

Links überholt eine Straßenbahn, bleibt fast auf gleicher Höhe. Sind nur ein paar Discotypen drin, ein Blonder mit Igelschnitt und Ohrring sitzt mit leerem Gesicht am Fenster, sieht nach draußen. Im letzten Wagen steht ein alter Mann, grauer Mantel, die Hand in der Schlaufe. Die Ampel ist rot, die Bahn fährt durch.

Sie ist so still. Habe ich irgendwas gesagt, was Falsches? Sie blickt herüber, lächelt. Ihr rechter Zeigefinger spielt mit einer Strähne, rollt Locken auf, lässt sie wieder los.

Meine Güte, was für 'ne Rotphase. Die Digitalanzeige über der Apotheke gegenüber zeigt 00 Uhr 53, dann 18 Grad, 00 Uhr 53. Grün.

»Bist du müde?«

»Nh, nh«, sie schüttelt den Kopf, »nur etwas träge so nach dem Essen und dem Wein.« Sie drückt nacheinander die einzelnen Sender durch, nichts Vernünftiges, fast überall nur müde Nachtprogramme und Rock 'n' Roll.

»Hast du keine Kassetten?«

»Wenn, dann vorne im Handschuhfach.«

Sie sucht im Dunkeln, findet eine alte BASF.

»Das ist 'ne uralte. Ich glaube sogar, da ist Klassik drauf.«

Sie steckt sie rein. Mmmh Mozart. Sie lässt es laufen, lehnt sich zurück.

»Hört sich schön an.«

»Ist das Klarinettenkonzert A-Dur.« Mit Kunst protzen kommt immer gut.

»Ja. Der zweite Satz ist der schönste.« Sie lächelt überlegen. War das jetzt gespielt? Sie schubst leicht mit der Linken.

»Wenn die Deutschen nichts von türkischer Kultur verstehen, muss das umgekehrt bei den Türken ja nicht auch so sein.«

Wie meint die das denn jetzt?

»Hey, war das jetzt 'ne echte Breitseite?« Schulterzucken, koketter, freundlicher Blick.

»Ist doch wahr. Kennst du 'nen türkischen Komponisten?«

Pause. Scherzen? »Äh, Kemal Izmir.«

»Ja, ja, Kemal Izmir. Alles klar.« Sie lacht hell. Wunderbare frauliche Stimme.

»Könnte doch sein.«

»So ist das mit den Deutschen: Nach Mozart, Beethoven und Goethe kommt nichts mehr, schon gar nicht bei den anderen. Da bist du auch nicht viel anders.« Pause. »Aber ganz lieb.«

Schwer zu begreifen, die Frau. Aber das »ganz lieb« ist doch wohl eindeutig, oder?

»Vorhin beim Essen hast du noch über die Türken geschimpft…«

Sie lässt sich Zeit, sieht nach unten.

»Ich hänge nur scheinbar dazwischen. Auch wenn ich viel dran auszusetzen habe, an der Enge und der Unfreiheit, und mich dagegen wehre, bin ich doch Türkin, oder eben eine indische Türkin. Durch das ewige Reisen mit meinem

Vater habe ich zwar viel anderes kennen gelernt, aber vieles von dieser Kultur ist in mir.« Kleine Pause. »Und ich liebe es. Und ich glaube, nur sehr wenige können das verstehen.« Sie lächelt.

Auf dem Bürgersteig neben dem Grünstreifen geht eine Frau mit ihrem Hund. Jogginghose, weiße Socken. Der Hund wühlt in den Rabatten.

Kapier ich nie, die türkischen Frauen. Dass die sich nicht wehren.

»Ja, kann sein. Es ist aber auch schon sehr viel anders. Ich war mal in Marokko, so mit zwanzig, aber richtig mittendrin, Fez, Meknes und so. Das war schon anders. Richtig fremd.«

Ein Manta und ein Golf überholen rechts mit mindestens 120.

»Am furchtbarsten fand ich damals, wie die ihre Frauen behandeln. Dass die das so lange mitmachen, das versteh ich nicht.«

Sie kichert. »Ein europäischer Mann will islamische Frauen verstehen…«

»Ist ja schon gut, bin ich eben der Depp.«

Sie legt den Kopf an die Kopfstütze, sieht rüber, tätschelt mit dem Handrücken den Oberarm.

»Nicht böse sein. Aber im Ernst. Das wird sich, glaub ich, erst ändern, wenn die Türken sich hier voll integriert haben. Von der anderen Seite kommt da nichts. Das war bei den Amis auch nicht anders.« Die Klarinette ist einfach wunderschön, klingt aber immer leicht neben dem Ton.

Seners Leuchtschrift ist schon aus. Unter den Kastanien auf dem Parkstreifen ist es nicht so hell. Motor aus, sie dreht die Musik etwas leiser, sieht rüber.

»Danke für den schönen Abend. Und das Essen.«

»Danke für den schönen Abend.«

Sie legt den Kopf seitlich an die Kopfstütze, lächelt.

»Tja.«

»Tja.«

Verdammt, was bedeutet das jetzt? Soll ich? Ein deutscher Mann will islamische Frauen verstehen.

»Dann schlaf man gut.«

»Wird schon klappen.« Sie bewegt sich nicht. »Schlaf du auch gut.« Oh, Mann.

»Weiß ja auch nicht. So ganz ohne Gute-Nacht-Kuss.«

Sie lacht, ihre Zähne sind zu sehen.

»Gute-Nacht – Kuss, so so.«

Etwas näher ran. Sie kommt entgegen.

»Ich kann sonst nicht schlafen, die ganze Nacht nicht.«

Aber nur kurz, nicht lange, nicht zu aufdringlich. Sie kommt näher, die Lippen schmecken nach Labello. Das Licht von draußen glänzt in ihren Augen.

»Wenn das Onkel Sener wüsste. Der würde schimpfen.«

»Du kennst Onkel Sener nicht.«

Ihre Hand auf der Wange fühlt sich warm an, ihre Finger schieben den Kopf leicht zu sich. Labello. Ihre Zungenspitze, fest und glitschig, ganz vorsichtig. Ihr Kopf bewegt sich hin und her, sie saugt an der Oberlippe, nagt daran, ganz leicht.

»Na, wie sieht's aus mit dem Schlafen?«

»Weiß nicht. Ob das das richtige Mittel war. Vielleicht schlaf ich jetzt gar nicht mehr.«

Ihre Finger kraulen meinen Hinterkopf. Wahnsinn. Gänsehaut. Weiche Lippen, saugen, ihre Zunge massiert das Zahnfleisch. Sie richtet sich aus dem Sitz auf, ihre Haare fallen herab, riechen nach Rauch. Riecht gut. Hinten ist das T-Shirt aus der Hose gerutscht, ihr Rücken ist feucht. Ganz sacht mit den Nägeln … Sie saugt stärker, beißt in die Unterlippe, ihr T-Shirt ist ganz aus der Hose. Sie öffnet zwei Knöpfe, greift von vorn ins Hemd, tief durchatmen. Nach oben wird ihr Rücken trocken, mit dem Daumen leicht über die Rippen, ihre Achselhaare sind warm und feucht. Sie hockt sich auf ihren Sitz, die schwarzen Haare vor weißem Himmel, fallen herab wie Dschungelpflanzen. Mit der Nasenspitze sacht ihre Brüste streicheln. Der Bauchnabel ist ganz heiß, ihre Brüste fühlen sich kleiner an, als sie aussehen, harte Brustwarzen, der Warzenhof steht ein wenig vor. Sie krault hinter den Ohren, atmet schneller, stößt die Luft hörbar durch die Nase aus. Verdammt, was ist denn das für 'n Gürtel, gibt's doch gar nicht. Dann nur den Reißverschluss. Mann, ist das hier eng, da geht ja gar nichts. Ganz vorsichtig am Gummi ihres Slips, der Reißverschluss drückt sich heftig in den Handrücken. Die Haut ist ganz weich, mit den Fingerspitzen an ihrem Schamhaar …

Sie geht zurück, sagt was Türkisches, lacht. Schwerer Atem.

War das zu weit, jetzt?

»Komm, das ist unfair. Ich versteh kein Türkisch.«

Sie kichert laut, kommt noch etwas näher, küsst zwei-, dreimal kurz, sagt was Türkisches, lacht laut, noch ein Kuss.

Auf der Kassette beginnt der zweite Satz von Mozarts Flötenkonzert. Ausgerechnet jetzt. Wunderschön, Gänsehaut. Kommt das jetzt von der Musik?

Sie öffnet die Tür, macht sich die Hose zu, kommt noch mal rüber, kurzer Kuss.

»Schlaf gut« und noch was Türkisches. Sie lächelt, wirft

die Tür zu, geht, dreht sich vor dem Haus um, winkt, verschwindet.

Parkplatz direkt vor dem Haus. Super, um diese Zeit. Stille im Treppenhaus, die Schritte hallen laut. Jetzt die richtige Musik. Wo ist denn die CD von Roberta Flack? Mist, die sortier ich irgendwann mal nach Alphabet. Nr. 5, das muss jetzt sein. Licht aus, Fenster auf. Fast Vollmond. Das Licht glänzt auf den Dachziegeln.

The first time ever saw your face…

Ayse, Ayse, Ayse. Diese Augen, diese Stimme. Türkisch-indisch, mmmmh. Der Mond wird langsam von einer Wolke verhüllt, zeichnet von hinten ihre Konturen nach. 'ne Hand. 'ne Hand mit sechs Fingern.

…and the moon and the stars were the gifts you gave to the dark…

Die Haut an den Brüsten hat sich angefühlt wie frisch geschliffenes Holz, wenn der Staub noch darauf liegt.

And the first time ever I kissed…

Die Hand lässt den Mond langsam wieder los, ein Finger streichelt noch einmal die Unterseite, dann ist er frei.

…I felt the earth move in my hands like a tramblin heart of a captive bird…

Um die Rückenwirbel konnte man richtig Slalom fahren. Diese Hitze, ganz feucht war der Rücken. Die Haare auf dem Gesicht, wie schwerer Stoff. Ein Flugzeug steigt in steilem Winkel nach oben, glänzender Rumpf, verschwindet in einem Wolkenloch.

…and I knew our joy would fill the earth…

Das *joy* singt sie einfach unglaublich. Allein dafür lohnt sich die CD.

Dieses Lachen.

8 Uhr 42

Alles still bei Sener. Jalousien unten, Fenster verhängt. Ayse.

War das nur ein Test gestern Abend? Was die wohl auf Türkisch gesagt hat, sollte wirklich mal einen VHS-Kurs belegen. Verarschung? Glaub ich nicht. Vielleicht ein Spielchen? Lock die Kerle, oder so. Wer weiß, was die für'n Vaterverhältnis mit auf den Weg gekriegt hat?

Die Stadt schläft noch. Auf dem Bürgersteig zwei Omas in Schwarz mit Handtasche und Gesangbüchern. Wie die schon gehen, diese Haltung. Holen sich wieder ihre wöchentliche Dröhnung Schuldbewusstsein ab. Gib's uns, Pater, sag uns, wie mies und böse wir sind. Ist doch herrlich, sich mal so richtig beschissen und klein zu fühlen. Und verführt. Schließlich ist der Doppelhörnige mit Schwanz an allem schuld, der ist doch die eigentliche Sau. Also, nimm den Quast, Jesus, und pinsel uns wieder weiß. Hä, hä, aber nimm uns nicht vollkommen die Erinnerung, der ein oder andere Gedanke war vielleicht doch nicht so schlecht…

Wenn die so oft im Ausland war, in den ganzen Großstädten, muss die doch eigentlich ganz frei aufgewachsen sein. Auch an der Uni, da geht's doch locker ab. Kriegt dann aber bei der Verwandtschaft und vielleicht auch zu Hause die ganze andere Kiste mit. Total entgegengesetzte Werteskalen. Vielleicht hat sie in solchen Augenblicken immer Schuldgefühle und muss dann da raus, ohne Erklärung. Nur einfach raus. Oder sie hat doch 'ne Menge gegen diese westliche Kiste eingeimpft gekriegt und überträgt das dann in solchen Situationen auf einen Mann. Dem stellvertretend für alle zeigen, wo es langgeht. Was die wohl für'n Vaterverhältnis hat?

Vielleicht war's gestern Abend auch nur zu früh, ihr in die Hose zu gehen. Mit der Zunge konnte man beim Knutschen ganz leicht den Flaum vor'm Ohr spüren. Der Geruch im Haar, 'n bisschen Apfelshampoo, 'n bisschen Nikotin. Herrlich.

Ein alter Mann, gebückt, im dunkelbraunen Mantel und mit Krawatte kämmt sich ungelenk die fettigen Haare vor der Kirche. Zigarettenrauch umhüllt seinen Kopf. Die Glocken läuten. Er geht rein. Grün.

Am Präsidium alles ruhig. Am Tresen in der Wache mehrere Uniformierte. Lachen, erzählen Witze. Sonntagmorgen.

»Morgen.« Geht im Gelächter unter, Blondinen und so.

Innen an der Fahrstuhltür vom linken Fahrstuhl in Kopfhöhe mit Edding ein eingekreistes A. Das ist neu. Auf dem Flur ist es still. Ein Telefon klingelt. Hört sich an wie meins. Beeilung.

»Kirchenberg, MK.«

»Hier ist Peter, da bist du ja endlich. Wir haben ihn.« Na, super, endlich mal was Positives. Aber ausgerechnet Schmidt, hoffentlich hebt der jetzt nicht ab.

»Na, super. Wo war er denn?«

»Bei 'nem früheren Freund und Mittäter. Den Namen hatten wir aus der Akte. Wir packen ihn jetzt ein und kommen nach Hause. Übrigens: Der hat 'ne ziemlich frische Schnittwunde an der Hand und 'n Messer hat der auch dabei gehabt...«

»...'ne Schnittwunde...«

»...ja, Mensch, an der linken Hand, und er ist Rechtshänder. Außerdem ist der wirklich am Morgen nach der Tat nach Köln gefahren. Die Fahrkarte hatte er noch dabei. 8 Uhr 40 abgestempelt. Ich sag dir, das ist unser Mann, darauf verwette ich meine Eier.«

»Sagt er was?«

»Kein Stück. Aber lass uns dem nachher erst mal Daumenschrauben anlegen. Wir fahren jetzt los. Bis dann.«

»Bis dann.«

Hm, der hat 'ne Schnittwunde…

12 Uhr 20

»Zellansammlung. Kleine, miese Zellansammlung, als Mensch verkleidet. Abgebrochene Existenz. Verkracht bis zum Gehtnichtmehr. Wenn du mal den Löffel abgibst, bleibt eigentlich nur noch die Frage nach der Farbe, ja, verdammt noch mal, Farbe. In welche Mülltonne stecken wir ihn jetzt? Rot? Blau? Oder doch in die grüne Ökotonne? Aber aus dir würde ja wahrscheinlich nicht mal vernünftiger Kompost, mit dir könnte nicht mal das nutzloseste Unkraut was anfangen. Hast du heute Morgen schon in den Spiegel gesehen? Siehst du überhaupt morgens in den Spiegel? Ich meine, du wäschst dich wahrscheinlich eh nicht, aber los, wer glotzt dich an, he? 'n anständiger Bürger? Das glaubst nicht mal du, he, he. Aber irgendwie doch 'n cleveres Kerlchen, einer, der die Dinge im Griff hat. Die Dinge und sich selbst. Da glotzt dich einer an, dem keine entscheidenden Fehler passieren, und wenn, dann hat es bisher noch nie einer gemerkt. Aber vielleicht hast du die letzten Tage gar nicht mehr reingesehen. Vielleicht ging das nicht mehr. Hat sich da was verändert, na? Hat sich da vielleicht irgendwas verändert? Soll ich dir mal sagen, wer da rausglotzt, he? Ein Mörder. Ein Mörder sieht dich da an. Jawoll! Kein Kleinkrimineller mehr. Keiner, der mal'n bisschen an 'ner kleinen Nachbarin rumgeschnippelt hat, aber immer noch wusste, wo Schluss ist. Schnippel, schnippel, aber nur den Nippel. Für mich bist du der Täter, Junge, begreifst du das langsam. Der Täter. Der Täter.

Wofür hältst du uns eigentlich? Ist das hier 'n Strickzirkel? Steigt mir Weihrauch aus der Hose, oder was? Du erzählst hier Märchen, Alter. Wer soll diese Scheiße denn glauben, da passt doch hinten und vorne nichts zusammen. Wollte nur mal 'n Kumpel besuchen in Köln, nur mal so. Okay, das letzte Mal vor zwei Jahren gesehen, okay, direkt am Morgen nach dem Mord, okay, man hat 'ne frische Schnittwunde an 'ner Hand, okay, man hat früher schon mal Spaß daran gehabt, in lebendiges Menschenfleisch zu schneiden, okay, man hat ihr das früher schon 'n paar Mal angedroht, okay, okay, okay! Aber alles Zufall. Alles purer Zufall. Willst du uns verarschen, he? Was willst du uns hier weismachen? Dass die Erde 'ne Scheibe ist? Du bist unser Täter, Junge, da kommst du nicht mehr raus. Riechst du schon den Hanf von der Schlinge? Du bist fertig...«

12 Uhr 30

Die Tür zum Büro steht auf. Ulla am Schreibtisch, sieht aus dem Fenster, raucht. Im Radio Zucchero. Bestimmt WDR II. Ganz leise rein, sie hört nichts, Hand auf die Schulter. »Huaah!« Sie zuckt zusammen, greift nach der Hand, tiefes Durchatmen.

»Wenn du mich unbedingt aufregen willst, wüsst ich da noch ein paar andere Sachen.« Sie hebt die Augenbrauen, provozierender Blick, gespielt.

»Ich war grad drin. Schmidt gibt ziemlich Gas.«

»Wie lange haben sie ihn schon in der Mangel?« Sie stützt den Kopf auf, spielt mit dem Kuli.

»'ne gute Stunde, glaub ich.«

»Und? Kommen sie weiter?« Tiefer Lungenzug, schöne Finger, gebräunt.

»Der Typ wirkt äußerlich ruhig, schwitzt aber wie Sau auf der Oberlippe. Und klitschnasse Achseln.« Ulla nickt.

Hoffentlich weiß Schmidt, wo Schluss ist, das war eben hart an der Grenze. Ein geknebeltes Geständnis bringt uns nicht weiter. Außerdem ist das alles noch ein bisschen vage, soll ruhig erst mal die Gegenüberstellung abwarten. Wenn die Wierwich den erkennt, haben wir doch ein ganz anderes Pfund in der Hand.

»Hat du die Wierwich bei ihrer Mutter erreicht?«

Sie nickt. »Ich hab sie für zwei Uhr bestellt. Drei aus dem Schutzbereich kommen und ein junger Kollege von der K-Wache.«

Fünf Leute, reicht gerade so. »Wär schon nicht schlecht, wenn sie ihn erkennen würde. So viel tolle Spuren haben wir auch nicht mehr.«

Ulla lehnt sich zurück. »So schwarz sieht's nun auch wieder nicht aus, *think positive*. Wenn sie ihn erkennt, ist das Ding heute Mittag schon rund, wenn nicht, vielleicht erst nächste Woche nach der DNA.«

Hm, Zeugenaussagen, kann man sowieso vergessen. Die DNA, daran kommt er nicht vorbei. »Was ist, wenn sie ihn erkennt, und die DNA ist negativ?«

Ulla hebt den Zeigefinger. »Was haben wir gelernt: Mit zunehmender Zeit werden normal auftretende Erinnerungslücken nach eigenem Kontext aufgefüllt. Oder so. Das ist normal.« Sie öffnet die Arme, zieht die Schultern hoch.

»Warten wir es ab.«

Der Kalender ist einen Tag zu früh. Hat wieder einer gepennt.

»Der Kalender geht vor.«

Ulla kontrolliert müde. »Wieso? Ne, der geht nicht vor, das stimmt schon so.«

»Das stimmt? Ehrlich?« Verdammt. Der Geburtstag. Wo ist denn das blöde Uniformhemd geblieben? Im Stahlschrank wahrscheinlich.

»Was ist mit dir denn los? Hat dich was gestochen?«

Geschenkpapier ist jetzt auch nicht mehr aufzutreiben. Ist auch egal.

»Ich muss für 'ne halbe Stunde weg. Unbedingt. Hab einen Geburtstag vergessen. Bis gleich. Bin um kurz vor zwei wieder da, Tschüss.«

Die Autoschlüssel. Einfach den obersten. Die Gummisohlen quietschen auf dem gebohnerten PVC. Welcher Wagen ist das denn? Der braune Astra. Na, prima.

Bei Gerda keine Sprechanlage. Der Summer, im Treppenhaus riecht es nach Bratensoße. Die Tür zur Wohnung ist angelehnt, Gerda.

»Hallo, Konstantin«, sie lächelt, »dass du daran gedacht hast, toll.«

»Grüß dich. Ist doch klar. Wo isser denn?«

Weiche Wange. Sie zeigt mit dem Kopf nach hinten. Im Flur ist es warm, die Lampe hängt tief. Im Wohnzimmer läuft der Fernseher, Zeichentrickfilm. Hemd verstecken, hinter dem Rücken. Dominik auf dem Sofa, sieht rüber, springt auf.

»Hey, Konni!« Er bleibt stehen, gespanntes Gesicht, steckt die Hände in die Taschen.

»Herzlichen Glückwunsch zum Geburtstag, Großer. Na, die erste Null auf'm Buckel?«

Er lächelt, nickt.

»Hier, ist für dich. Papier hab ich so schnell nicht gefunden.«

Er nimmt das Hemd, reißt den Mund auf. »Boah! Super! Sogar mit Schulterklappen.« Er knöpft es auf, zieht es an.

»Tja, bist sofort zum Oberkommissar befördert worden.«

Er springt vom Sessel über das Sofa, Indianergeheul. Super. Gerda lehnt im Türrahmen.

»Hast du ein bisschen Zeit?«

Fünf vor halb zwei. Ist ja sogar noch ein kurzer Besuch bei Sener drin.

»Ne, geht leider nicht. Wir sind zurzeit in einer Mordkommission, und ich wollte nur kurz gratulieren und das Geschenk vorbeibringen.«

»Schade.« Sie schiebt mit der Hand die blonden Haare nach hinten.

»Ja, schade. Aber sobald die Sache gelaufen ist, hol ich das nach, okay.« Dominik kommt angesprungen. Die Haare fühlen sich weich an, die Hände sind warm.

»Aber versprochen, du besuchst uns.« Ja, ganz bestimmt.

»Mach mit dem Hemd aber keinen Quatsch, sonst komm ich in Deubels Küche. Vielleicht zur Aufbesserung des Taschengeldes 'n paar Verwarngelder nehmen, oder so.« Er lässt los, springt wieder aufs Sofa, Indianergeheul.

»Also, mach's gut, Herr Oberkommissar.« Er kommt, fasst um die Hüfte, fester Druck.

»Bis demnächst.« Weiche Haare. »Tschüss, Schwesterchen.«

Im Treppenhaus immer noch Bratensoßenduft. Den Inhalt des Maggipäckchens in einen Viertelliter kochendes Wasser einrühren, kurz aufkochen lassen, fertig. Mit einem Schuss Sahne verfeinern. So riecht das.

Bei Sener ist es voll, fast nur Fußballer. Qualm, lautes Gebrabbel. Basler, Freistoß, Schiedsrichter, Sener winkt, grinst, die Enden des Schnurrbarts heben sich. Ruft über die Köpfe. »Was essen?«

Hm, was essen. Eigentlich nicht, aber, »'n schnellen Döner auf die Hand, geht das? Hab's eilig.«

»Im Dienst?« Nicken.

»Geht klar.« Er zapft zu Ende, wischt sich die Hände in der Schürze ab, geht in die Küche.

Kommt wieder. »Sofort. Zwei Minuten.«

An der Theke streiten zwei Türken über Fußball. »Kovac kannst du vergessen.« Einer humpelt in weißer Ballonseide zur Toilette. Auf der Stecktafel mit den Gerichten fehlt ein kleines u bei Lahmacun. »...da wär das 'n Nationalspieler. Der gehört da einfach rein, sag ich dir...«

Die Schwingtür öffnet sich, Ayse, fragt Sener, der zeigt mit dem Kopf. Sie kommt, reicht den Döner in einer Papiertüte. Zwei Fußballer verdrehen sich den Hals.

Längerer Blick, Lächeln. Vielleicht ein bisschen spöttisch?

»Na, gut geschlafen?«

»Bisschen kurz.« Sener blinzelt aus den Augenwinkeln.

»Und du?«

Sie kommt etwas näher. »Hab mich anscheinend etwas erkältet. Muss wohl irgendwie Zug gekriegt haben.« Wieder schelmischer Blick. Sie macht Scherze, so, so. Zug gekriegt.

»Wir war'n doch gar nicht am Bahnhof.« Oh, nein, nein. Saublöder Spruch.

Sie schüttelt den Kopf, lachende Augen, geht in die Küche.

Idiot, Idiot. Bahnhof. Tolle Idee. Noch warten, bis sie wieder rauskommt? Seners Sinalco-Uhr zeigt Viertel vor zwei. Oh, Scheiße.

Der Döner brennt durch die Serviette. Ganz schön heiß.

14 Uhr 06

Der Aufzug in der Achten, Scheiße. Dann eben die Treppe. Hopp hopp, hopp hopp, hopp… Ulla am Ende des Ganges vor dem ED-Raum, stützt sich mit ausgestrecktem Arm an der Wand ab, lässig, mütterliches Lächeln.

»Mein lieber Mann, ganz schön knapp.«

»Jaaaa, tut mir Leid, ging nicht eher. Hab mich schon beeilt.«

Sie öffnet die Tür, geht vor. »Mal sehen, ob's was genützt hat.«

Die Wierwich steht an der Spiegelscheibe. Gespannte Ruhe, angestrengter Blick. Ein bisschen ängstlich. Komm Mädchen, mach uns glücklich. Sie presst die Lippen zusammen, die Augen wandern, tiefes Atmen. Unsicherer Blick, sie zuckt schüchtern mit den Schultern.

»Ich weiß nicht…«

Ulla sieht rüber, unbewegliche Miene.

»Sind Sie sich bei einem von denen unsicher, oder kommt überhaupt keiner infrage?«

Sie prüft noch mal durch die Scheibe, einmal hin, einmal her. Zaghaftes Kopfschütteln.

»Scheiße, das ist so schwierig«, sie lässt die Schultern hängen. Ulla nimmt sie in den Arm.

»Manchmal glaub ich, ich kann mich gar nicht mehr richtig erinnern. Ich weiß auch nur noch ganz dunkel, wie der aussah, wenn überhaupt.« Weinerliche Stimme, ein wenig verzweifelt.

Enttäuschter Blick von Ulla.

»Von denen könnte es keiner gewesen sein?«

Sie wiegt den Kopf, setzt ein paarmal an. »… ich weiß es nicht. Ich…, ich komme mir richtig bescheuert vor, aber ich glaube, von denen war es keiner.«

Toll! Wär ja auch mal was gewesen. Na ja, konfuse Erinnerung, ist normal nach etwa einer Woche. Wenn er dabei gewesen wäre, hätte sie ihn aber mit Sicherheit erkannt.

»Ist absolut okay, Frau Wierwich. Machen Sie sich jetzt bloß keine Vorwürfe. Nach einer Woche ist dieser Vorgang total normal. Diese Erfahrung haben schon sehr viele Zeugen gemacht. Danke für Ihre Hilfe.«

Sie lächelt mit Mühe.

»Möchten Sie einen Kaffee?« Sie möchte.

»Aber einen Durchgang müssen wir noch, ist Pflicht. Aber Sie kennen das ja schon.«

Ulla verschwindet hinter der Spiegeltür.

16 Uhr 12

Spur 17
Überprüfung der Gäste aus dem Squash-Center »Quick« am Tatabend. Auszug aus der Vernehmung des Kellners
Klaus Keller,
weitere Personalien bekannt.
»...außerdem war an dem Abend noch ein Harry da, dessen Nachnamen ich nicht kenne. Er fährt aber einen roten Triumph Spitfire, älteres Modell, da bin ich mir sicher...«
Es handelt sich hierbei mit an Sicherheit grenzender Wahrscheinlichkeit um
Harald Gätze, 14.03.61 Sindelfingen,
wh. hier, Gertenallee 14 b.
Gätze wurde aufgesucht und befragt. Er gibt an, die Gaststätte gegen 23.45 Uhr verlassen zu haben, gemeinsam mit seinem Squash-Partner
Brian Portner, 11.11.69 in Southampton,
wh. hier, Nelkenweg 14 (Studentenwohnheim).
Portner bestätigt die Angaben des Gätze detailliert. Die Rückkehr beider Personen kurz nach 00.00 Uhr wird bestätigt. Bei Gätze durch seine Freundin Monika Bleibtreu, wh. s. o., bei Portner durch dessen Zimmergenossen Rüdiger Neuburg.
Beiden Personen ist das Opfer unbekannt. Sie hatten an dem Abend keinen bewussten Kontakt zu Kerstin Baum. Die Spur ist erledigt.

Stroter, KHK

Ab ins Körbchen. Sieht nicht so aus, als ob die den im Squash-Center schon getroffen hat. Dann bleibt nur noch der Parkplatz, oder der Typ hat tatsächlich im Garten gewartet. Einen Anhalter wird die um die Zeit ja wohl nicht mehr mitgenommen haben. Es sei denn, sie kannte ihn.

Die junge Schreibkraft kommt rein, lächelt, legt zwei Vernehmungen ins Fach.

»Das waren die letzten beiden. Zurzeit habe ich auch keine Bänder mehr da liegen. Wenn es möglich ist, würde ich jetzt gerne gehen, weil, heute ist Sonntag…«

Klar doch. Ist überhaupt ein Wunder, dass die heute hier ist. Bei Frau Nolte wär das nicht drin gewesen. Sonntags um halb fünf. Die hätte uns was erzählt.

Die Fahnen der Sparkasse gegenüber hängen müde in der Sonne, lecken ab und zu einer Windböe hinterher.

Keinen Bock mehr heute. Wenn sie ihn eben erkannt hätte, wär schon nicht schlecht gewesen. Aber so in der Rückschau, bei Licht betrachtet, war die Sache so dicht auch nicht. Ist erledigt. Da lässt man sich auch gerne täuschen nach fünf Tagen ohne richtig konkretes Ding. Fünf Tage schon, langsam wird's aber wirklich Zeit. Was haben wir denn dann noch? Die Mikrospuren. Morgen. Morgen oder Dienstag.

Fingernägel, rot, abgeblätterter Rand, Lackschaden. Hautfetzen darunter, schuppig, Grind. Eingerissenes Nagelbett, zackig, rissig. Wie Fjorde.

»Was hört ihr denn hier für 'n Kram?« Heike kommt rein, macht ein Gesicht, als hätte sie was Ekliges gegessen.

Ulla lacht gütlich. »WDR III. Mal was Klassisches, so zum Wochenende. Ein wenig Besinnlichkeit.«

»Hört sich eher nach Beerdigung an.«

»Dann passt es ja zur Stimmung.« Altenkamp blättert

vornübergebeugt in der Drittakte, raucht. Heike wühlt in den Körbchen, geht zum Regal.

»Haben wir noch 'ne Durchschrift von der Hauptakte? Wollte mal 'n bisschen schmökern, auf'n neuesten Stand bringen. Wenn man so am Rumermitteln ist, kriegt man überhaupt nicht mehr mit, was bei den anderen so läuft.«

Ulla sieht sich um, sucht.

»Eine ist bei der Staatsanwaltschaft. Eine hat Helmut mitgenommen, und eine hat Heinz.« Heinz hebt die Hand mit der Kippe, glotzt hoch wie ein Frosch, liest weiter.

»Du brauchst die noch, hm?« Heike skeptisch. Heinz nickt. Sie nimmt sich die beiden Vernehmungen und noch ein Wurstbrot vom Schreibtisch, setzt sich, liest.

»Zapp ist der Pornoladenbesitzer, ne?« Ulla nickt, schreibt weiter. Drei Leute sitzen, lesen. Sieht komisch aus, wie ein Gemälde. Im Radio beginnt eine Brahmssinfonie, ist doch Brahms, oder? Heike mampft ihr Brot, murmelt einige Lacher, schüttelt den Kopf. Am Rand der Butterbrotdose klebt ein Rest Zwiebelwurst, riecht.

»Hast du einen Überblick, wie weit Stroter mit den Gästen aus dem ›Quick‹ ist?«

Ulla unterbricht das Lesen, blickt auf wie gestört. »Ja. Er war sich bis gestern nicht sicher, ob er alle lückenlos auf die Reihe bekommt. Bisher hatte aber jeder einigermaßen ein Alibi, auch der eine, der auf der Kippe stand.«

»Akte?«

»Zwei Mann bis jetzt. Aber keine einschlägigen Sachen. Nur Eigentumsdelikte und Betrug.«

»Und aufgefallen ist denen auch keiner? Vielleicht einer ohne Squashklamotten mit Buckel, stechenden Augen und sabberndem Mund. Und Händen wie Kuchenblechen ...!«

Ulla lacht. »... und er hat beim Bezahlen das Portemonnaie liegen lassen, mit Ausweis ...«

»Ja. Ja, das wär doch mal was.«

16 Uhr 30

Im Radio beginnt *Adagio for Strings* von Samuel Barber. Ganz schwer, ganz düster, drohend. War, glaub ich, die Titelmusik von *Platoon*.

Charly Sheen steht mit dem anderen Soldaten in der Hütte. Der Vietnamese gegenüber, lacht verzweifelt. Sie schreien. Lass das Gegrinse. Schreien. Beide extrem gestresst. Hysterisches Gebrüll. Der Vietnamese soll tanzen. Sie schießen auf seine Füße. Soll tanzen. Geschrei. Der Vietnamese tanzt, grinst panisch, bebendes Kinn. Charly Sheen schlägt ihn nieder, geht raus. Der andere drischt dem Vietnamesen den Gewehrkolben ins Gesicht. Blut. Spritzer.

»Ist der Soldat?« Heike fragt mit vollem Mund. Alle sehen hoch.

Ulla zieht die Nasenwurzel kraus. »Wie? Der Zapp?« Kopfschütteln.

»Nein«, Heike schiebt sich mit dem kleinen Finger eine buttrige Brotkrume vom Mundwinkel in den Mund, »dieser Typ im Onanistentreff.« Pause. Alle schauen sie an. »Na, im Pornoladen. Der da rausgeworfen wurde.«

Ulla schiebt den Kopf nach vorn. »Soldat? Was meinst du?«

»Hm, hm, hm«, Heike murmelt, blättert mit dem kleinen Finger, hält die Wurststulle mit dem Rest der Hand, »hm, hm, konnte die Person mit leichter körperlicher Gewalt nach draußen gedrängt werden. Dabei hat sie tätlich fast keinen Widerstand geleistet, lediglich verbal ist der Mann sehr ausfallend geworden. Den genauen Wortlaut kann ich nicht wiedergeben, es waren aber Schimpfworte wie – Arsch, blöde Sau – und so weiter. Er zeigte mir dann noch den gestreckten Mittelfinger und sagte so etwas wie ›hundertsechsunddreißig und du kannst mich lecken‹. Ich war letztendlich froh, dass er endlich weg war. Er ging dann in Richtung Bahnhof, an die Uhrzeit bla bla bla…« Heike hebt den Kopf, beißt ab. Ulla sieht Heike an, dann Heinz, dann Heike.

»Ja«, Heike nickt heftig, »›hundertsechsunddreißig und du kannst mich mal‹ ist so'n Bundeswehrspruch. Mein Bruder ist letztes Frühjahr vom Bund entlassen worden, und das hatte der zum Schluss ständig drauf.« Ulla weiß immer noch nicht.

»Das sind die Tage, Ulla. Die zählen immer ihre restlichen Tage.« Sie nickt, als ob sie nichts verstanden hätte.

»Ja.« Heike, undeutlich. Mann, die soll endlich ihr Brot runterschlucken. »Die meisten haben sogar 'n Maßband, bei dem sie jeden Tag einen Zentimeter abschneiden. Und bei jeder Gelegenheit eben… noch vierundsechzig, dann ist alles vorbei… oder so.«

Könnte sein. Könnte wirklich sein. Käme auch vom Alter her hin, und, warte mal.

»Gib mal her.« Heinz reicht widerwillig die Akte, nörgelt. »Die Vernehmung der Wierwich ist ziemlich am Anfang. Fernschreiben, Vermerk, Vermerk, Bericht, Fernschreiben, da ist sie. Ganz am Schluss, meine ich. Hier:

»…mir ist lediglich noch eingefallen, dass der Täter so eine komische Kette mit einem sehr großen, silbernen Anhänger um den Hals hatte…‹«

Blick in die Runde, alle sehen hoch, Zweifel.

»Du meinst, das war 'ne Marke?« Heinz. Hat gedient.

»Ja, klar!«

Er nickt kaum merklich, lehnt sich zurück, dreht die Augen zur Seite, überlegt.

Das würde die Zahl der möglichen Täter zumindest weiter eingrenzen. Wäre wenigstens 'ne Chance.

»Wir sind doch heute Abend mit 'ner Meldung im Lokalfenster im WDR, ne? Wenn wir das mit dem Hinweis in die ›Aktuelle Stunde‹ hieven könnten, dann wären wir schon mal landesweit.«

»Das wär schon mal was«, Heinz, steht auf, steckt sich sein T-Shirt in die Hose, »obwohl, der kann auch irgendwo in Ostfriesland stationiert sein – wenn's denn einer vom Bund ist.«

»Ja, ist richtig. Aber Kleinvieh… ein bisschen Schwein braucht man manchmal auch.« Ulla hat doch den besten Draht zu den Fernsehfritzen. Die kennt da doch diesen Spezie. »Rufst du beim WDR an? Bei deinem Pohlmeier, oder so? Komm, sei nett.«

Sie atmet tief durch, fällt dann zusammen, Leidensmiene. »Muss ich mich wieder verkaufen? Im dienstlichen Interesse prostituieren?« Sie nimmt den Hörer ab, wählt. Heinz kann die Akte wiederhaben. Er winkt ab.

19 Uhr 35

Anne poltert herein, wuchtet zwei Hände voller weißer Plastiktüten auf den Schreibtisch. Verhaltenes Gejohle in der Runde.

»Sechsmal Schlemmerplatte rot-weiß. Komme mir vor wie 'n Currywurst-Taxi.« Sie prustet erschöpft. Alle fallen darüber her. Packpapier weiß in rosa, Holzgabeln, übergelaufene Soße, verschmierte Pappschachteln, braunes Gewürz auf gelben Pommes frites. Brokamp kommt, klaut sich ein Pommes frites von Altenkamp. Noch eins. Altenkamp protestiert knurrend.

»Na, wie war's?«

Brokamp wiegt den Kopf. »Ziemlich zum Schluss, ca. eine Minute lang. War aber in Ordnung, knackig und prägnant. Alles drin.«

»Die Bundeswehrsache auch?«

»Bundeswehr, Phantombild, der Schuh, Stiefel, war alles drin. Könnte was werden. Außerdem gut aspektierter Merkur heute. Kannst es dir aber noch mal ansehen. Die von der Leitstelle haben es aufgenommen.«

Vielleicht nachher noch mal, wenn Zeit ist. Eine Minute in der Aktuellen Stunde. Da kommt morgen wahrscheinlich ziemlich viel auf uns zu. Hoffentlich nicht so viele Fata Morganas, wo man von vornherein weiß, dass nichts dahinter ist, aber erst mal aufwendig ermitteln muss. Junge, Junge, die Currywurst ist verdammt scharf. Jetzt ein Pils, das wär's. Viertel vor acht, um die Zeit geht das eigentlich schon.

»Haben wir noch irgendwo 'n Pils?« Breite Zustimmung.

»Das wär doch noch ein einigermaßen sympathischer Abschluss für so einen Sonntag«, Ulla, zwischen zwei Pommes frites mit Ketchup.

Stroter steht auf, stellt die Pappschale ab. »Wir haben unten bei uns noch 'ne Kiste. Müsste noch was drin sein.« Er geht. Die Soße ist scharf, die Wurst ziemlich fest im Biss.

Große Holzwanne voller Mett, Blut an einigen Stellen, Fleischerhände wühlen, der alte Werkmeister, aufgekrempelte Ärmel, blau-weiß gestreift, im gekrempelten Aufschlag blasser als außen, Nagelbett voller Mett, kneten Gewürze in die blutige Masse, Senfkörner rieseln, Salz und Pfeffer aus der Kilotüte, labbrige Därme in Salzwasser, auf stählernes Rohr gezogen, füllen sich träge, abbinden, Schnitt.

Stroter kommt wieder, stellt fünf Flaschen auf den Tisch. »Der Rest!«

»Ist ja nicht mal für jeden ein Fläschchen«, Heike mit vollem Mund. Natürlich. Wir könnten ja nachher auch zusammen noch ein Bier trinken gehen. Täte der Truppe bestimmt ganz gut, so nach sechs Tagen intensiver Arbeit. Und ohne richtigen Lichtblick. Vielleicht gibt das noch mal einen kleinen Schub für die zweite Woche.

»Wie sieht es bei euch aus? Habt ihr noch viel zu tun heute Abend?« Aufmerksamkeit in der Runde, fragende Blicke.

»Mer müsse nur noch kurz nä Dädar fasse.« Brokamp, lacht verschmitzt, leckt sich Daumen und Zeigefinger, bricht ein Streichholz, puhlt in den Zähnen, mit der linken Hand verdeckt.

»Ich dachte sonst, wenn nichts Unaufschiebbares mehr anliegt, könnten wir uns um neun irgendwo auf ein Bier treffen. Die ersten beiden Runden übernehme ich.«

»Jouh!«

»Na, super!«

»Das ist doch mal was!«

Stroter nörgelt. »Ausgerechnet heute Abend! Ich muss meine Tochter abholen. Die kommt um zehn von einer Klassenfahrt.« Schade. Vielleicht nur für eine halbe Stunde. Er weiß noch nicht.

Zu Sener kommen die bestimmt nicht mit. »Wohin gehen wir? Zu Manolo?« Sie sehen sich an. Schulterzucken. War wohl nicht der Supertipp.

»Ich war da bei ’ner Durchsuchung mal in der Küche. Also, essen würd ich da nichts.« Altenkamp, wischt mit dem letzten Wurstpfropfen das Schälchen sauber. Bloß nichts verkommen lassen.

»Oder ins Birkenstübchen«, Ulla, fingert nach einer Zigarette. Keiner widerspricht.

»Okay. Um neun im Birkenstübchen.« Alles klar. Jetzt rauchen.

23 Uhr 38

B3 – *Mama I love you*/Spice Girls, ist okay. Einen noch! F9 – *Maria, Maria,* nee, jetzt nicht. A10 – *Flammen im Wind*/Michelle, o Gott. C8 – *Quit playin games…*/Backstreet Boys, muss nicht sein. D7 – *Und es war Sommer*/Peter Maffay, na, super. Dass die hier noch ’ne Musicbox haben… Schon seit Jahren nicht mehr gesehen.

B3. Weich geschlagene Gitarren, transparente Streicher. Toller Song. Klingt gar nicht so nach heute, klingt fast wie aus den Siebzigern.

Mama, I love you, Mama I care…

Glowatzki, Schmidt und Anne am Stehtisch, Hand am Glas, reden. Flugblatt, Fernsehfahndung, Mikrospuren.

27, 28, 29, 30, 31. Donnerwetter, ganz schön rund schon, der Deckel. Aber eines geht noch. Das letzte. »Trinkt ihr noch eins mit?«

Glowatzki winkt ab. »Bloß nicht, Mann, mach mal halb

lang. Die Schlagzahl hält ja keiner aus.« Er sieht auf die Uhr. »Gleich zwölf?« Staunen, große Augen. »Dann hau ich jetzt ab. Meeensch! Morgen um sechs ist die Nacht zu Ende.«

»Nimmste mich mit?« Anne gähnt, hängende Augenlider. »Liegt fast auf'm Weg. Ist das Taxi nicht so teuer.« Glowatzki nickt väterlich. Sie nehmen ihre Deckel, zahlen bei der Kellnerin an der Theke. Kurzer Gruß, sie gehen.

»Allzu lange mach ich auch nicht mehr. Die Schnäpse vorhin, die mussten nicht sein.« Schmidt, Augen auf halb acht, lallt leicht.

Mama, I love you, Mama, I care…

»Spice Girls. Denen müsste man's auch mal richtig zeigen. Nacheinander. Alle fünf.«

So siehst du aus. Vor allem heute Abend.

Am Tisch in der Ecke unter der Lampe ein junges Paar, sehr verliebt, er mit Rastalocken. Sitzen sich gegenüber, 3 cm Gesichtsabstand. Sie lassen sich nicht los, seine Hand in ihrer, ihre in seiner. Der Rastamann versucht, mit einer Hand eine zu drehen. Sie hält die andere fest. Beide lachen. Er will die andere Hand lösen, sie hält fest. Er versucht, sich rauszuwinden, kleiner Kampf, er stößt an sein Glas, Cola fließt auf die Hose. Wie Kinder. Vielleicht bringt er sie ja heut noch um.

»Sollen wir zusammen ein Taxi nehmen? Oder wir lassen uns einen Streifenwagen kommen.«

»Ach, nee. Taxi will ich nicht. Und du kennst doch die von S. Gibt doch hinterher nur wieder blödes Gerede. Ich glaube, ich gehe. Durch den Park isses 'ne Viertelstunde. Etwas frische Luft. Tut bestimmt gut.«

Schmidt zieht ein Gesicht. »Da latschen wir mindestens

'ne halbe Stunde. Hab keinen Bock auf platte Füße.« Soll sich nicht so anstellen. Kein Taxi.

… und um allein zu sein, sagte ich den andern, ich hab heut keine Zeit. Da traf ich sie…

Er kommt widerwillig mit, hat seinen Deckel vergessen, holt ihn nach. Die Schnäpse waren wirklich zu viel. Sechsunddreißig Euro zwanzig. Ein Euro Trinkgeld? Okay.

Das Pärchen steht auf, sie nimmt ihre Jutetasche, kneift ihn.

Dunkel verkrustetes T-Shirt, Zungenspitze zwischen Zähnen, lila Strangulationsfurche mit rotem Rand.

… und es war Sommer, das erste Mal im Leben, und es war Sommer…

Auf den Straßen wenig Verkehr. Die Bürgersteige sind dreckig. Dosen, Zigarettenschachteln, Plakatreste.

»Die Alte jetzt noch bei mir inner Kiste.« Schmidt steht mit ausgebreiteten Armen vor einer Plakatwand mit Wäschereklame. Zwei Models, superdünn, cooler Gesichtsausdruck, schwarze Bodys, hoch ausgeschnittene Beine, kein Härchen.

»Auf so was stehst du? Magersüchtige Konfirmandinnen!«

Er winkt ab, hat Schwierigkeiten mit dem Geradeausgang. »Komm, mach hier nicht auf außergewöhnlich. Du würd'st die genauso vögeln wie alle andern Kerle auch.«

Auf der nächsten Plakatwand dasselbe Bild. Schmidt bleibt stehen, zeigt mit großer gespielter Geste. »Guck sie dir an, diese Gesichter. Die wollen's doch nur besorgt haben.« Er steht wie eine Statue. Der findet die wirklich gut.

»Die sehen doch aus wie aus Plastik. Schaufensterpuppen. Das hat doch nichts mit Erotik zu tun. Stell dir bloß mal vor. Die sitzt im Sessel vor dir, du kniest davor und ziehst ihr ganz langsam die Schuhe aus. Dann leckst du an ihrem Bein hoch bis zum Knie, ziehst vorsichtig mit den Zähnen das seidene Höschen runter, drückst ihre Knie nach außen und dann«, zweimal Luft holen, »und dann siehst du vor dir plötzlich diesen geometrisch geformten Streifen stacheliger Stoppel. Kannst du dir Mund-zu-Mund-Beatmung bei Adolf Hitler vorstellen?«

Schmidt sieht sich um wie grade aufgestanden, fängt an zu lachen, gackert, krümmt sich.

»Mund-zu-Mund-Beatmung bei Adolf Hitler, oh, Mann, Kirchenberg, du bist pervers. Das ist echt pervers. Aber«, er wird ernst, »seit wann hatte Hitler 'ne Hasenscharte?« Wieder gackern. Kann sich kaum beruhigen, geht weiter. Ob das schlau war? Der quatscht doch alles weiter.

Er schüttelt den Kopf. »Du hast echt keine Ahnung von Frauen, das merkt man«, er hört auf zu lachen, stützt sich mit rechts an der Hauswand ab, macht sich die Hose auf, pisst, »ist doch alles Blödsinn mit der großen Liebe. 'n bisschen vögeln, okay. Aus Verachtung. Kein Gesülze, keine Spielchen. Halt sie dir bloß vom Hals. Ich brauch die jedenfalls nicht. Von wegen. Komm schon gut allein durch.« Er steht wie eine Statue. Langer Blick gegen die Mauer. Immer noch. Traurige Augen. Er schüttelt den Kopf, winkt ab, schwenkt wieder in Richtung Park. »Nur aus Verachtung.«

Aus der Unterführung vor dem Parkeingang zieht eine Pennerin ihren Einkaufskarren. Ist auf der Suche. Im Park eine junge Frau mit zwei Yorkshire-Terriern. Könnte eine Nutte sein. Schmidt schwankt ohne Worte nebenher, biegt hinter dem Ententeich ab, kurzer Gruß. »Bis morgen.«

Unter den Platanen ist die Luft viel kühler, einige Mücken sind noch unterwegs. Klarer Himmel, viele Sterne sind zu sehen. Wo ist denn der Polarstern? Jetzt müsste Ayse hier sein. Einfach nur so auf 'ner Parkbank sitzen, Sterne ansehen. Noch bei Sener vorbei? Ach ne, bin platt. Ayse ist mit Sicherheit schon oben. Auf dem Weg neben dem Denkmal ein Mann, leicht gebückt, wiegender Schritt, langer Mantel. Komisch, bei dem Wetter. Geht langsam. Los, etwas schneller, mal sehen, was das für einer ist. Kommt aus dem Schatten ins Laternenlicht. Irgendwie bekannt. Das ist ja der alte Siele.

»Na, so spät noch unterwegs?« Seitenblick, misstrauisch forschende Augen. Aufhellende Miene.

»Sie sind's!« Er geht langsamer, bleibt kurz stehen, lächelt. »Eine schöne Nacht. Wenigstens ist es jetzt kühler.«

Nicken. »Ja, man kann's besser aushalten.« Die Schritte knirschen im Takt auf dem roten Kies, der Verkehr summt dumpf hinter den Bäumen, Hupen, eine helle Glocke.

»Schweren Tag gehabt?«

Gute Frage. »Zumindest keinen besonders glücklichen. Ein verheißungsvoller Verdächtiger hat sich als möglicher Täter verabschiedet. Hätten wir gut gebrauchen können.«

»Sie kriegen Ihren Mörder schon noch.« Er sieht kurz zur Seite, zustimmender Ausdruck.

»Na ja, wir sind schon den sechsten Tag dran, und so eine richtig tolle Spur haben wir zur Zeit nicht. Aber manchmal...«

Die Fußgängerampel ist rot, er geht ohne Zögern. Eine späte Amsel flieht lautlos unter einen parkenden Golf, rechts an den Hauswänden drei Haufen Hundekacke, der mittlere so groß wie ein Fußball.

Er bleibt stehen. »Was führt Menschen dazu, so etwas zu tun?« Ernstes Gesicht. Er wendet kurz den Kopf, blickt zu Boden, geht weiter.

»Fragen Sie zehn Leute. Sie bekommen zehn Ursachen.«

»Ist die Ursache für Sie wichtig?«

Tja, weiß ich auch nicht. »Taktisch oder moralisch?«

»Nicht taktisch.«

»Ist die Ursache überhaupt wichtig?«

»Das eine existiert nicht ohne das andere.«

»Tja. Aber wenn das andere existiert, ohne etwas zu bewirken, existiert es dann überhaupt?«

Er nickt im Takt der Schritte. »Aber das hieße ja in weiterer Konsequenz, es wäre beides austauschbar.« Er holt den Hausschlüssel aus der Tasche, schiebt die Unterlippe vor. Blick aus zusammengekniffenen Augen.

Austauschbar?!

»Herr Siele, seien Sie mir nicht böse, aber so eine philosophische Erörterung krieg ich heute Abend nach fünfzehn Bieren nicht mehr hin.«

Er lacht laut auf. »Bei mir bin ich manchmal nicht sicher, ob ich nicht fünfzehn Bier dafür brauche.« Er klopft mir auf die Schulter, lässt die Hand liegen, leichter Druck Richtung Treppe. Wärme.

MONTAG

6 Uhr 45

Der Hausflur ist leer. Hoffentlich kommt grad keiner. Der Kopf, der Kopf. Zum Wahnsinnigwerden. Fast alle Zeitungen noch in den Briefkästen, gut. Die Flurtür öffnet sich, Frau Gierth mit Brötchentüte.

»Ach, der Herr Kirchenberg, schön«, sie dreht sich um, lässt die Tür scheppernd ins Schloss fallen, »habe gestern die Fernsehsendung gesehen. Wissen Sie was: Hab ich mir gleich gedacht, dass der nicht von hier sein kann, warum weiß ich auch nicht, aber schon vom Alter her, war mir völlig klar, und die jungen Leute lernen doch auch nichts anderes mehr heute, nur Gewalt und schießen, sehen Sie sich doch mal die Talkshow mit diesem Pfarrer an, was die Leute da erzählen, kann doch nur schief gehen.«

»Na ja…«

»Und? Kommen Sie weiter? Sie haben doch sicherlich noch einiges in der Hinterhand, was nicht für jedermann bestimmt ist, oder?« Sie flüstert, kommt näher heran. »Sie arbeiten doch bestimmt mit Finten, wahrscheinlich stimmt das alles gar nicht, der Täter soll sich nur in Sicherheit wiegen, soll unvorsichtig werden und Fehler begehen, alles taktische Manöver, oder?«

»… na ja…«

»Hach, ist doch superspannend so ein Mord, besser als

die besten Krimis, Sie haben da wirklich einen aufregenden Beruf, Herr Kirchenberg, also, wenn Sie meine Hilfe brauchen, Sie können voll auf mich zählen, ich geh jedenfalls mit offenen Augen durch die Welt, die meisten Leute betrachten ja vollkommen gleichgültig, was um sie herum passiert, ich passe schon auf, Adlerauge, sei wachsam…«

»Ja, gut…«

»Ach, ich hab mich schon wieder vollkommen verquatscht, ich halte Sie bestimmt nur auf. Sie können übrigens die Zeitung von Frau Grönegress nehmen, die ist eine Woche zu ihrer Schwester gefahren.« Sie geht, winkt mit dem Handrücken, ohne sich umzudrehen.

Sie weiß es, das gibt's doch nicht, sie weiß es.

Der Kopf, der Kopf. Das wird ein Tag.

8 Uhr 20

»Schreib es kurz auf mit allen Fakten und fax es zu der eben genannten Nummer.« Ulla macht eine Pause, nickt. »Ja, ja, okay.« Sie legt auf, lässt sich in die Rückenlehne fallen, pustet mit vollen Backen. »Da müssen wir uns was überlegen, Konni. Das war jetzt der achte oder neunte Anruf seit halb acht, nur aufgrund der Fernsehfahndung. Außerdem ruft die Fernschreibstelle alle zehn Minuten an, dass wieder Faxe oder Fernschreiben kommen. Da müssen wir einen für abstellen.«

Aber wen? Werner Schäfer ist doch krank, und vor morgen kriegen wir da bestimmt keinen Nachersatz.

»Wenn Werner krank ist, ist Altenkamp doch ohne Partner. Wenn der keine besonders dringenden Sachen hat, soll der das machen. Gehen wir zu Reinhard Wieczoretzki ins Büro, wenn ich mich richtig erinnere, ist der erst Mittwoch wieder da. Ich seh mal nach.«

Auf dem Flur zwei Zeuginnen auf der Bank, Mitte vierzig, aufgeregt korrekte Sitzhaltung, Handtasche auf dem Schoß, mit beiden Händen umklammert.

An Reinhards Tür ein Aufkleber »Drogen – nein danke!«, mal probieren. Hey, ist ja offen. Reinhard steht vor dem Aktenrollschrank, in der rechten Hand eine Flasche mit klarer Flüssigkeit, auf dem Aktenrollschrank ein Senfglas, gut zur Hälfte gefüllt.

»Oh, Tschuldigung«, wieder raus. Was war das denn? Durchatmen, stehen bleiben. Nein, das war bescheuert. Wieder rein. Tür schließen.

Reinhard sieht rüber, unsicherer Blick. Er behält die Flasche in der Hand. Tiefes Atmen, er hebt den Kopf.

»Du hättest klopfen können.«

»Tut mir Leid.«

Er stellt die Flasche ins obere Fach, schließt die Rolltür, nimmt das Glas, setzt sich hinter den Schreibtisch. Stille. Auf den Fluren Stimmen, draußen die Stadt. Kein Wort, langer Blick, sein Mund zeigt ein Lächeln. Zum Glück. Er trinkt zwei große Schlucke, keine Miene.

»Ich dachte, du wärst nicht da.«

Schweigen. Die Augen wandern auf der Schreibtischunterlage herum, lange. Er trinkt einen Schluck, sieht hoch.

»Willste auch einen?«

Kopfschütteln. »Ne, ne, nicht heute Morgen, bah, ich müsste kotzen«, abwinken, »wir waren gestern mit der Mannschaft los, war ganz schön spät und ganz schön feucht.«

Seine Gesichtzüge werden ernst, dann weich. »Ab und zu

brauch ich das. Nicht bei allen, aber die ein oder andere Leiche geht mir doch verdammt quer runter.« Er trinkt.

Das hält man nicht aus. Reinhard. Der macht doch seine Leichen seit fünfzehn Jahren.

»Du bist doch so'n alter Fahrensmann. Ich hab immer gedacht: Den Reinhard, den haut nichts um.«

Er stößt die Luft durch die Nase aus, schüttelt den Kopf, kaum spürbar. »Eigentlich hab ich Leichen schon immer gehasst, schon in der Ausbildung. Aber wer fragt einen schon. Bin ja schon froh, wenn's kein Kind ist. Oder schon Maden der dritten Generation – muss auch nicht sein.« Er steht auf, lässt das Glas stehen, sieht aus dem Fenster. Steckt die Hände in die Taschen.

»Überrascht dich, was?« Er dreht den Kopf.

»Ja, überrascht mich. Was war's heute?«

Er sagt lange nichts, denkt nach. »'ne Drogentote. Aber keine Überdosis. Suizid. Hatte einfach die Schnauze voll und hat sich weggehängt. Einundzwanzig Jahre.« Er fasst in die Brusttasche des Hemdes, fingert eine Zigarette heraus, steckt sie an. Schweigen.

»Weißt du, das erinnert mich immer an meine Tochter.«

Was ist denn mit der? Ist da irgendwas passiert, nichts von gehört. Wie alt müsste die jetzt sein? So um die zwanzig.

»Deine Tochter?«

Er dreht sich um, lächelt schwach. »Ne, ne, keine Angst, der geht es gut. Die studiert in München.« Pause. Zwei Lungenzüge. »Aber trotzdem. Ich weiß auch nicht warum, ich seh sie da immer vor mir.«

Er raucht weiter, sieht aus dem Fenster. Er zieht tief, der Atem ist noch beim fünften Ausatmen qualmig. Bescheuerte Situation. Drauf ansprechen? Lieber nicht. Vielleicht will er nur mal reden. Oder …?

Reinhard dreht sich zum Schreibtisch, legt die Kippe weg, bleibt stehen, stützt sich mit beiden Fäusten ab.

»Du wolltest doch bestimmt was ganz anderes von mir, oder?« Er versucht eine Ist-schon-okay-Miene.

»Ja. Wir wollten dein Büro für die Annahme der Zeugenaussagen. Nach der Fernsehfahndung kommen da nämlich 'ne ganze Menge.«

»Ja klar. Ich bin heute nämlich eigentlich gar nicht da. Ich geh jetzt zu Roswitha rüber, diktier ihr kurz die Leiche in den Computer und bin dann drei Tage weg«, anbietende Handbewegung, »ihr könnt hier also sofort rein.«

»Super! Ich sage Altenkamp Bescheid und der Vermittlung. Welche Nummer hast du?«

»2331.«

»Okay.« Aufstehen, gehen. Durch den Türspalt sind die beiden Zeuginnen zu sehen.

»Konni«, weicher Tonfall, er sieht wieder aus dem Fenster, dreht den Kopf, »danke fürs Zurückkommen.«

»Alles klar.« Tür zu.

Der Kopf, der Kopf. Das ist ein Tag.

9 Uhr 40

Brokamp kommt rein, legt einige Seiten ins Eingangskörbchen, sieht in seinem Fach nach, geht wieder. Helmut sieht durch die Tür, wartet ab.

»Konni, hast du gleich 'n paar Minuten Zeit. Der Präsident hat mich angerufen, ich brauch nur ein paar Fakten«, er nickt zustimmend, »ja ja, ich weiß, der kann einem auf den Sack gehen. Aber damit ich ihm irgendwas erzählen kann, okay?«

Meinetwegen, gleich.

Ulla gegenüber locht Spurenblätter, ordnet. Vor sich mindestens zehn zerfledderte Stapel.

»Die Telefonumleitung war genau die richtige Maßnahme. Hier hat schon bestimmt 'ne halbe Stunde keiner mehr angerufen, man kommt richtig zu was.« Sie will einen Stapel lochen, hat Schwierigkeiten, den Hebel der Lochmaschine runterzudrücken, flucht leise.

Erst lesen oder erst zu Helmut? Lesen!

Bericht

Die Überprüfung der Gäste im Squash-Center »Quick« am Tatabend ist vorerst abgeschlossen. Es konnten namentlich 52 Gäste ermittelt werden.
Davon hatten 42 für die Tatzeit abgesicherte Alibis. Weitere fünf Personen (Spuren 117 bis 121) hatten für die Tatzeit kein Alibi. Die dort durchgeführten Ermittlungen konnten jedoch einen Tatverdacht zum jetzigen Zeitpunkt ausschließen.
Bei den restlichen Personen handelt es sich um Gäste, die zz. nicht greifbar sind. Zum einen befinden sie sich nach Auskunft von Angehörigen nachweislich auf Urlaubsreisen (Spuren 99, 105, 110), oder aber sie sind beruflich unterwegs (Spuren 88 und 124).
Alle noch nicht Überprüften sind sowohl schriftlich als auch über angehörige Personen mündlich umge-

hend nach ihrer Rückkehr zur Vernehmung vorgeladen.

Stroter, KHK

Die hat den Täter da nicht getroffen, ne ne. Der ist mit Sicherheit durch die offene Verandatür gekommen. Die Wierwich hat doch gesagt, er ist einfach abgehauen, obwohl der die Tür nach dem Eindringen bestimmt geschlossen hat. Wahrscheinlich wollte Kerstin bei dem Regen frische Luft reinlassen nach der Hitze. Und von der Straße ist auch gut zu erkennen, dass da 'ne Terrassentür ist, kann man zwar nicht reingucken, braucht aber nur kurz übern Zaun zu steigen. Eigentlich ideal. Aber was macht man zu der Zeit in so einer Siedlung, wenn man da nicht wohnt? Leute besuchen? Einbrechen? Frauen beim Ausziehen beobachten? Zufällig vorbeikommen, so als Abkürzung mit dem Rad?

Helmut wartet.

»Bin bei Helmut.« Ulla nickt.

Der Kaffee treibt. Auf der Toilette riecht es nach Zigarettenrauch. Eine Tür ist abgeschlossen, dahinter steigen dünne Rauchfäden auf. Die Spülung geht nicht, schon wieder. Der Seifenspender ist leer.

Heute Abend rasieren, sonst wird das wieder so mühsam, wenn die so lang werden. Blöder Pickel da an der Nase. Müde Ringe unter den Augen. Einmal kurz die nassen Hände ins Gesicht, schön kühl. Kein Handtuch im Spender.

Helmuts Tür steht auf, er telefoniert. Warten. Bei dem sieht's auf dem Schreibtisch auch immer aus, als wenn er die Sachen mit dem Winkelmesser ausrichtet, alles 90 Grad. Und blitzblank.

Helmut nickt in kurzen Abständen, zustimmendes Räuspern ins Telefon, spielt mit der Rechten an der Gummifalz der Schreibtischunterlage, wischt irgendwas mit dem Handrücken vom Tisch.

»Genauso, ja.« Pause. »Ja, Wiederhören.« Er legt auf.

»Das war schon der Präsident. Ich hab ihm einfach irgendwas erzählt nach meinem Kenntnisstand. Er war zufrieden.«

»Alles klar.«

»Wie sieht's sonst aus? Ich hab gestern die ›Aktuelle Stunde‹ gesehen.«

Ehrlich sein?

»Na ja. Heute ist der siebte Tag. Zwei Gute mussten wir schon aussortieren, den Letzten gestern. Ich hoffe, bei der Fernsehfahndung ist noch was dabei, da ist heute nämlich 'ne ziemliche Lawine reingekommen. Das müssen wir aber erst mal sichten. Altenkamp nimmt im Augenblick noch auf. Im Visier haben wir ihn aber noch nicht.«

Helmut lehnt sich zurück, schiebt die Unterlippe vor, atmet tief ein.

»Das klappt schon noch, immer positiv denken. Manchmal sind es die blödesten Zufälle, aber das muss ich dir ja nicht erzählen.« Er rutscht wieder nach vorne, nimmt sich eine Akte. Das war's dann wohl. Mann, der Kopf.

Auf der Bank vor dem Vernehmungszimmer ein Mann und eine Frau. Um die fünfzig, elegant und teuer gekleidet. Die Frau mit traurigen Augen, der Mann mit arrogant leerem Gesicht. Ulla allein im Zimmer, blickt auf.

»Setz dich man gar nicht erst hin, draußen sind die Eltern von Kerstin, die wollen mit dem Leiter sprechen.« Oh, nein. Das muss heute Morgen doch wirklich nicht sein. Der Magen kneift.

»Sind das die beiden vor der Tür?« Nicken. Ulla senkt den Kopf, blickt von unten mitleidig herauf. »Nimm das Vernehmungszimmer, da ist jetzt keiner.« Na, denn. Aber keine Beileidsfloskeln.

Beide wenden die Köpfe, die Frau steht auf, nimmt Haltung an.

»Frau Baum, Herr Baum.« Er erhebt sich langsam, misstrauische Gesichter. »Mein Name ist Kirchenberg, ich leite die Ermittlungen im Mordfall Ihrer Tochter.« Sie folgen ins Vernehmungszimmer, setzen sich vor den Computertisch. Der Aschenbecher quillt über, es riecht stark nach Rauch. Der Mann blickt auf seine Hände, die Frau sitzt auf der Vorderkante der Sitzfläche.

»Sie wollten mich sprechen.«

Die Frau nickt, das Gesicht entspannt sich.

»Ja. Wir wollten, das heißt, mein Mann, äh, nein, wir wollten uns nach dem Stand der Ermittlungen erkundigen. Wir haben hier nun so weit alles geregelt und wollten morgen wieder nach Hause fahren, und da dachten wir…« Sie unterbricht, sieht ihn von der Seite an. Er spielt mit seinen Händen.

Jetzt bloß nichts Falsches sagen. Kopfschmerzen, der Magen drückt.

»Abschließend kann ich Ihnen zum jetzigen Zeitpunkt natürlich noch nichts sagen, wir stecken mittendrin in den Ermittlungen. Gerade heute, nach der gestrigen Fernsehfahndung, ist eine große Anzahl Hinweise eingegangen, die natürlich erst einmal alle gesichtet…«

»Sie treten also immer noch auf der Stelle, ja?« Er hebt plötzlich den Kopf, funkelnde Augen.

»Nun, auf der Stelle sicherlich nicht.«

»Und diesen Exbekannten, diesen Hamburger Verbrecher, haben Sie so einfach laufen lassen, wie man hört.« Er steht auf, roter Kopf, pulsierende Schläfen, trommelt mit dem Zeigefinger auf den Monitor. »Wenn ich rausbekomme, dass hier unprofessionell gearbeitet wird, dann werden Sie mich kennen lernen. Ich kenne eine Menge Leute, bis ins Ministerium, die eine Menge zu sagen haben. Es geht hier nicht um irgendwen, sondern um eine Baum, um Kerstin Baum, meine Tochter...«

Er hört abrupt auf, schluckt, sackt zusammen. Stille. Seine Augen werden feucht, er verzerrt das Gesicht, lässt den Kopf sinken. Seine Stirn liegt auf der Oberkante des Monitors. Erst wimmerndes Schluchzen, dann stoßweise gedämpfte Schreie, staccato. Sein Oberkörper zuckt rhythmisch. Die Frau hält die Handtasche, blickt aus dem Fenster.

Meine Güte, erst mal tief durchatmen. Die Schläfen hämmern. Was sagen? Anfassen? Lieber nicht. Der hört gar nicht wieder auf.

Das Zucken wird ruhiger, ein langer, fiepsender Ton. Er richtet sich langsam auf, fällt zurück in den Stuhl, kramt ein Taschentuch heraus. Die Frau wendet den Kopf, verbitterte Miene.

»Das Verhältnis meines Mannes zu Kerstin war in letzter Zeit – sagen wir – etwas gestört.« Sie macht eine Pause, wendet sich ab, bebende Nasenflügel, das Kinn zittert.

»Ja, ich weiß. Beziehungsweise aus der ein oder anderen Vernehmung war dieser Eindruck zu gewinnen.«

Kurzer, fester Blick, dann wendet sie sich wieder ab. Stille. Mit einem Ruck steht sie auf.

»Wir wollen Ihre kostbare Zeit nicht länger in Anspruch nehmen, Herr Kirchenberg, wären Ihnen aber sehr dankbar, wenn wir uns telefonisch nach dem Stand der Ermittlungen erkundigen könnten, zwischendurch.«

»Natürlich, jederzeit.«

Sie sieht ihn über die Schulter an. Er schnäuzt noch einmal, schließt kurz die Augen, steht auf. Beide gehen vor, ihre Absätze hallen auf dem Flur. Er dreht sich um, das Gesicht ist wieder völlig ernst.

»Ich verlange, dass Sie Ihr Äußerstes tun, um den Täter zu finden.« Im Befehlston.

Wir können deine Versäumnisse auch nicht wieder gutmachen, damit musst du schon allein klarkommen, du Arsch.

»Natürlich, Herr Baum.«

Aber das wird er irgendwann auch noch merken. Armes Schwein.

Beide gehen.

11 Uhr 02

Bericht

> Am Morgen des Tattages hat das Opfer im Raum 1403 des Traktes B der hiesigen Universität in der Zeit von 10.00 – 11.30 Uhr eine Seminarveranstaltung besucht. Das Seminar wurde geleitet von Professor
> Kurt von Goessel, geb. 17.11.37 in Ratibor,
> Tel. 801-7713 oder 7718.
> Prof. von Goessel wurde heute aufgesucht und zum Opfer befragt. Nach seiner Aussage war Kerstin

Baum am Tattag im Seminar, ihm sei jedoch nichts Außergewöhnliches aufgefallen, wobei er allerdings auch nicht speziell auf das Opfer geachtet habe.
Da er von den Seminarteilnehmern namentlich nur
Jessica Bohlmann und
Julia Achenbach
nennen konnte, wurde mit ihm vereinbart, dass beim nächsten Seminartermin durch den Unterzeichner und PMin/ KKBin Lühsi die Seminarteilnehmer persönlich angesprochen und befragt werden. Dieser Termin ist der 17.09.02.

Stroter, KHK

Das ist morgen. Na ja, warten wir mal ab, aber da werden bestimmt auch keine anderen dabei sein als die, die wir schon kennen oder vernommen haben.

Ullas rote Haare gegenüber ragen genau an den unteren Rand der drei Bilder von Kerstin an der Wand dahinter, das Phantombild hängt höher, verdeckt einen Teil der roten Linie, Kerstins letzte Fahrtstrecke auf der Stadtkarte. Ein dicker, roter Punkt, viele Linien.

Der Kopf. Leichtes Hämmern in der Gegend über dem Ohr. Stroter und Heike schleichen herein, dahinter Altenkamp, liest im Gehen, sortiert Blätter.

»Manche Leute haben Ideen. Ich glaub, die wollen nur mal ein bisschen mit der Polizei quatschen, hab ich den Eindruck. Das wird sich nie ändern. Einer will seinen Nachbarn anzeigen, der ist zwar schon dreiundfünfzig, hat aber immer ’ne gefleckte Soldatenhose an, außerdem hat er mal seinem Hund – dem vom Anrufer – einen Eiszapfen in den Arsch gesteckt …«

»…macht man doch nicht…«

»…ne, macht auch Hämorrhoiden hä, hä. Aber hier«, er wedelt mit einem Blatt, »die Münsteraner schicken ein Fax. Da hat in einem Vorortkaff in der Nähe ein Rentner in einem Müllcontainer Gummistiefel gefunden«, er stockt, macht ein Gesicht, als ob er noch nicht fertig wäre.

»Komm, Heinz, mach's nicht so spannend«, Ulla beißt von der Seite, eine Kippe im Mundwinkel, die Asche fällt ab.

»Also, Opa Pommerenke bessert sich seine Rente damit auf, dass er in einem und um so einen Mietsblock nach dem Rechten sieht, Wege fegen und so. Der Container steht da wohl auf dem Gelände.« Er wirft sich in Siegerpose. So wie der grient, hat der doch bestimmt noch was.

»Gummistiefel gibt's viele, Heinz, das heißt noch gar nichts, und das weißt du auch. Müssen ja nicht die aus dem Schuppen sein.«

»Müssen nicht, aber können. Die von Opa Pommerenke sind ziemlich neu und Größe 44, das passt schon mal. Dann haben sie noch an der Innenseite nachträglich eingestanzte Lochnieten.«

Alle schauen sich an, Ulla kramt sofort in der Spurenakte, blättert eilig, dann langsamer, nimmt eine Spur, liest.

»Von Nieten steht da nichts, aber müssen wir Herrn Meinert noch mal fragen.« Sie nimmt den Hörer, wählt. Alle Blicke auf Ulla.

»Ja, Wiesing, Mordkommission, Morgen, Frau Meinert. Ist Ihr Mann zu Hause? Im Garten? Ja, bitte.« Warten. Ulla wiegt ungeduldig den Kopf, zieht den Hörer wieder heran.

»Ja, guten Morgen, Herr Meinert. Wiesing von der Mordkommission. Herr Meinert, ich hätte da noch eine Frage bezüglich der bei Ihnen gestohlenen Gummistiefel, äh«, sie unterbricht, hört zu, »ja, hm, könnte auch sein, aber wir gehen trotzdem davon aus, erst mal, dass da ein Zusammenhang bestehen könnte. Dass die Stiefel neu waren, hatten Sie gesagt, aber gab es da sonst noch eine Besonderheit, irgendwas Ungewöhnliches?« Pause. Nicken, einige Ähs. »... kann Ihr Bruder mehr dazu sagen, ja, wohnt in der Wohnung oben, aha. Kann ich den dann noch mal sprechen?« Pause. Sie nimmt die Zigarette, zwei tiefe, schnelle Züge, sie zieht den Hörer wieder heran, schnell. »Herr Meinert, ja? Ist gerade beim Nachbarn! Gut. Kann er mich sobald wie möglich zurückrufen?« Pause, tiefer Lungenzug. »Ja, genau, das ist die Nummer, und 1173 ist meine Durchwahl. Ja, wenn's geht, so schnell wie möglich. Wiederhören.« Sie seufzt tief, drückt die Kippe aus, verbrennt sich den Daumen.

»Rentner-WG. Er ist beim Nachbarn, ruft gleich zurück.«

Altenkamp steht wie auf dem Sprung, wird langsam entspannter.

»Ich hol mir erst mal 'nen Kaffee.« Er geht zügig, nimmt das Fax mit. Ulla zieht die Augenbrauen hoch, macht die Augen weit auf.

»Wenn die von Meinert auch gelocht sind, klingt es nicht schlecht.«

»Warten wir erst mal ab. Keine geistige Kraft unnötig verschleudern. Aber gehen wir mal davon aus, die sind tatsächlich gelocht, welche anderen Möglichkeiten gäbe es dann noch, außer der, dass es die vom Täter benutzten Stiefel sind?«

Ullas Augen wandern von links nach rechts, dann nach

oben, sie schüttelt den Kopf, lässt sich zurück in die Lehne fallen. »Alle machen das so, zum Aufhängen oder was weiß ich, wozu.«

Altenkamp kommt wieder, stößt mit dem Arm an den Türrahmen, der Kaffee läuft auf das Fax. Er flucht, stellt die Tasse ab.

»Hey, sau hier nicht so rum, das sind Akten. Ist dein zweiter Vorname nicht ›Ungeschickt‹?« Ulla schimpft verhalten, gibt ihm ein Tempo. Altenkamp tupft, wischt über das Fax, die Schrift verwischt. Er flucht wieder. Heike lacht still.

Tuschkasten, dreckige Farbnäpfe, Pinsel in graugrünem Wasser, verschwommene Farben, ineinandergelaufen, Äpfel, Weintrauben, Tomaten, rot. Einige Stellen auf den Tomaten noch feucht, dunkle Tupfer, mit dem Handballen darüber, lange Wischer, Schlieren, bis auf das weiße Tuch unter der Obstschale.

Telefon.

»Wiesing, MK. Ja, Herr Meinert, schön, dass es so schnell geklappt hat.« Pause. »Ja, ja, hat Ihnen Ihr Bruder schon gesagt, ja. Meine Frage ist: Haben Sie an den Stiefeln irgendwelche Veränderungen vorgenommen?« Ständig leichtes Nicken. »Hm, in der Mitte, zum Aufhängen.« Sie sieht alle in der Runde der Reihe nach an, blinzelt zuversichtlich mit beiden Augen, Bestätigung. »Gut, Herr Meinert. Wir werden Ihnen heute oder morgen die Stiefel noch einmal vorlegen. Sie sind zu Hause, ja? Wiederhörn.« Sie legt auf, tiefer Seufzer.

»Er hat an der Innenseite oben Messingnieten eingestanzt, für eine Schnur …« Stille. Keiner rührt sich. Rundumblicke aus den Augenwinkeln.

Vorgärten, Beine, Jeans in Gummistiefeln, Gras, laufen,

nasses Grün in der Dunkelheit, Müllcontainer unter Straßenlaternen, Eile, umsehen, blaue Mülltüten, die Klappe quietscht.

Da müssen wir hin, Gas geben.

»Da fahren wir hin, zwei Teams erst mal. Ich fahr mit. Das ist zu diesem Zeitpunkt die interessanteste Spur. Sollte sich die Lage vor Ort anders darstellen, sind wir morgen wieder hier. Ansonsten kommt mindestens noch ein Team nach.«

»Soll ich mit?« Ulla beugt sich nach vorn, öffnet die Hände. »Wenn da 'ne Menge Spuren anfallen, ist es besser, wir verlegen für ein, zwei Tage. Das gibt sonst unnötige Umhefterei in den Spurenakten. Bei der MK Breulmann hatten wir das auch.«

Kein schlechter Gedanke. Ulla ist erfahren als Aktenwurm, wenn sie meint, soll sie mitkommen. Kommt sie auch mal raus.

»Okay. Was du an Akten mitnehmen musst, weißt du selber. Heinz, du hältst hier die Stellung. Sobald wir da sind, geb ich dir unsere Nummer durch, sonst übers Handy. Ich fahr kurz nach Hause und hol mir Zahnbürste und Unterhose, falls wir dableiben. Deine Sachen holen wir dann auf dem Weg.« Ulla nickt. »Teil du die beiden Teams ein. Wer am besten abkömmlich ist. Glowatzki hätt ich gern dabei. Ich informiere Helmut.«

»Ich möchte auch mit!« Heike hüpft, wedelt mit den Armen vor der Brust wie ein kleiner Vogel, macht ein Kleinmädchengesicht. Soll sie mit Ulla klar machen.

Ulla räumt zusammen.

11 Uhr 50

Der große Koffer ist leer. Das untere Schrankfach im Badezimmer auch. Scheiß Kulturbeutel, wo könnte der denn noch rumfliegen? Wieso eigentlich Kultur? Aber mit Plastiktüte auflaufen sieht auch blöd aus. Egal, sieht ja keiner. Wenn schon, dann wenigstens eine mit Muster. Schuhhaus Martens, schwarze Vögel auf rotem Grund, sieht gut aus.

Die Schelle.

Summer drücken, nichts tut sich. Leises Klopfen an der Tür. Oh, schon oben.

Ayse auf der Fußmatte.

»Überraschung«, leise, der rechte Unterarm zuckt hoch. Weißes T-Shirt, bunte Weste, barfuß in Birkenstock, dicker Zopf.

Hitze im Kopf, ein saugendes Vakuum im Bauch.

»Ayse! Mann, das ist ja 'ne Überraschung, äh...«

»Sag ich doch.« Sie zieht die Schultern hoch, verlegenes Lächeln. Stille. Irgendwo im Haus fällt eine Tür ins Schloss, der Knall hallt über die Etagen.

»Ich wollte mich nur kurz verabschieden. Du warst gestern Abend nicht im Lokal, und ich nehme heute den Zug um halb drei. Hab gar nicht damit gerechnet, dass du zu Hause bist, eigentlich wollt ich dir nur 'nen Zettel schreiben.«

»Wieso das denn, so plötzlich?« Tief durchatmen, Ziehen im Bauch. Das darf nicht wahr sein, ausgerechnet heute. Ulla anrufen, Ausrede, irgendwas mit dem Vermieter? Geht nicht. Die Spur ist wichtig.

»Komm erst mal rein.« Sacht am Arm ziehen, die Haut ist warm.

»Ne, ich wollte eigentlich nicht so lange bleiben.« Sie kommt herein. Tür zu. Bleibt im Korridor stehen, Rundumblick.

»So was Blödes, hab ich ja echt Glück gehabt, dass ich grad zu Hause war. Ich muss nämlich wahrscheinlich über Nacht wegbleiben und wollte nur meine Sachen holen, Zahnbürste und so.« Sie folgt ins Zimmer, stellt sich hinter die Couch, stützt sich auf die Rückenlehne.

»Meine Mitbewohnerin hat angerufen, da gibt es irgendwie Stress mit unserer Wohnung. Das war zwar abzusehen, aber wahrscheinlich müssen wir morgen schon raus. Ich habe aber noch keine neue«, den letzten Satz mit gespielter Verzweiflung, »und da ist es besser, ich regle das selber.«

Stille. Kaffee anbieten, nur für zehn Minuten? Noch am Bahnhof verabreden? Geht doch alles nicht, verdammt.

»Ich würde dir gern 'nen Kaffee anbieten«, Flehen zum Himmel, »aber wir haben da so eine Spur …«

»Ne, ne, lass man, ist lieb gemeint, würde ich auch gerne annehmen«, warmer, lächelnder Blick, »aber ich muss noch packen und so einiges erledigen. Wollte mich aber auf jeden Fall verabschieden.« Sie legt den Kopf schief, lässt den Sessel los, winkt mit der Rechten, geht langsam Richtung Flur.

»Du kannst doch jetzt nicht so einfach abhauen.«

»Ach komm«, besänftigender Tonfall, »Berlin ist ja nicht am Ende der Welt, und ich komme bestimmt mal wieder.« Sie bleibt vor der Wohnungstür stehen, dreht sich um. »Sobald ich meine neue Adresse und Telefonnummer habe, schreib ich dir! Versprochen!« Sie zögert einen Moment, stellt sich auf die Zehenspitzen, weiche Lippen, Wärme, kurz. Sie riecht nach Nikotin und Holz. Ihre Hand auf der Wange, sie drückt sacht mit den Fingern, zupft am Ohr.

»War'n sehr schöner Abend.«

Sie lächelt, wird dann ernst. »Ja, sehr schön«, wieder lächeln, »aber ich schick dir mal 'ne Kassette mit türkischen Komponisten.« Sie schubst sanft, dreht sich, öffnet die Tür. Noch ein Kuss. Das Licht von der Seite, zeichnet die Maserungen ihrer braunen Iris nach, für zwei Sekunden eine Falte zwischen ihren Brauen.

»Tschüss.«

Sie löst sich, die Birkenstocks machen auf den Fliesen kein Geräusch.

Die Sträucher wischen vorbei, diffuse grüne Striche mit braun dazwischen, die Heuballen in Plastikfolie auf der Wiese gleiten langsamer, aber immer noch zügig. Die Häuser der Reihenhaussiedlung hinter dem See schieben sich träge aus dem Blick, in Zeitlupe, die Schornsteine am Horizont stehen fast still, ganz sacht bewegen sie sich. Die Wolken stehen.

Die Tachonadel ruht zwischen 170 und 180. Ulla kaut und lutscht einen Bonbon, schiebt ihn sich hinter die rechte Backe.

»Ich dachte, du schläfst.«

»Nnhnnh.«

Sie blickt freundlich herüber, dann wieder auf die Straße, wieder herüber, mütterliches Gesicht.

»In zwanzig Minuten sind wir da, kannst noch 'ne Mütze voll nehmen.«

Mal sehen.

Sie überholt eine Lkw-Kolonne, Reifen in Augenhöhe unterbrechen kurz den Blick auf den Horizont, dann wieder blaugraue Hügel im Dunst. Ayse packt jetzt wahrscheinlich.

Bahnhof, Bahnsteig voller Menschen, Koffer, Drahtstühle, Wagenstandsanzeiger. Aufgeregte Gespräche, angespanntes Lächeln, Du-fährst-gleich-Gesichter. Ayse mit Rucksack und Koffer, kommt noch mal, zarter Kuss, steigt ein, steht am Fenster, beugt sich noch mal herunter, noch ein Kuss, ihre Hand im Haar. Pfeifen, der Zug rollt, sie winkt traurig.

Ein gelber Daimler schert aus, Ulla geht schwer in die Bremsen, der Sicherheitsgurt drückt. Sie atmet durch, schüttelt den Kopf, bleibt gelassen.

»Manche träumen echt.«

13 Uhr 55

Gegenüber eine Vitrine mit internationalen Polizeiärmelabzeichen. Auf der Vitrine fünf internationale Polizeimützen. Auch der Bobbyhelm. Natürlich. An der Wand zwei Karten, eine vom Regierungsbezirk, eine Stadtkarte von Münster, fünf rote Stecknadelköpfe. Sieht fast aus wie der große Wagen, fehlt noch eine Nadel für die Deichsel. Könnte man ja mal dazustecken, wenn keiner guckt …

Schmidt und Brokamp brabbeln über Beförderungen. Alles ungerecht, immer die Falschen, Krause ist A 13 geworden, ausgerechnet der hat eben Beziehungen zum Personalrat. Jupiter steht schlecht. Heike sieht aus dem Fenster, Ulla liegt im Stuhl, Kopf an der Wand, Augen geschlossen. Sie blinzelt auf ihre Armbanduhr.

»Glowatzki und Anne könnten auch bald hier sein.« Zwei Uhr. Die sollen wohl noch kommen.

Die Tür fliegt auf.

»Ah, unsere Gäste«, Glatze, grauer Kranz, dunkle Augen, Pullover, Jeans, sympathisch, »Bernd Schwegler. Ich bin Leiter KK 11, ich begrüße euch. Tut mir Leid, dass ihr warten musstet, aber ich bin jetzt erst dazu gekommen, was zu essen, und um zwei macht die Kantine zu, da kennen die kein Pardon.«

»Kein Problem.«

»Ich nehme an, ihr wollt gleich loslegen. Ein Pläuschchen beim Kaffee können wir ja vielleicht hinterher noch machen.« Er lächelt, tritt hinter seinen Schreibtisch, bleibt stehen, wühlt in Blättern und Zetteln, findet etwas. »Die Stiefel sind noch beim ED, können wir aber gleich holen gehen. Hier ist erst mal die Vernehmung des Zeugen und der Bericht dazu. Sonst noch was?« Er blickt nach unten, kratzt sich den Haarkranz, schürzt die Lippen. »Ach, ja. Zwei Leute von uns kann ich euch zur Verfügung stellen, für heute. Vielleicht auch für morgen. Ist das okay?«

»Das ist mehr, als wir erwartet haben. Ist der Fundort weit von hier?«

Er geht zur Karte, sucht, zeigt mit beiden Zeigefingern auf zwei Punkte.

»Hier sind wir. Vielleicht fünf Kilometer. Eine Hochhaussiedlung, furchtbar. Ziemlich viel kriminelle Brut, hoher Ausländeranteil und viele deutsche Sozialhilfeempfänger.«

Das klingt ja prima.

»Okay. Habt ihr irgendwo ein anständiges Zimmer für uns? Wahrscheinlich lohnt sich heute Abend die Heimfahrt nicht mehr.«

Er nickt beruhigend. »Kein Problem. Ich such euch was Nettes raus.«

»Gut. Bevor wir rüberfahren, würde ich hier gern noch ein paar Sachen erledigen. Zuerst möchte ich gern den Bezirksbeamten aus dem Bezirk sprechen.«

Schwegler nickt, steckt sich dabei die Pfeife an. Pfeifenfeuerzeug, er zieht, pafft dreimal, den letzten Zug auf Lunge.

»Euch können wir hier einen Raum anbieten. Ein ziemlich großes Büro von unserem Gruppenleiter, der ist zurzeit nicht da. Der Kommissionsraum ist schon seit zwei Wochen durch irgendeine überflüssige interne Steuerungsgruppe blockiert. Der BED hat sein Büro draußen in einer Nebenwache, ganz in der Nähe vom Fundort der Stiefel. Ist ein alter Hase, seit sechseinhalb Jahren im Bezirk, kennt also seine Pappenheimer«, Qualmwolken stoßweise, nachstopfen, »bleibt heute Abend auch da, bis wir ihn brauchen, hab ich sichergestellt.«

Gut so weit. Jetzt erst mal die Stiefelvorlage anleiern und dann die EMA-Abfragen.

»Also los. Heike, wenn wir jetzt gleich die Stiefel haben, düst du zu Meinerts und legst ihm die Dinger vor und gibst mir dann umgehend Bescheid, ob es auch wirklich seine sind.

Können wir hier auf der Elst EMA-Abfragen machen, um die fraglichen Leute vom Alter her einzugrenzen?«

»Klar«, Schwegler behält die Pfeife zwischen den Zähnen, »ich rufe da mal an. Wenn da nicht gerade der Teufel los ist, macht das bestimmt einer mit uns…«

»…ansonsten kann das nach Einweisung auch einer von uns machen…«

»…hä hä«, er zieht die Stirn in Falten, wiegt behäbig den Kopf, »ich weiß ja nicht, wie das bei euch ist, aber hier auf der Leitstelle lassen die dich eher an ihre Frau, als an ihr Terminal.«

Artiges Lachen in der Runde, vorsichtiges Stopfen.

»Wir nehmen es so, wie es kommt. Wichtig ist nur, dass es so zügig wie möglich geht. Du machst das?« Ulla nickt. »Sobald Anne und Glowatzki da sind, fahren wir mit zwei Teams rüber, Heike kommt nach. Die Strategie legen wir da fest.«

Aufmerksame Gesichter, Zustimmung. Schwegler erwidert den Blick hinter Qualm und Pfeifenstopfer, pafft.

»Jetzt die Stiefel?«

Er geht vor, Heike kommt mit, zwei Treppen rauf, glatte Stufen. Der ED ist in einem dunklen Loch im Altbau, große Bäume vor den Fenstern. Der ED-Mann ist fett und mürrisch, die Revers vom weißen Kittel sind fleckig. Fremder Geruch. Wonach riecht das hier? Er geht ohne Worte in einen Nebenraum, bringt die Stiefel im Plastiksack.

»Das sind die Dinger. Den Bericht hab ich aber noch nicht fertig.«

Schwegler winkt ab. »Kein Problem. Alles Wichtige haben wir ja schon besprochen.« Er gibt die Tüte weiter an Heike.

»So. Schnapp dir den Omega und zeig sie Opa Meinert. Zügig, aber verheiz dich nicht. Das isses auch nicht wert. Melde dich bitte umgehend bei mir. Meine Handy-Nummer hast du?«

»Jawoll.« Sie klemmt sich die Tüte unter den Arm, geht, dreht sich um, winkt kurz. Sie macht mit dem Kaugummi eine Blase, kurzer, heller Knall.

Schwegler kocht wieder seine Pfeife an. »Und wir gehen jetzt zur Leitstelle«, er pafft und spricht.

Gut. Zur Leitstelle. Aber nicht ohne Ulla.

15 Uhr 15

Schwegler fährt im roten Vectra voraus. Schule hat begonnen. Ziviles Kennzeichen, dunkelrot. Das ist auch so eine Farbe, die sonst keiner nimmt, da können sie den Wagen gleich grün-weiß spritzen. Die Nebenwache sieht aus wie ein Einfamilienhaus mit Polizeischild. Schwegler fährt rechts ran, steigt schnell aus, zeigt auf eine Parklücke zwanzig Meter weiter.

Die Eloxaltür zur Wache öffnet sich auf Druck, kleiner Flur mit Wartebank, darüber zwei Fahndungsplakate. Mord in Coesfeld. Der Bezirksbeamte steht schon in der Tür, Krawatte mit perfektem Knoten, alle Jackenknöpfe geschlossen. Bei dem Wetter. Aber wenn schon mal so hoher Besuch kommt. Alte Schule.

»Guten Tag«, er nimmt fast Haltung an. Drahtiger Typ, sieht ein bisschen aus wie Louis de Funès. Schwegler grüßt, dreht sich.

»Das ist Walter Messner, unser Mann im Ghetto. Konstantin Kirchenberg.« Er lacht, Messner winkt ab.

»Guten Abend«, kräftiger Händedruck.

»Bernd übertreibt gern. So schlimm ist es hier nun auch wieder nicht.« Er tritt von vorne an seinen Schreibtisch, klappt eine Mappe auf, kommt gleich zur Sache. »Ich habe hier mal einen Plan gezeichnet, Bernd hatte mich ja schon informiert. Also, es sind acht Blocks, jeder viergeschossig und auf jeder Etage mindestens zehn Mietparteien.« Acht Rechtecke auf der Rückseite eines Blattes der Schreibtischunterlage, mehrere Doppellinien, in der Mitte ein dickes rotes Kreuz.

»Da steht der Container. Wie man sieht, ziemlich zentral.« Er blickt erwartungsvoll hoch.

»Prima Skizze!« Er atmet tief ein. »Müssen wir eben irgendwo anfangen und uns durcharbeiten. Wir sind zunächst vier Teams, also pro Team zwei Blocks.«

Das Handy dudelt. »Kirchenberg.«

»Hier ist Heike. Ich bin hier noch in der Wohnung von Meinerts. Also, Herr Meinert hat die Stiefel eindeutig als seine identifiziert. Er hat es an den Nieten erkannt, eindeutig, er hat sie da reingestanzt, hat mir sogar noch die Schachtel mit den Rohlingen gezeigt. Außerdem ist das auch so eine seltene Marke, kriegt man nur in Angelsportläden. Alles klar?«

Super. Einmal durchatmen, Gänsehaut.

»Ich könnte dich küssen, Mädchen. Versuch du jetzt mal, Dirk Stroter zu erreichen, und unterrichte ihn. Außerdem treib mal Gerster und Röhrig auf, die sollen sich bei mir melden, die Nasen haben nämlich kein Handy mitgenommen. Dann komm wieder hierher. Helmut informiere ich selber, okay? Ach, ja. Schreib kurz einen Fünfzeiler dazu. Die richtige Vernehmung mit Meinert machen wir dann später, ja?«

»Natürlich. Die Stiefel nehme ich mit?«

»Ja, sicher. Hinterleg sie bei uns im Büro.«

»Alles klar. Ich fliege.«

»Bleib ruhig. Ankommen ist wichtig. Wenn du um sechs hier bist, reicht das. Vorher sind die meisten sowieso nicht zu Hause.«

»Kainä Sorrgä, Schäffä. Arrividerci.«

Drei Minuten vierzehn auf dem Display vom Handy. Erwartung in den Gesichtern in der Runde. Schmidt spielt mit dem Autoschlüssel.

Dritter Stock, ein Fenster, dichte Gardine, dahinter eine Gestalt, blond, kurze Haare, Atem, beobachtet die Container, die Autos, hat Angst, will abhauen, zu spät.

»Das war Heike. Meinert hat die Stiefel eindeutig als seine identifiziert.« Schwegler streckt den Daumen nach oben. Bingo, Volltreffer. Messner nickt mit hochgezogenen Augenbrauen vor sich hin.

»Also los. Wir fahren jetzt noch mal ins Präsidium, aber vorher zum Container. Vor Ort ist immer alles anders. Im Präsidium legen wir dann die Vorgehensweise fest. Ulla und die anderen sind mit der Bürofahndung bestimmt bald durch. Kannst du mitkommen, da tauchen nämlich bestimmt noch 'ne Menge Fragen auf?«

Messner nickt mit geschlossenen Augen.

17 Uhr 38

Zeugenvernehmung

In seiner Wohnung aufgesucht erscheint der Rentner
Eduard Pommerenke, 17.01.23 in Neuruppin,
wh. hier, Glasweg 12,
und macht folgende Angaben:
Ich bin über meine Rechte und Pflichten als Zeuge belehrt worden. Die Folgen einer Falschaussage sind mir bekannt gemacht worden.

»Ist das Opa Pommerenkes Vernehmung?« Ulla hält den Blick weiter auf die Straße gerichtet, die Hände oben auf dem Lenkrad, trommelt mit den Zeigefingern.

»Hm.«

Sie lacht. »Für unseren Job ist das ja ganz hilfreich, aber Müllcontainer durchsuchen? Das ist doch bestimmt ein Ossi, bei dem Namen und überhaupt. Wenn der drüben kein Blockwart war, fress ich ’nen Besen.«

»Dann such dir schon mal ’nen sehr schönen aus.«

Sie blickt zur Seite, zieht die Nase kraus, schiebt die rechte Seite der Oberlippe hoch.

»Im Ernst! Kein Zoni. Der ist zwar in Neuruppin geboren, ist aber schon nach dem Krieg rüber. Hat mir Schwegler erzählt.«

Schulterzucken. »Hätte ich echt drauf gewettet.«

Die Sonne scheint von schräg hinten auf das Papier, blendet.

> Ich lebe hier, seit die Siedlung 1978 gebaut worden ist. Früher kannte man hier die meisten, aber in den letzten Jahren ist das anders geworden, da laufen die Mieter hier nur so durch. Seit ich Rentner geworden bin, 1989, habe ich für die Wohnungsbaugenossenschaft hier so kleine Arbeiten erledigt. Ich sorge dafür, dass der Bereich um die Müllcontainer sauber bleibt, dass kein Müll auf den Rasenflächen liegt und solche Dinge. Dafür bekomme ich im Monat 25,– Euro Mieterlass. Bei meiner Rente ist das nicht zu verachten. Außerdem hat man da immer etwas zu tun. Ab und zu habe ich auch mal in den Containern nachgesehen, ob nicht noch was Brauchbares dabei war. Darauf gekommen bin ich, als ich mal eine gut erhaltene Geige in einem Müll-

sack gefunden habe. Da habe ich eben immer mal nachgesehen.
Am letzten Mittwoch habe ich dann wie immer meine Runde gemacht. Bei einem Container vor Block 112 war der Deckel wieder mal nicht richtig geschlossen. Da sind mir die Stiefel sofort aufgefallen. Die konnte man gar nicht übersehen, weil sie noch so neu waren. Ich habe sie noch vor dem Container anprobiert. Sie waren zwar etwas zu groß, aber bei Gummistiefeln ist das ja nicht so schlimm. Ich habe sie dann in meinen Keller gestellt.
Als wir dann am Sonntag die »Aktuelle Stunde« gesehen haben – die sehen meine Frau und ich uns jeden Tag an –, da habe ich zuerst gar nicht daran gedacht, aber meine Frau hat mich dann darauf gebracht. Es kam mir zuerst ganz schön übertrieben vor, denn man will sich ja auch nicht so wichtig machen. Aber meine Frau hat dann doch die ganze Zeit gedrängt, ich solle anrufen. Man sieht ja auch so viel bei Eduard Zimmermann, und man soll da mithelfen, und da habe ich dann doch angerufen. Dass das jetzt die Stiefel sind, die ein Mörder getragen haben könnte, das schockiert mich aber doch.

Auf Frage:

Nein, gesehen habe ich niemanden, der die Stiefel dort abgelegt haben könnte, weder am Mittwoch noch an den Tagen davor. Ich könnte jetzt auch niemanden nennen, dem ich so etwas zutrauen würde.

In den Blöcken 112, 114 und 116 wohnen eine
ganze Reihe junger Männer. Bei der Bundeswehr
sind meines Wissens aber nur
Dirk Röhe,
Haus Nr. 114, 3. Stock links,
und
Willie Neumann,
Haus Nr. 116, 4. Stock rechts.
Andere kenne ich nicht, weil hier, wie schon gesagt, in letzter Zeit auch immer neue Mieter ein- und ausziehen. Mehr kann ich dazu im Augenblick auch nicht sagen. Ich werde mich aber umhören, und wenn ich noch etwas erfahren sollte, werde ich es die Polizei umgehend wissen lassen.
Selbst gelesen, genehmigt
und unterschrieben: E. Pommerenke

Die Sonne verschwindet hinter einem der Blocks, taucht kurz wieder auf, verschwindet hinter dem nächsten. In den Fenstern auf der anderen Seite spiegelt sich das Licht, blendet. Nur die auf kipp gestellten Fenster reflektieren blauen Himmel.

Vor der Nebenwache sind genug Parkplätze, Messner parkt vor dem Haus, steigt aus, schließt die Wache auf. Er geht vor in einen Nebenraum.

»Lasst uns mal hier reingehen, der Raum ist größer. Da steht auch ein Telefon. Ich kann vorne umstellen, dann könnt ihr es benutzen.«

Das Münsteraner Team kommt nach. Die Eingangstür fällt zu, es schellt. Messner drückt den Summer, Brokamp, Heike, Glowatzki und Anne poltern herein, die Tür fällt wieder zu.

Ob hier irgendwo Tesafilm oder Klebeband ist?

»Gibt es hier Tesafilm?« Messner macht eine Schublade auf, wirft den Spender herüber. Der Kleber hält die Skizze nur mit Mühe an der Wand.

»Also, Leute, das sind die acht Blocks, 110 bis 124, viergeschossig, habt ihr ja schon gesehen, und auf jeder Etage zehn bis zwölf Mietparteien. Stimmt doch?«

Ulla nickt. »Ja, laut Einwohnermeldeamtdatei kommt das ungefähr hin, wobei die Daten mit Sicherheit nicht aktuell sind …«

»… mit Sicherheit nicht«, Messner dazwischen, »in manchen Wohnungen ist kaum die Hälfte gemeldet, schätz ich mal so. Aber das ist nicht die Mehrzahl.«

»Ist auch gleichgültig. Wir gehen in jedem Fall in jede Wohnung. Wir teilen uns folgendermaßen auf: Die Münsteraner Kollegen Georg und, äh, Dirk«, er nickt behäbig, »nehmen 110 und 112, Schmidt und Brokamp 114 und 116, Klaus Glowatzki und Anne 118 und 120 und Heike und ich die restlichen beiden. Ulla bleibt hier und ist unter dieser Nummer zu erreichen.«

Der Edding-Stift quietscht auf dem Papier, der Strich wird auf der Raufaserunterlage unregelmäßig. Sie zücken ihre Blocks, notieren.

»Ulla hat für die einzelnen Blöcke die Männer im relevanten Alter markiert.« Sie verteilt die Computerausdrucke. »Wie ihr seht, sind alle Personen aufgeführt, die in den Wohnungen gemeldet sind. Die Männer im gefragten Alter sind farblich herausgehoben, die mit Akte haben einen zusätzlichen Haken. Der jeweilige Inpolausdruck ist dahinter geheftet. Diese werden zeugenschaftlich zu ihrem Aufenthalt zur Tatzeit befragt, wenn es geht, natürlich mit Zeugen.

In jeder Wohnung und in jedem Briefkasten wird dieser Handzettel hinterlegt. Wir haben ihn in drei Ausführungen. Russisch, türkisch und deutsch…«

»…tja, mit deutsch allein bist du in Deutschland heute echt aufgeschmissen«, Schmidt mit Leidensmiene. Besser nichts dazu sagen.

»Bei Personen, die Ähnlichkeit mit dem Fahndungsfoto haben, machen wir ein Polaroidfoto. Der Kollege von der Münsteraner Fotostelle ist in zehn Minuten hier und hat sich dankenswerterweise bereit erklärt, hier bei Ulla abrufbar zu sein.«

»Für die Aktenführung wäre es sehr erleichternd«, Ulla hält eine Kopie hoch, »wenn ihr die Abfrage sehr knapp und nach Reihenfolge abarbeiten könntet, natürlich nur da, wo es möglich ist. Ich habe ein Formblatt beigeheftet.«

»Noch etwas von mir: Wenn euch irgendwelche Aussagen schief vorkommen, ruhig auch mal beim Nachbarn einen ersten kurzen Abgleich vornehmen, ob das so stimmen könnte. Aber wem sage ich das?« Überlegenes Lächeln in einigen Gesichtern. Stille.

»Noch Fragen?« Kopfschütteln. »Dann ab dafür.«

Sie gehen.

20 Uhr 05

Die Tür zum Treppenhaus im zweiten Block ist nicht mehr zu verschließen. Geteilte Drahtglasscheibe, in der unteren Hälfte in Kniehöhe eine runde Bruchstelle, weiße, zackige Risse laufen in alle Richtungen. Sieht aus wie ein Straßenbahnplan. Im Flur riecht es dumpf nach Kochen.

»Fangen wir diesmal oben an?« Heike zieht hörbar die Luft durch die Nase ein, lehnt sich zur Seite übers Treppengeländer, sieht nach oben durch die Gitterspirale. »Vielleicht stinkt es oben ja weniger.«

»Keine Sorge, da ist es immer am schlimmsten.«

Treppenstufen aus Beton, mit Metallkante. Im Erdgeschoss viel Graffiti, viel Geschmiere, ein gelbroter Igel in Augenhöhe. Der sieht gut aus, aggressives Gesicht. Ab dem zweiten Stock sind die Bilder dünner gesät, hin und wieder ein Spruch. Viktor ist ein Arschficker, igelgelb übersprüht, aber noch leserlich. Im vierten Stock keine Sprüche mehr, dafür Fußabdrücke an den Wänden bis über Kopfhöhe und Wischer von Bällen.

»Zuerst bei Flugfelder?«

Heike nimmt ihren Block, sieht nach, nickt.

»Unser Eugen wohnt hier, 79 in Kasachstan geboren, schauen wir ihn uns mal an. Keine Akte.«

Die Türglocke klingt hell blechern, drinnen Poltern, eine Frauenstimme schimpft russisch, Kinderplärren. Die Tür öffnet sich einen Spalt, eine Frau mit Piratenkopftuch, gemusterter Kittel, geblümte Hausschuhe, die Verschlusskette in Nasenhöhe.

»Ja, bitte?«, in gebrochenem Deutsch.

»Kirchenberg, Kriminalpolizei. Das ist meine Kollegin Lühsi.« Sie blickt kurz und unsicher auf den Ausweis, nickt.

»Sie sind Frau Flugfelder, ja? Und Eugen Flugfelder ist Ihr Sohn?«

»Ja, der Eugen«, sie nickt wieder und sagt zwei Sätze auf Russisch.

»Wir hätten ein paar Fragen, Frau Flugfelder, können wir einen Augenblick reinkommen?«

Sie zieht die Stirn kraus, die Augen wandern von einem zum andern, sie öffnet die Tür. Im Wohnungsflur ist es sehr warm. Süß-scharfer Essensgeruch. Die Lampe in Form einer venezianischen Gondel hängt zu tief, an der rechten Seite des Flurs fünf Paar aufgereihte Schuhe, davon zwei Paar Kinderschuhe. Ein Kind im Unterhemd watschelt zurück ins Zimmer, ernstes Gesicht.

»Frau Flugfelder, ist Ihr Sohn Eugen zu sprechen? Er könnte uns eventuell in einer Ermittlungssache weiterhelfen.«

»Was ist mit Eugen? Hat wieder was gemacht?«

»Nein, das wissen wir nicht, vermutlich nicht. Ist er zu Hause?«

»Ja.« Sie geht zu einer Tür, öffnet sie, ruft einen russischen Namen. Eugen kommt heraus, ärmelloses T-Shirt, schulterlange dunkle Haare. Das war es dann. Enttäuschter Blick von Heike.

»Sie sind Eugen Flugfelder?« Er nickt.

»Ja, was ist los?« Aggressiver Ton, er stützt die Hände auf die Hüftknochen.

»Kirchenberg, Kripo. Herr Flugfelder, wir ermitteln in einer Mordsache, in der eine wichtige Spur hier in diese Siedlung führt. Wir hätten von Ihnen gern gewusst, wo Sie am letzten Dienstagabend waren?« Kurzes Zögern.

»Mordsache? Was für eine Mordsache?«

»Zuerst möchten wir wissen, wo Sie am letzten Dienstagabend waren?«

Seine Mutter fragt russisch dazwischen, er antwortet. Die sollen jetzt bloß keinen Blödsinn machen. Er erklärt ihr etwas, sie fragt noch mal nach.

»Dienstags bin ich immer beim Kickboxen im Verein.«

»Auch letzten Dienstag?« Nicken.

»Haben Sie dafür Zeugen?«

»Ja, klar. Alle, die an dem Abend beim Training waren.«

»Können Sie uns einige Namen nennen, auch Name und Adresse des Vereins?«

Er zählt einige auf, Heike notiert, fragt nach Anschriften. Die Mutter macht ein misstrauisches Gesicht. Die Adressen kennt er nur ungefähr. Heike ist fertig.

»Gut. Kennt einer von Ihnen diesen Mann oder jemanden, der diesem Mann ähnlich sieht?« Sie sehen sich das Phantombild genau an, schütteln die Köpfe.

»Ein Mann, der so aussieht, hat am vergangenen Dienstag ein Mädchen getötet und sexuell missbraucht, nicht hier in Münster, aber in den Müllcontainern hier in der Siedlung sind ein Paar Stiefel gefunden worden, die vom Tatort gestohlen wurden. Dieser Mann wohnt also wahrscheinlich hier oder aber irgendwo in der näheren Umgebung. Vielleicht hat er die Stiefel aber auch nur hier abgelegt, was aber nicht so wahrscheinlich ist. Ist Ihnen in den Tagen nach Dienstag irgendwas aufgefallen?«

Sie unterhalten sich auf Russisch, verneinen dann beide. Die Mutter sieht ununterbrochen auf das Phantombild, hält ständig die Hand vor den Mund, schüttelt kaum merklich den Kopf.

»Wir lassen Ihnen dieses Bild da. Wenn Ihnen noch irgendetwas einfällt oder Sie etwas hören, und sei es auch noch so unbedeutend, rufen Sie uns bitte umgehend an. Die Nummer steht drauf.«

Er nimmt das Fahndungsblatt, beide lesen den Text. Heike zieht die Tür hinter sich zu.

»Na, was sagt der Bauch?«

Heike zuckt mit den Schultern, wiegt den Kopf. »Er ist ein ziemlicher Arsch, und der lässt bestimmt auch noch mal bei uns arbeiten, aber bei dieser Sache ist er sauber, glaub ich.«

Gut geschätzt. Heike ist zu gebrauchen.

»Sehe ich auch so. Außerdem klingt das Alibi okay, ist überprüfbar, wenig dran zu schieben.«

Bei Herzog ist keiner zu Hause. Heike schiebt ein Flugblatt mit Mühe unter der Tür durch. Jetzt Schröer. Ein dickes Sicherheitszusatzschloss in Brusthöhe, Spion, Heike schellt. Dieselbe schnarrende Schelle. Von innen leises Scheuern an der Tür, es klimpert, mit einem Klacken fällt die Tür in den Sicherungsbügel. Muffige Wärme strömt in den Flur. Direkt über dem Bügel ein Auge mit schwerem Tränensack, weiße Haut mit dünnem Aderngewirr, ein grauer Haarstreifen mit Pomade auf fleckiger Kopfhaut nach hinten gekämmt.

»Ja!«

»Herr Schröer?«

»Ernst?« Heike lautlos mit übertriebenen Mundbewegungen aus dem toten Winkel von der Seite.

»Ja.«

»Ernst Schröer?«

»Ja.«

»Guten Abend. Mein Name ist Kirchenberg. Meine Kollegin Lühsi und ich sind von der Kriminalpolizei und ermitteln hier in einer Mordsache.«

Er fingert sich den Ausweis durch den Türspalt, sieht ihn sich genau an, dreht ihn, vergleicht das Bild.

»Ja?« Er lässt die Lippen geöffnet, atmet durch den Mund.

»Herr Schröer, in der Nacht zum Dienstag ist eine junge Frau ermordet worden. Wir sind ziemlich sicher, Herr Schröer, dass der Täter in der Zeit danach, vermutlich am Mittwoch, hier in der Siedlung in den Müllcontainern ein Paar Gummistiefel abgelegt hat. Haben Sie in der fraglichen Zeit dort etwas Verdächtiges gesehen, vielleicht einen Mann, der so ähnlich aussah?«

Er zieht sich das Fahndungsblatt durch den Spalt, sieht auf das Bild, schiebt die Unterlippe vor, schüttelt den Kopf.

»Ne.« Er reicht das Blatt wieder durch die Öffnung.

»Das können Sie behalten. Kennen Sie vielleicht jemanden, der so aussieht? Vielleicht jemanden, der hier wohnt, oder den Sie hier schon einmal gesehen haben?«

Er nimmt noch mal das Blatt, sieht sich das Bild an, lange.

»Ne, kenn ich nicht. Ich war Mittwoch auch gar nicht vor der Tür. Da war doch Fußball.«

Heike lehnt an der Wand, zieht die Augenbrauen hoch, macht mit der rechten Hand eine Schaufelbewegung über die Schulter nach hinten.

»Wohnen Sie allein hier, Herr Schröer?« Er reißt die Augen groß auf.

»Ja, natürlich. Wer soll denn sonst hier wohnen?« Heike sieht auf ihre Unterlagen, nickt.

»Ist schon gut, Herr Schröer. Lesen Sie sich den Zettel mal genau durch. Wenn Ihnen noch etwas auffällt, rufen Sie uns bitte an. Die Nummer steht unten drunter.« Er nickt, mürrisches Grunzen. Der Spalt schließt sich.

Heike dreht sich auf dem Absatz, geht stumm zur letzten Tür. Auf dem Klingelschild kein Name. Unten im Haus knallen Türen, eine tiefe Männerstimme schreit.

Hinter der Tür eine helle Kinderstimme.

»Es ist keiner zu Hause.«

Heike blickt zur Seite, zieht die Stirn in Falten, lächelt.

»Wer wohnt denn hier, wenn einer zu Hause ist?« Kleine Pause.

»Mami.«

Heike kichert los.

»Hat Mami auch einen Namen?«

Heike öffnet halb den Mund, macht die Augen klein, kommt näher heran, flüstert. »Der sagt bestimmt nur den Vornamen.«

»Elke.« Pause. »Elke Meierhans.«

Heike lacht unterdrückt, hält sich die Hand vor den Mund, biegt den Oberkörper nach hinten.

»Und wer wohnt hier sonst noch, zusammen mit Elke?« Drinnen bleibt es still. Fünf Sekunden, zehn Sekunden.

»Ich gehe jetzt. Winnie Puh kommt.« Dumpfe, kurze Schritte entfernen sich.

»Heißer Knabe.« Sie sucht mit dem Finger auf ihrem Computerbogen, nickt. »Elke Meierhans. Und zwei Kinder, 97 und 98 geboren.« Sie zieht den Kopf wie eine Schildkröte zurück. »Ist das nicht ihr Sohn? Der heißt Lohse, beide Kinder heißen Lohse.«

»Wenn die hier allein wohnt, ist sie wahrscheinlich geschieden und hat ihren Mädchennamen angenommen. Die Söhne heißen wie der Vater.«

»Hm. Ist das immer so?«

»Ja, meistens.«

Sie klappt die Mappe zu, geht Richtung Treppe.

»Na, gut. Los, noch drei Etagen.«

23 Uhr 25

Die zwei Neonröhren im Blechkasten zeichnen eine scharfe Lichtkante an die Wände, die oberste Reihe Elba-Ordner im Aktenschrank steht im Schatten. Ulla hängt vier Polaroidfotos von Schmidt und Brokamp neben die sechs anderen an die Wand. Alle überbelichtet, aber ganz brauchbar. Sie tritt zwei Schritte zurück.

»Zwei sind relativ ähnlich.« Sie tippt mit dem Finger auf zwei Fotos.

Da hat sie Recht. Und der ganz rechts außen auch noch. Schmidt steckt sich eine an, packt einen Stuhl an der Lehne, schiebt ihn sich von vorn zwischen die Beine. Die Tür fliegt auf, Glowatzki stellt mit links zwei Plastiktüten auf den Schreibtisch, mit rechts einen Zehnercontainer.

»Die Fressalien will ich bezahlt haben, das Bier tue ich aus.«

Allgemeines Gesuche. Pommes rot, Gyros Pita, halber Hahn. Dirk von den Münsteranern nimmt eine Flasche nach der anderen, entkorkt sie mit einem Feuerzeug, gibt sie weiter. Nur Brokamp will keine. Ulla isst nichts, raucht.

»Da ich die Einzige bin, die den Mund nicht voll hat, fass ich das heute mal kurz zusammen. Also: Alle Teams haben morgen noch Wohnungen abzugrasen. Wie ihr seht, haben wir bis jetzt zehn Polaroidfotos, von denen einige ganz gut aussehen. Hier müssen wir morgen im Laufe des Tages noch eingehend die Alibis überprüfen. Außerdem habe ich Altenkamp angerufen. Der organisiert, dass morgen die Wierwich gegen Mittag hier ist. Dann müssten wir eigentlich überall…« Die Pommes frites sind labberig, das rote

Salzgemisch brennt leicht unter der Zunge. »... ein weiteres Team zur Unterstützung, hauptsächlich zur Überprüfung der Alibis. Der Staatsanwalt weiß auch Bescheid. Der will schon morgen früh hier sein. Außer den Männern auf den Fotos gibt es bisher noch vierzehn weitere im relevanten Alter, die aber nicht angetroffen wurden oder völlig unähnlich sind.« Ihr Blick springt von Vermerk zu Vermerk. Zwei tiefe Lungenzüge, blättern, die Asche fällt ihr aufs Papier, wegpusten. Die anderen kauen.

»Wäre es nicht besser, die entsprechenden Teams würden die Alibis überprüfen, so aus erster Hand, meine ich. Einige Informationen gehen doch immer verloren«, Glowatzki, pult nebenbei mit der Zunge zwischen den Zähnen.

»Klar wäre das besser, aber bei vier Teams kriegen wir das nicht hin.«

»Ja, ja«, er nickt resignierend, »war ja auch nur so'ne Idee.« Er wirft das rosa Papierknäuel in Richtung Papierkorb, trifft.

Ein Auto, Dunkelheit, parkt hinter Büschen, barfuß, Stiefel in der Hand. So blöd ist der nicht.

Ulla blättert, legt Stapel aufeinander.

Auto, Dunkelheit, parkt hinter Sträuchern, Stiefel ins Treppenhaus, kein Licht, leise in die Wohnung, in Schuhen wieder runter, Müllcontainer, leises Quietschen beim Öffnen.

Ulla drückt ihre Kippe aus, lehnt sich zurück, Seufzer, ausatmen mit vollen Backen. Sieht müde aus.

»Gut so weit«, Blick auf die Uhr, »null Uhr zwanzig haben wir jetzt. Dann treffen wir uns hier morgen früh?« Sie blickt herüber.

»Früh.«

»Sechs.«

»Besser Viertel vor. Dann sind wir um sechs in den ersten Wohnungen.«

Kein Genörgel in der Runde.

»Hier ist die Adresse und die Wegbeschreibung zu dem Hotel, das Schwegler uns besorgt hat. Wir können ja alle zusammen fahren.« Fragender Blick.

Ne, ne. Eine Stunde brauch ich noch. Wenigstens die Alibis einmal durchgehen.

»Lasst mir einen Wagen da, ich muss noch etwas lesen. Ich will wenigstens einen Überblick haben. Wenn man selber mit draußen ist, kriegt man nur die Hälfte mit.«

Der Kadettschlüssel fliegt auf die Schreibunterlage. Ulla schüttelt den Kopf. Die anderen packen ihre Sachen, kurze Grüße. Die Tür fällt ins Schloss, draußen werden die Stimmen leiser.

Eine Ganzaufnahme bei den Polaroidfotos, der Rest zeigt Brustbilder. Ist er vielleicht doch am Blick zu erkennen? Vielleicht hatte Lombroso damals doch Recht. Stechende Augen – Sittenstrolch.

Draußen hält ein Auto, der Motor läuft weiter. Helles Lachen, die Tür fällt ins Schloss, Abfahrt.

Die beiden rechts sind vom Typ her dem Phantombild schon sehr ähnlich.

Erst mal die Leute mit den Vorstrafen anschauen. Die Rückenlehne von Ullas Stuhl drückt stramm ins Kreuz, der Aschenbecher ist voll, eine Kippe ist ausgeglüht, 3 cm lange Asche.

Die Vorstrafen liegen auf dem linken Stapel. Also los.

DIENSTAG

5 Uhr 53

Und um dieses tägliche Öffnen geht es. Das Öffnen des Herzens, das Jasagen zu diesem Angebot. Wenn wir uns das tägliche Leiden in den mitunter entsetzlichen Bildern unserer Medien ansehen, wenn manchen unter Ihnen das zu viel der Grausamkeiten ist, wenn Sie an den Zeiten verzagen, nehmen Sie das Angebot an. Das Angebot, zu ihm zu kommen mit voller Hingabe und von ganzer Seele. Jetzt, da wir an den Abenden schon deutlicher spüren, wie die Dunkelheit ihre Finger wieder früher nach dem Tag ausstreckt, wir schon wieder eine Ahnung bekommen von der Zeit der Finsternis, wenden Sie sich hin zum Licht, öffnen Sie Augen und Ohren und lassen Sie den leuchtenden leitenden Schein seines Wortes, seiner wunderbaren Verheißung in Ihr Herz. Denn wir haben es nötig. Nein, nein, nicht nur jene, deren Bluttaten uns bis in unsere Wohnzimmer gesendet werden, nein, nicht nur auf denen, die sich zu schlimmsten Greueltaten haben hinreißen lassen, nein, auch auf uns lastet Schuld. Schuld mit vielerlei Gesichtern. Schauen Sie in den Spiegel, Sie werden das der Ihrigen schon erkennen. Und darum kommen Sie zu ihm. Nur wenn wir uns zu seinen Kindern erklären, nimmt er uns bei der Hand und führt uns aus dieser Schuld.

Die Tür bewegt sich mit einem leisen Schaben. Ullas

Kopf erscheint, vorsichtig, wie in Zeitlupe. Ernstes Gesicht, senkrechte Falte zwischen den Augenbrauen. Blick zum Radio.

»Hast du die ganze Nacht gebetet?«

Nehmen Sie diese Hand, noch am heutigen Tag hält er sie uns hin. Ich wünsche Ihnen, liebe Hörerinnen und Hörer, einen gesegneten und lichtvollen Tag.

Zwischen den Schulterblättern bis hoch ins Genick sticht es, brennt. Ein scharfer Schmerz auf der Wange, fühlt sich an wie ein Schnitt.

»Ich bin wohl auf dem Aktenordner eingepennt.«

Ulla streift die Tasche von der Schulter, stellt den Aktenkoffer ab, stößt die Luft hörbar durch die Nase aus.

»Du siehst aus, als hättest du einen Schmiss. Neben dem Ausgang ist eine Toilette. Da habe ich gestern ein Handtuch gesehen. Sah sogar ganz sauber aus.«

Schmidt schiebt die Eingangstür mit der Schulter auf, in jeder Hand eine Tasche, Kippe im Mundwinkel. Er lacht meckernd.

»Junge, Junge, kannst du aussehen. Du hast da wieder was verwechselt. Du solltest die Indianerin vergewaltigen und den Bären erschießen.« Die anderen kommen nach, müde Gesichter, rauchen.

Das Wasser ist wunderbar kühl, die Seife riecht sogar ganz gut. Sieht ja wirklich furchtbar aus. Hinter der Tür lauter Jubel. Was ist denn da los?

Messner, schon wieder in tadelloser Uniform, mit einer Riesenkanne Kaffee links und einem Korb mit Brötchen und Tassen rechts.

»Es gibt noch wirkliche Menschenfreunde. Meine Güte, wann bis du denn aufgestanden?«

Alle fischen sich einen Becher, Geklapper, die große Kanne spuckt Kaffee aus, röchelt. Stummes Kauen, manchmal genüssliches Stöhnen, keiner spricht. Wie im Kuhstall nach der Fütterung. Messner verteilt noch Kaffee, lächelt. Wie kann man um diese Zeit schon so gut aussehen? Ist wahrscheinlich ein ganz Ordentlicher. Nach den Tagesthemen noch ein Glas Milch, und dann ins Bett. Ordentlich gemacht, versteht sich. Den Schlafanzug DIN A4 zusammengelegt.

Matratze auf dem Boden, zerwühlte Decke, gemustert, gelbe Fische auf grauem Grund, dazwischen Ayses Kopf, Gesicht halb im Kissen vergraben, das erste Licht zeichnet das Muster des Ohres nach, weißer Träger vom Schiesser-Feinripp über brauner Schulter, dunkle Haare in den Achselhöhlen.

Die Tür geht auf, die Münsteraner Kollegen kommen. Ach ja, die fehlen ja noch. Dirk bleibt stehen, hält die Tür auf, zeigt nach draußen.

»Hat schon jemand von euch vorgeladen heute Morgen? Hier ist nämlich jemand.« Er wartet keine Antwort ab. »Zu wem wollten Sie?« Pause. »Zur Polizei.« Er lacht, »da sind Sie hier richtig. Zu wem genau?« Pause. »Ist egal.« »Na, kommen Sie erst mal herein.«

Sie kommt, kleine langsame Schritte. Um die fünfzig, Aldi-Turnschuhe, Jogginghose aus Ballonseide, T-Shirt. Sie knautscht eine Plastiktüte vor dem Bauch, tiefe Falten von den Nasenflügeln zu den Mundwinkeln, kurze, graue Haare, nach hinten gekämmt.

»Morgen.« Ohne jede Regung.

»Guten Morgen, mein Name ist Kirchenberg. Sie wollten zur Polizei, Frau …?«

»Meise«, mit aufmerksamer Beflissenheit, Angst in den Augen.

»Frau Meise, worum geht es schon so früh am Morgen?«, lächeln, Mut machen. Sie ignoriert es.

»Ich hab's einfach mal probiert so früh, denn ich muss schon um sieben Uhr arbeiten. Ich putze bei der Firma Rosenknecht. Ich habe gestern Abend diesen Zettel in meinem Briefkasten gefunden...« Sie zieht das Fahndungsblatt aus der Tüte, völlig zerknittert.

»Und Sie können etwas dazu sagen?«

Sie zieht die Schultern hoch. »Hm, ja, also, könnte sein. Ich weiß nicht...«

Das können wir hier nicht machen. Messner zeigt mit einer Kopfbewegung in sein Büro. Glowatzki soll mitkommen. Er sieht den Wink, legt sein Käsebrötchen ab, steht auf. Den Kaffee behält er in der Hand.

»Frau Meise, kommen Sie doch hier herein.«

Sie setzt sich auf den hingeschobenen Stuhl, hält ihre Tüte fest. Glowatzki setzt sich ganz in die Ecke, nimmt einen Schluck Kaffee, ohne Geräusch.

»Frau Meise, Sie wohnen hier in den Blocks...«

»...ja, ja, in 116, seit drei Jahren, gemeinsam mit meinem Sohn Sascha.«

Glowatzki wirft einen Blick aus den Augenwinkeln, schürzt die Lippen.

»Wie alt ist Ihr Sohn Sascha?«

»Einundzwanzig. Vorigen Monat ist er einundzwanzig geworden.« Sie hält die Augen auf den Boden gerichtet, die Füße stehen nebeneinander, geschlossene Knie.

»Frau Meise, Sie haben den Sachverhalt auf dem Fahndungsblatt gelesen, wollten Sie uns dazu etwas sagen?«

Zwei tiefe Atemzüge, sie rutscht auf dem Stuhl hin und her.

»Vorher, Frau Meise, muss ich Sie noch belehren. Wenn Sie bei der Polizei eine Aussage machen als Zeugin, dann müssen Sie die Wahrheit sagen, weil Sie andernfalls bestraft werden können. Außerdem brauchen Sie nichts zu sagen, womit Sie sich selbst oder einen Angehörigen belasten. Haben Sie mich da verstanden?«

Zustimmende Kopfbewegung.

»Gut. Also, Sie wollen uns etwas sagen zu dem, was auf dem Zettel steht?«

Sie blickt durch die Wand.

»Das fällt Ihnen nicht leicht, oder?« Glowatzki, aus dem Hintergrund mit Beichtvaterstimme.

Sie verzieht den Mund, verkrampftes Lächeln.

»Nein«, sie wird wieder ernst, »aber als ich das gelesen habe, was da passiert ist, habe ich mir gedacht, das müsste ich sagen. Weil, der Sascha, der ist da in den letzten zwei Jahren mit so Leuten zusammen. Das hat ihn völlig verändert. Ich weiß oft gar nicht mehr, was ich mit ihm machen soll. Wenn das sein Vater noch mitgemacht hätte, das war so ein strenger, ehrlicher…« Sie schüttelt den Kopf, blickt ins Leere, tiefer Atemzug.

»Der Vater fehlt ihm schon sehr, glauben Sie, so als Orientierung, als fester Halt?« Glowatzki steht auf, kommt nach vorn, setzt sich schräg vor sie, Ellbogen auf die Oberschenkel gestützt.

»Ja, ja, das fehlt ihm«, ihre Augen bleiben abwesend, »aber das kann ja nun auch keine Entschuldigung für alles sein.« Sie wacht auf, seufzt. »Aber darum bin ich ja auch hier.«

Ruhe. Glowatzki lässt ihr Zeit. Sie sieht ihn an, sucht nach Worten.

»Ich will Ihnen gleich sagen, dass ich nicht weiß, wo Sascha jetzt ist. Seit Mittwoch ist er weg. Das hat er sonst auch schon mal gemacht, ich weiß dann nie, wo er ist, und das weiß ich auch jetzt nicht«, ihre Nasenflügel zucken, sie schaut auf den Boden, »er treibt sich immer mehr rum.«

Glowatzki lugt unauffällig herüber, hält den gespreizten Daumen waagerecht, streckt ihn dann langsam nach oben, wackelt damit.

»Und seit Mittwoch ist er fort?«

»Ja, seit Mittwoch.«

»Und Sie vermuten, dass irgendetwas vorgefallen ist, was dazu geführt hat?«

»Ja, das befürchte ich.«

Sascha, einundzwanzig. Vom Alter her kommt das hin. Mutter ist außerdem blond. Abwarten.

»Was ist passiert, Frau Meise?«

Kurze Pause, tiefes Luftholen.

»Tja, also, ich bin am Dienstag um zehn, kurz nach zehn ins Bett gegangen, weil, ich muss mittwochs immer schon um halb sechs anfangen. Ich bin auch sofort eingeschlafen. Um 3 Uhr 48 ging dann das Telefon. Ich weiß das noch so genau, weil ich mir die roten Digitalzahlen auf dem Wecker immer gut merken kann. Ich wollte schon fast aufstehen, obwohl ich mir nicht vorstellen konnte, wer mich um diese Zeit anruft, da hörte ich, wie Sascha schon aufgestanden war und abnahm …«

»… wie? Sascha war zu Hause? Den ganzen Abend?« Seitenblick von Glowatzki, offener Mund, Querfalte auf der Stirn.

»Ja. In der Nacht war er noch da. Ich bin dann erst liegen geblieben, weil Sascha nur ganz kurz sprach, als ich dann aber etwas poltern hörte, bin ich aufgestanden. Da stand Sascha in der Tür und wollte gehen. In der einen Hand hatte er eine Tüte, in der er seine neuen Turnschuhe hatte …«

»… das konnten Sie sehen?«

»Ja, das konnte ich noch sehen. Ich habe ihn dann gefragt, wo er denn um diese Zeit hinwollte und was das mit den Schuhen sollte, aber er hat nur irgendwas gemeckert und ist gegangen. Ich bin dann wieder ins Bett und habe noch mal bis fünf Uhr geschlafen.«

»Da war Sascha wieder da?«

»Nein, da war er noch nicht wieder da, ich habe extra nachgesehen. Als ich aber um zehn von der ersten Putzstelle zurückkam, war er in seinem Zimmer. Weil ich seine Schuhe nicht finden konnte, habe ich ihn danach gefragt. Die Dinger haben nämlich hundertzwanzig Euro gekostet, und er hat ja nichts. Das Geld musste ich mir mühsam zusammenwienern. Er hat dann gleich rumgeschrien, und ich habe zurückgeschrien. Ach …« Sie lässt den Kopf hängen, die Haaransätze am Scheitel sind fettig zusammengeklebt, der Rest struppig trocken.

Glowatzki steht auf, ändert seine Sitzposition.

»Sie streiten sich oft in letzter Zeit, hm?«

»Ja. Ja. Wir streiten eigentlich nur«, sie setzt sich wieder ganz aufrecht, »und am Mittwoch ist er dann auch irgendwann aufgestanden und gegangen, und bis jetzt ist er auch nicht wieder nach Hause gekommen.«

Glowatzkis Blick aus zusammengekniffenen Augen. Er verzieht den Mund zu einem waagerechten, dünnen Schlitz.

»Wem könnte er die Schuhe gebracht haben, Frau Meise?

Das vermuten Sie doch, dass er die Schuhe jemandem gebracht hat, oder?«

»Ja, das nehme ich an, aber ich habe keine Ahnung. Ich weiß nicht, wer angerufen hat, ich weiß nicht, wo er jetzt ist, und seine Freunde kenne ich, wenn überhaupt, dann nur mit Vornamen.«

Stille. Die »Rhenania-Alt-Uhr« über dem Rollschrank tickt laut. Die Zeiger laufen linksherum. Ist ja fast wie ein Hammerwerk.

»Gibt es Freunde, mit denen er mehr zusammen macht als mit anderen?«

Kurzes Überlegen, zwei tiefe Atemzüge, der Blick wandert im Raum umher.

»Ja. Da sind vielleicht fünf oder sechs Leute, die häufiger mal da sind, aber ich kenne von denen höchstens die Vornamen. Oder die Spitznamen, und das nicht mal von allen.« Sie presst die Lippen aufeinander. »Eigenartigerweise ist keiner von denen aus der Siedlung, so viel ich weiß. Komisch, fällt mir jetzt erst auf.«

»Gibt es möglicherweise jemanden darunter, der Soldat ist oder bis vor kurzem war?«

Ihre Augen wandern von links oben nach rechts oben, sie beginnt zu nicken.

»Ja, ich glaube schon«, sie erwidert den Blick, »einer ist dabei, der ist Soldat. Ich bin mir nicht sicher, aber ich glaube, der heißt Marc oder Marco. An den kann ich mich erinnern, weil Sascha mir erzählt hat, den würde er aus Karlsruhe kennen. Wir haben nämlich bis vor drei Jahren in Karlsruhe gewohnt.«

»Woher wissen Sie, dass der Soldat ist?«

»Ich meine, den hätte ich mal in so einem grünen Anzug

mit so dicken Stiefeln gesehen, das ist aber schon mindestens einige Monate her. Wenn ich mich nicht täusche, ist der sogar in einer Kaserne hier ganz in der Nähe. Ach, wie heißt die doch gleich? Die ist hier im Wald, zwei Orte weiter!«

Messner fragen. Nebenan sitzen Ulla, Heike und Anne um den Schreibtisch, rauchen und lesen. Messner räumt die Tassen zusammen.

»Na, was Wesentliches?« Ulla sieht kurz von den Akten hoch.

»Vielleicht der entscheidende Tipp.« Sie reißt die Augen groß auf.

»Walter! Die Frau spricht von einer Kaserne hier zwei Orte weiter. Kann das stimmen? Gibt es da so was, und wie heißt die?« Er schiebt auf dem Schreibmaschinentisch Krümel zusammen.

»Kasernen gibt's hier viele. Die nächste ist aber nicht zwei, sondern drei Orte weiter. Das ist die Münsterlandkaserne, ein relativ großes Ding.«

»Danke.«

»…das mit den Gummistiefeln gelesen habe, ist mir das mit den Turnschuhen gleich wieder eingefallen. Er hat mir nämlich wochenlang in den Ohren gelegen, bis ich sie ihm gekauft habe, und dann sind die so einfach weg, und er konnte und wollte mir nicht sagen, was damit passiert ist.« Beide lassen sich nicht stören. Glowatzki hat sie gut im Griff. Kurz nachfragen.

»Frau Meise, kann es sein, dass der Freund Ihres Sohnes in der Münsterlandkaserne Dienst macht?«

»Ja, Münsterlandkaserne, richtig«, aufgehellte Miene, »so heißt die. Im Wald hier, ein paar Kilometer weiter.«

»Übrigens, das Phantombild passt auch ganz gut«, Glowatzki dazwischen.

Gut. Die drei im Nebenraum sitzen noch auf ihren Plätzen, Messner räumt immer noch auf.

»Anne, Heike. Klaus Glowatzki und ich fahren gleich zu einer Kaserne hier in der Nähe. Macht ihr bitte die erste Anhörung der Zeugin, die muss nämlich gleich zur Arbeit. Wichtig sind die genauen Personaldaten von ihrem Sohn und seinen Freunden, soweit sie die kennt, damit wir schon einiges überprüfen können…«

»Was ist denn überhaupt los? Erfahre ich auch mal irgendwas?« Ulla, ärgerlich mit aufrechter Haltung.

»Ullalein, du doch zuallererst. Also: Ihr Sohn ist in der Nacht zu Mittwoch um 3 Uhr 48 angerufen worden und hat kurz darauf die Wohnung verlassen mit einem Paar Turnschuhen in der Hand. Einer seiner Kumpel macht Dienst in der Münsterlandkaserne, und dieser Kumpel passt vom Typ her zu unserem Phantombild.«

Ulla zieht die Mundwinkel nach unten, schiebt die Unterlippe vor. »Donnerwetter.«

»Wichtig sind die Daten, ihr zwei, ja? Dass wir die Teams in diesem Fall aufbröseln und wir beide in die Kaserne fahren, dürft ihr nicht falsch verstehen. Das hat nichts mit eurem Ausbildungsstand zu tun, sondern einfach mit der Tatsache, dass wir bei der Bundeswehr ermitteln. Ich habe da so meine Erfahrungen. Das ist meistens so'n reiner Männerclub, okay. Wenn es fix gehen soll, und das soll es jetzt, dann kommen da zwei ältere Herren echt leichter zum Zuge.«

Die beiden sehen sich an, meckern.

»Wo ist ihr Sohn?« Ulla steht auf, nimmt sich noch einen Kaffee, setzt sich auf die Schreibtischkante.

»Der ist seit Mittwoch weg, sagt sie.«

»Glaubhaft?«

»Schon.«

Glowatzki kommt, nimmt sich den Kadettschlüssel. Die Mädchen stehen auf, gehen in den Nebenraum.

»Wir fahren. Ich ruf dich gleich von unterwegs an. Ach, ja. Sag bitte dem Staatsanwalt Bescheid, was hier gerade läuft.«

Ulla bläst den Qualm nach oben, grüßt.

8 Uhr 35

Er nickt, überlegt, spielt mit seinem Kugelschreiber. Die graublonden Haare sind an der Seite und im Nacken anrasiert, vorne formt ein Wirbel das Wenige zu einer schütteren Tolle. An der Wand neben dem Schreibtisch ein Hirschgeweih als Garderobe. Sechzehnender, der Bügel mit der Uniformjacke auf dem obersten Zacken. Zwei silberne Pickel mit Laub drumherum, was ist das noch mal?

»Sie möchten also, dass ich Ihnen alle Marcs ausliefere, die demnächst entlassen werden?«

»Ausliefern wäre gar nicht nötig. Wir sind schon zufrieden, wenn wir sie genannt bekämen, wenn möglich mit Bild.«

Er steht auf, geht zum Fenster, legt die Hände hinter dem Rücken ineinander.

»Ich meine, sehen Sie mir meine Zweifel nach, aber an diesem Tag werden in Deutschland etwa fünfzehntausend junge Männer als Reservisten entlassen. Weiß der Teufel, wie viele Marcs dabei sind. Warum sollte der ausgerechnet in unserer Kaserne seinen Dienst ableisten?« Er sieht weiter aus dem Fenster, Beine leicht gespreizt.

»Sicher können wir sein, Herr Schneider, wenn wir seine DNA verglichen haben. Bis dahin ist alles Hypothese. Aber zurzeit laufen unsere Hinweise eben hier zusammen, die Details hatte ich Ihnen ja schon erzählt.«

Stille. Er steht wie eine Statue. Das Fenster steht auf kipp, draußen werden entfernt Kommandos gebrüllt.

»Dann wollen wir der Kripo mal ganz unbürokratisch zur Seite stehen, am besten, bevor der Datenschützer Wind davon bekommt. Mit diesen Rechtsverdrehern hatten wir schon häufiger Stress.«

Er geht zum Telefon, wählt kurz.

»Dräger! Ich habe einen Auftrag für Sie. Ich brauche die Akten von allen künftigen Reservisten mit dem Vornamen Marc.« Pause, er nickt mit geschlossenen Lidern, »ja, phonetisch, mit ›c‹ oder mit ›k‹, beides«, Pause, »hm, ja, sofort.« Er legt auf.

»Es dauert eine Weile, schlage vor, Sie nehmen drüben Platz, und ich lasse Ihnen einen Kaffee bringen.« Er zeigt in die Ecke, steht auf, geht.

Ein kleiner runder Tisch, vier Stühle, Trockenblumengesteck, darunter ein kariertes Deckchen, Fransen an zwei Seiten. Die Tür geht auf, ein Uniformierter trägt ein Tablett mit Kanne und Tassen herein. Mein Gott, sieht der jung aus. Wie gerade sechzehn. Für Schwule könnte das hier ein richtiges Paradies sein.

»Ihr Kaffee.« Er deutet Grundhaltung an, geht.

»Wenn du hier Kommandeur bist, kommt vor dir auch nur noch der liebe Gott.« Glowatzki nimmt drei Tütchen Zucker, rührt.

»Ich hoffe, das dauert nicht zu lange.«

»Wenn die es auf Rechner haben, und das nehm ich doch an, müsste das eigentlich ruck, zuck gehen. Wichtig ist, dass die Wierwich kommt.«

Beim ersten Knopfdruck leuchtet das Display vom Handy grün auf, glockenartiges Signal.

»Wiesing, MK Baum.«

»Hallo Ulla, ich bin's. Es scheint ganz gut zu laufen hier, wir bekommen wahrscheinlich sogar Fotos. Habt ihr die Wierwich schon erreicht?«

»Das ist Gedankenübertragung. Die Wierwich ist nicht zu Hause. Als Röhrig sie bei ihrem Job im Café auch nicht erreicht hat, ist er zu ihrer Mutter. Die hat gesagt, ihre Tochter wäre zu einer Freundin gefahren, um ein paar Tage abzuschalten. Ihr wäre das alles zu viel geworden die letzte Zeit…«

»… bitte?«

»… ja, und die Mutter weiß auch nicht genau, wie die Freundin heißt. Wohnt in Hamburg und heißt Sara, mehr ist nicht.«

»Die wusste doch, dass wir sie brauchen, oder?«

»Na, sicher, das ist ihr deutlich gesagt worden, steht auch in der Vernehmung, aber das hilft jetzt auch alles nichts.«

»So was Blödes. Sonst noch was?«

»Ja. Ich habe Staatsanwalt Nagel gesprochen. Der fragte, ob er herkommen soll, hab ich ihm von abgeraten. Ich habe ihm gesagt, er soll erst mal abwarten, was bei der Sache rauskommt.«

»Gut. Ich melde mich, sobald sich hier was tut.«

»Bis dann.«

Durchatmen.

»Die Wierwich ist weg. Zu einer unbekannten Freundin. Ausspannen.«

Glowatzki hebt die Arme, zieht hörbar die Luft ein, lässt die Hände auf die Oberschenkel klatschen. Macht ein Deppengesicht.

Das Telefon klingelt, im Vorzimmer wird abgenommen, leises Klacken beim Auflegen. Glowatzki hat den Kopf an die Wand gelehnt, döst. Fader Geschmack im Mund, die Schultermuskeln ziehen schmerzhaft. Draußen werden immer noch Kommandos gebrüllt. Verschiedene Stimmen. Weiter hinten das tiefe Grollen eines Diesels. Könnte ein Panzer sein. Vor der Tür ist Schneider zu hören. Er kommt herein, winkt mit beigen Aktenmappen.

»Drei kann ich Ihnen anbieten. Einer davon allerdings heißt Markus. Aber der Junge auf dem Geschäftszimmer ist ein pfiffiges Bürschchen. Marke Mitdenker.« Die Akten klatschen auf den Tisch. »Dann mal zu.« Er stemmt die Hände in die Seiten.

Markus Matthias Jastrzembowski, 04.12.79 in Oldenburg.

Passfoto. Kurze schwarze Haare, tiefer Haaransatz. Sieht aus wie ein Türke.

Glowatzki wählt auf dem Handy, gibt Ulla die Daten durch.

»Steht auch irgendwo etwas über körperliche Eigenschaften?«

»Ja«, Schneider stützt sich mit beiden Händen auf den Tisch, »ein paar Seiten weiter ist der Sani-Bogen.«

Augen: dunkelbraun. Haare: dunkelbraun. Gewicht: 76 kg. Größe 174 cm.

Ein kleiner Dicker. Der nicht.

Marc Trimm, 16.07.79 in Braunschweig.

Kurze Haare, Geheimratsecken, dicke Lippen, Brille. Seite 4.

Augen: blau. Haare: mittelblond. Gewicht: 62 kg. Größe: 178 cm.

Ne, zu klein.

Glowatzkis Atem streift die Wange, riecht dumpf.

Mark Engel, 02.04.81 in Teutschenthal.

Kurze Haare, blond, moderne Frisur, Seite 4.

Augen: blau. Haare: mittelblond. Gewicht: 78 kg. Größe: 186 cm.

Nicht schlecht.

»Kann festgestellt werden, ob die zurzeit in der Kaserne sind?«

Schneider lacht überlegen. »Schon geschehen. Ich sagte doch, der Kamerad auf der Schreibstube ist ein Mitdenker.«

»Hoffentlich hat er nicht zu viel mitgedacht und den Leuten was gesagt.«

»Keine Angst. Ich habe ihn verpflichtet. Also: Nur der Soldat Trimm ist zurzeit hier, die anderen feiern ihre letzten Urlaubstage ab. Sind wahrscheinlich zu Hause.« Er grinst immer noch überlegen. »Außerdem: der Soldat Engel hatte am vorigen Wochenende verlängerten Ausgang, und zwar bis Mittwoch zum Wecken.«

Das Handy dudelt.

»Ja, Kirchenberg.«

»Hier Ulla. Das ging fix, was. Jastrzembowski ist negativ, Trimm hat ein Merkblatt wegen einer Verkehrssache, aber Engelchen sieht gut aus. Der hat schon eine ordentliche Akte. Mehrere Brüche, eine ganz eigenartige KV zum Nachteil einer Pennerin und dann noch eine Tierquälerei, bei der er eine Eselstute verletzt hat. Genaues kann ich dir allerdings noch nicht sagen, das war jetzt alles telefonisch. Die Faxe krieg ich gleich noch. Ich nehme noch Wetten an. Der Bursche ist übrigens ständig in Watte gepackt worden. Eine kleine Jugendstrafe, drei erzieherische Maßnahmen und wahrscheinlich mehrere intensive Gespräche mit Sozialarbeitern. Das war's.«

Glowatzki stößt an die Schulter, fragender Blick, Handflächen nach oben. Gleich.

»Sieht gut aus, Ulla, find ich auch. Überprüf seinen aktuellen Wohnsitz und benachrichtige das zuständige MEK. Karlsruhe, ist das Rheinland-Pfalz? Jedenfalls sollen die nur beobachten und eventuelle Bewegungen feststellen. Wenn Karlsruhe erster Wohnsitz ist, sind die ja in jedem Fall vor uns da. Wir sind in zwanzig Minuten bei dir. Alles Weitere übers Handy.«

Ungeduldige Fragezeichen in Glowatzkis Augen.

»Erkenntnisse wegen KV, ED und Tierquälerei.«

Wissender Nicker. Schneider versteht nicht. Draußen wird noch gebrüllt.

15 Uhr 20

Auf der Kuppe links und rechts Steinhänge. Sieht aus wie Schiefer. Langsam geht die Straße bergab, der weite Horizont schiebt sich von unten ins Bild. Weiter Blick, weit rechts hinten ein Kraftwerk. Oder so etwas. Kerzengerade Rauchsäule. Die Sonne von vorn, Bügeleisen auf dem Bauch, die Oberschenkel brennen. War wohl nicht die beste Idee mit dem schwarzen T-Shirt heute Morgen. Das Handy dudelt.

»Kirchenberg.«

»Ja, Ulla. Wo seid ihr?«

»Ich schätze, in fünfundzwanzig Minuten sind wir da.«

»Gut! Die Obs steht. Das dortige MEK ist vor Ort, Einsatzleiter ist der 4470. Die eingesetzten Fahrzeuge 4472 bis 77. Die Handynummer vom Einsatzleiter habe ich auch …« Längere Pause.

»Sonst noch was?«

»Ja, ich suche hier den Notizzettel, find ihn aber nicht. Ich melde mich wieder.«

Ayse in der Vorlesung, der dicke Zopf liegt über der Schulter, das Licht spielt auf dem Flechtmuster, am hinteren Haaransatz einige widerspenstige Haare, kaut auf dem Bleistift, malt Sterne auf die Bank, macht Notizen.

Heike fächert sich mit dem Notizbrett Luft zu, die Füße vor dem Handschuhfach.

»Ganz schön heiß für September.«

Glowatzki im Omega überholt langsam, Anne auf dem Beifahrersitz schläft mit Sonnenbrille. Wo ist Schmidt eigentlich abgeblieben? Im Rückspiegel ein dunkler BMW. Das Handy.

»Ja, Kirchenberg .«

»So, ich habe jetzt die Nummer gefunden. Schreibbereit?«

»Nein, warte, ich geb dich mal weiter.« Heike richtet sich auf, nimmt das Handy. Sie klemmt es zwischen Kopf und Schulter, notiert etwas. Zustimmendes Räuspern.

»Ja, alles klar. Tschüss.« Sie drückt das Gespräch weg, das Handy rutscht von der Konsole neben den Sitz.

»Wir sollen uns anmelden, sobald wir die Stadtgrenze erreicht haben, der 4470 spricht uns dann an. Ulla kriegt die Akte von Engel gleich zugefaxt, wenn sich daraus noch was ergibt, meldet sie sich.« Sie kippt den Kopf weg, sieht aus dem Fenster. »Ob man aus der Akte wohl erkennen kann, warum er so was tut? Warum tun Menschen so was?«

»Menschliches Tun ist nichts anderes als die Folge einer großen Menge elektrischer Impulse zwischen Neuronen. Davon haben wir hundertfünfzig Milliarden. Keine Sau weiß genau, was da vor sich geht. Bemüh dich also nicht.«

Sie wendet den Kopf, aufmerksamer Blick.

»Ist dieser obercoole Wissenschaftssenf ein Schutz, den man sich zulegt, oder glaubst du wirklich daran?«

»Das ist kein Glauben, das ist Wissen.«

»Prima. Und was fühlst du?«

Nick Nolte mit vorgehaltener Pistole, Eddy Murphy mit der Pistole vom Gangster an der Schläfe, Nolte schießt, trifft, der Gangster lässt Murphy los, ist getroffen, glotzt ungläubig, kriegt noch einen und noch einen, zuckt, bricht zusammen, noch einen.

»Wenn ich manchmal so vor den Opfern stehe und mir vorstelle, ich hätte was mit denen zu tun, ist das einer der wenigen Momente, in denen ich so was wie Hass spüre. Je länger ich dann mit den Tätern zu tun habe, desto mehr verschwinden diese negativen Gefühle. Ich bin dann nur noch ratlos. Das mit den Neuronen ist aber nicht so ganz verkehrt. Ich finde es schon sehr spannend zu verstehen, wie solche Dinge passieren.«

»Hm«, sie blickt wieder nach vorne, legt den Finger ans Kinn, »ich finde den Geruch am schlimmsten. Und wie sie sich anfühlen. Wie halb aufgetaute Tiefkühlhähnchen.«

»Sobald wir da sind, essen wir irgendwo eine Kleinigkeit.«

Sie wendet den Kopf in Zeitlupe, macht ein Kermit-Gesicht. Lachen.

Zwei Daimler überholen zügig. Mein Gott, die müssen doch mindestens 220 draufhaben. Wenn wir in der Stadt sind, fährt am besten Heike. Wir brauchen unbedingt noch einen Falk-Plan.

»Wie lange hast du den Führerschein?«

»Sechs Jahre. Wieso?« Krause Nase.

»Wenn wir in der Stadt sind, machen wir Fahrerwechsel. Hab ich die Hände frei.«

»Danke für das Vertrauen«, höhnischer Unterton.

»Komm, nicht so empfindlich. Man weiß ja nie.«

»Schon gut.« Keine Miene.

Sehr enge Abfahrt, die Grünfläche und der Randstreifen übersät mit Müll, meistens Dosen. Fenster auf, endlich. Der Fahrtwind bläst die Haare über dem Ohr nach vorne. Sieht man gleich wieder völlig dämlich aus. Egal.

»An der Tankstelle dahinten machen wir kurze Rast, Plan kaufen und so. Läute mal bei den anderen durch, dass wir uns da treffen.«

Der Verkaufsraum ist kühl. Klimaanlage. Die Tiefkühltruhen brummen, mindestens acht Meter Zeitungswand. Hinten links die Nackten, *St.-Pauli-Nachrichten, Playboy, Dolly, Lust Girls.* Auf der anderen Seite die Pläne und Landkarten, leider. Noch was Kaltes zum Mitnehmen? Gute Idee. Und Kaugummi.

Heike macht neben dem Wagen Kniebeugen beim Telefonieren, verabschiedet sich.

»Schmidt musste nötig aufs Klo, ist aber in drei Minuten hier. Die anderen sind schon da.«

Der Omega steht mit offenen Türen abseits der Säulen, Glowatzki reckt sich, Anne geht in Richtung Verkaufsraum.

»Ich melde uns mal an.« Im Wagen ist es immer noch heiß, Heike hat den richtigen Kanal schon eingestellt.

»...Ölspur. Wir brauchen hier den Bauhof mit Ölbindemittel. Circa drei Quadratmeter.«

»Verstanden 16/23.«

»Leitstelle von 81/10 kommen.«

»81/10, kommen Sie.«

»Wir sind mit drei Fahrzeugen in Ihrem Bereich. Haben hier vermutlich den ganzen Tag zu tun.«

»Verstanden 81/10.« Dröhnender Bass mit Dialekt.

»44/70 von 81/10 kommen.«

»Wir haben mitgehört, 81/10. Meldet euch mal über Handy.«

Heike ist zur Toilette. Die Nummer hat sie bestimmt mitgenommen. Glowatzki ist nicht zu sehen, das Handy liegt auf der Haube, Heikes Klemmbrett steckt hinter der Sonnenblende. Ist das jetzt eine Zwei oder eine Sieben?

»Kleine.«

»Ja, Kirchenberg vom 81/10. Tag.«

»Servus. Seid ihr jetzt an der Ausfahrt?«

»Kurz dahinter, ja. Steht ihr an seiner Wohnadresse?«

»Richtig. Wir stehen hier seit zwei Stunden. Sein Wagen steht vor der Tür, und wir vermuten, dass er im Haus ist, haben ihn aber noch nicht gesehen. Habt ihr einen Stadtplan?«

»Haben wir.«

»Gut. Fahrt einfach nach Plan, ist einfacher als alles erklären. Jetzt zur Mittagszeit könnt ihr auch ruhig durch die City fahren. Das wird zwanzig Minuten dauern. Sprecht uns kurz vorher noch mal an, dann erklären wir euch unseren genauen Standort.«

»Okay, bis dann.«

»Servus.«

Alle sind startklar. Anne ruft noch den richtigen Kanal aus dem Fenster. Und ab.

»Bis zur übernächsten Ampelkreuzung, dann rechts, und dann immer geradeaus, erst mal.«

Der 15/18 meldet sich einsatzklar, der 14/12 bekommt einen Unfall ohne. Parkbuchten zu beiden Seiten, dazwischen Bauminseln. Die Reifen rumpeln auf dem Kopfsteinpflaster zwischen den Straßenbahnschienen, viele Läden mit Auslagen. Die Ampel ist rot, rechts ein türkischer Gemüsehändler.

Kurz schellen, warten, Ayse öffnet, offener Mund, dann lächeln, was für eine Überraschung, sie macht den Weg frei, einladende Handbewegung, in der Wohnung Studentenchaos, was trinken? Ja, gern, Senfgläser…

»Hey. Ohropaxis?« Heike stößt von links. »Wir werden gerufen.«

»Der 11/20 hört.«

»Wir müssen unser Rendezvous verschieben. Z hat das

Haus verlassen, mit Sporttasche, wir sind schon in Bewegung.«

»Die Person steht eindeutig fest?«

»Ziemlich eindeutig. Das Kennzeichen stimmt, und auch das Foto sieht gut aus.«

Heike fährt auf die Hauptstraße, eigener Gleiskörper, Sonne wieder von vorn links, spiegelt sich auf den blank gefahrenen Schienen.

»Was machen wir?«

»Wir fahren zur Wohnung, mal ansehen das Ganze. Rein gehen wir da heute eh wahrscheinlich noch.«

»44/70 von 44/72. Unser Liebling gibt aber mächtig Pittjes.«

»Ja, sehe ich auch. Seid vorsichtig, lange Leine.«

»14/23 von Leitstelle.«

»Hört.«

»Kaiserstraße. 14 Hilfeersuchen. Frau Brünger aus dem ersten Stock ist Ansprechpartnerin.«

»Verstanden.«

Die Gleise führen vom Gleiskörper wieder auf den linken Fahrstreifen. Dreigeschossige Mietshäuser links und rechts, weniger Fußgänger.

»Leitstelle von Funkwerkstatt.«

»Funkwerkstatt …«

»Wie nehmen Sie uns auf?«

»Drei bis vier, klar und deutlich.«

»Verstanden, danke.«

»44/72 an die eingesetzten Fahrzeuge. Wir fahren jetzt die Rüppurrer Straße Richtung Ettlinger Straße. Der fährt innerhalb geschlossener Ortschaft 95, das sieht schon ein bisschen komisch aus.«

»Lange Leine, aber dranbleiben.«

»81/10 an die eingesetzten 70er Fahrzeuge. Im Zweifel auf jeden Fall zufassen. Wir müssen den haben. Dann verzichten wir eben auf weitere Erkenntnisse.«

»Ist schon klar, 81/10.«

»72 an die 70er Fahrzeuge, kommt mal näher ran. Der fährt jetzt die Ettlingerstraße mit 110. Das stinkt.«

Schmidt überholt zügig. Der soll ruhig bleiben, das ist sowieso zu weit weg. Er erwischt die Ampel bei Dunkelgelb, Anne bleibt stehen, blinzelt von links auf den Plan.

»Ist das unsere Richtung?«

»Sie fahren ungefähr parallel zu uns, ist aber zu weit weg.«

»Eine kleine Verfolgung wäre doch gar nicht schlecht«, sie lächelt, fächert sich mit der Linken Luft zu. Verdammt heiß hier drin.

»81/10 von 72.«

»Kommen Sie.«

»Der hat gerade eine Ampel bei knapp Rot genommen, fährt jetzt außerhalb geschlossener Ortschaft 140, schlage vor, wir probieren, den anzuhalten.« Die Stimme wird lauter.

»Einverstanden 72.«

»Elst von 40/72.«

»Mitgehört?«

»Mitgehört!«

»Verdammt«, hektischer Tonfall, »wir sind jetzt dahinter, der gibt unheimlich Gas, wir sind mit Sicherheit verbrannt, wir…«

»…Standort 72…«

»…kann die Straßennamen nicht lesen, wir sind von der B3 abgebogen, sind jetzt auf einer Landstraße…«

»...der 74 ist hinter euch«, lautes Motorengeräusch im Hintergrund, »das müsste Richtung Malsch sein...«

»Scheiße, der nagelt mit 120 über ein Stoppschild, wir sind dahinter«, schreien, »ein Hinweisschild Malsch 8 km.«

Landstraße, kaum Autos, Gas geben, über den Randstreifen, Staub, kleine Steine fliegen, Puls pocht am Hals.

»Elst von 12/23«, Frauenstimme, Martinshorn dahinter, »wir fahren die Richtung. 72, ihr müsstet uns gleich entgegenkommen.«

»Verstanden.«

»Elst an die eingesetzten Fahrzeuge: Beachten Sie Eigensicherung.«

»Leitstelle von 13/25, wir stehen hier Nähe Ortsausgang Sulzbach. Die müssen hier gleich vorbeikommen. Wir bauen eine Durchlasssperre.«

»25 von 23, wir sind in dreißig Sekunden bei euch.«

»Streifenwagen quer auf der Fahrbahn, versetzt, daneben Kollegen, mit Abstand, Kelle in der Hand, sprungbereit.

»Welches Fahrzeug steht in der Nähe von Sulzbach, von 44/70 kommen?«

»13/25.«

»Passt bloß auf, der hat einen unheimlichen Zahn drauf«, aufgeregte hohe Stimme.

»25 von 23, wir schaffen es nicht mehr...«

»Passt auf, passt auf«, schreien, Motorengeräusch.

»Scheiße...«

»Die Sau ist durchgefahren!«

»Elst von 44/72, Zielfahrzeug hat die Kontrollstelle durchbrochen, mit VU, ich bin weiter dahinter«, die Stimme ist angespannt, aber wieder ruhiger. Der hat das ziemlich gut im Griff.

»Elst von 13/25«, hysterisches Kreischen, »der hat uns vorn links erwischt, Fahrzeug ist nicht mehr fahrbereit.«

»Verstanden 25.«

Bremsen, Gas geben, Bremsen, über den Randstreifen, Staub, Steine schlagen gegen Blech, Gegenverkehr, Lichthupe, Begrenzungspfähle fliegen.

»Leitstelle an die eingesetzten Fahrzeuge: Behalten Sie Eigensicherung im Auge. Bleibt ruhig, Jungs.«

»Wir passieren jetzt ein Bauerngehöft auf der linken Seite, Geschwindigkeit ungefähr 160, er wäre eben fast aus der Kurve geflogen…«

»Leitstelle von 12/21, wir fahren auch in die Richtung.«

»Wir sehen euch!«

Heike gibt Gas, Kopfnicken, fragender Blick. Ja, richtige Richtung. Meinetwegen fahren wir da auch hin. Über Funk zweimal kurz Motorengeräusch mit Martinshorn.

»72, ihr müsst uns gleich entgegenkommen.«

»Leitstelle an das Fahrzeug, das gerade gesprochen hat. Keine Sperre, halten Sie sich zurück.«

»Alles klar.«

»Er nimmt eine Ampel mit hoher Geschwindigkeit bei Rot. Richtung Malsch.«

»Schieß doch einer!«

»Leitstelle an die eingesetzten Fahrzeuge: Ruhe bewahren!«

»Der hat jetzt grad ein entgegenkommendes Fahrzeug berührt, roter Golf, glaub ich…«

»72 von 13/23, wir sind hinter euch.«

Blauer Kadett, mehrere Wagen dahinter, Martinshorn, Blaulicht, Blues Brothers.

»Der ist aus der Kurve geflogen, Fahrzeug steht in einem Rübenfeld, der haut ab...«

Qualm, Splitter, aufgewühlte Erde, Dreck auf der Scheibe, Blätter hinter Stoßstange, Blut, Schreie, rennen...

»44/72 von Leitstelle.« Keine Meldung.

»13/23 von Leitstelle.« Keine Meldung.

Laufen, schreien, außer Atem, Seitenstiche, Deckung, Warnschuss, stechende Lungen, Wunden.

»Leitstelle von 44/70. Person ist gestellt, keine Verletzten. Situation ist unter Kontrolle.«

»Verstanden 44/70. Brauchen Sie Unterstützung?«

»Wir kommen gleich wieder.«

Heike fährt mit 120 an einem Starenkasten vorbei.

»Ausatmen. Die Sache ist im Kasten.«

Sie bremst, sieht enttäuscht herüber.

»Schade, den hätte ich gern vor mir gehabt.«

Am Funk ist der Teufel los.

»Eines der eingesetzten Fahrzeuge für 81/10.«

»44/70.«

»44/70, ist die Z. unverletzt?«

»Bis auf eine Schwellung am Auge ist nichts zu erkennen. Der hat Schwein gehabt.«

»44/70, bringt ihn bitte zum Präsidium, wenn möglich keine Vorhaltungen.«

»Alles klar, 81/10.«

»81/17 von 10.« Ruhe. Los, Schmidt, melde dich.

»81/17 von 10.«

»Hört.«

»Fahrt ihr zum Unfallort und kümmert euch um das Fahrzeug.«

»Wir sind fast schon da.« Alles klar.

»Wir müssen zum Präsidium, andere Richtung.«

Heike dreht ohne Vorwarnung mit 70 auf dem Kopfsteinpflaster. Unschuldiges Lächeln.

Wenigstens ist die Sonne im Rücken.

17 Uhr 13

Glowatzkis Hand ist größer, aber mit schlanken Fingern und spitz zulaufenden Kuppen. Weiße Flecken im schwach gewölbten Nagel, glattes Nagelbett. Daran kann man sehen, wie viele Kinder man bekommt, hat Karl Homann immer gesagt. Glowatzki nimmt jeden einzelnen Finger mit rechts von hinten und mit linkem Daumen und Zeigefinger von vorne. Die Hand vom Täter verschwindet fast unter seiner Tatze. Engels Fingerkuppe löst sich nach dem Abrollen mit leichtem Pepp vom Zehnfingerbogen.

Blondes Bürschchen, sieht aus wie Schwiegermutters Liebling. Geschwungener Weibermund, blonde Stoppeln auf der Oberlippe, Pflaster auf der linken Augenbraue. Das war wahrscheinlich der 13/23, Stressenergie geht halt nicht verloren. Das Phantombild war gar nicht so schlecht. Der Blick abwesend aus dem Fenster, wandert irgendwo auf den Dächern umher. Stille. Anne sitzt am Schreibtisch, ein Bein hochgelegt, raucht, sieht ihn sich abschätzend von der Seite an. Der Uniformierte spielt mit Nummerntafeln.

Das Handy.

»Kirchenberg.«

»Ulla hier.« Nach draußen. Auf dem Flur riecht es nach Bohnerwachs. »Alles klar. Staatsanwalt Nagel ist einverstanden, dass ihr ihn mitbringt. Wann fahrt ihr los?«

»Nach der ED-Behandlung. Beim Arzt waren wir schon. Er ist voll haftfähig, haben wir Glück gehabt.«

»Wer nimmt ihn mit?«

»Glowatzki hatte den ersten Kontakt, das lässt sich auch ganz gut an, ist er in den richtigen Händen.«

»Morgen früh die erste Vernehmung …?«

»Mal sehen, was sich auf der Fahrt noch ergibt, Glowatzki kann da ja schon mal vorfühlen. Ist die Wierwich aufgetaucht?«

»Bis jetzt noch nicht, aber ihre Mutter weiß Bescheid. In der Wohnung haben wir auch eine Nachricht hinterlassen. Vorführung ist um 11.30 Uhr, Richter Peters.«

»Gut. Ist noch was? Sonst bis heute Abend.«

»Bis dann.«

Die Tür geht auf, Engel in Handschellen, Glowatzki, Anne und der Uniformierte aus der Jugendmannschaft. Anne führt Engel am linken Arm. Das Treppenhaus ist dunkel. Gemauertes Treppengeländer, blank polierter Handlauf.

Schmidt sitzt am Terminal, schreibt mit Zweifingersuchsystem, steht auf, geht zum Drucker.

»Verdammte Scheiße. Haben die hier keine Schreibmaschine?« Er schlägt auf die Tischplatte. Auf dem Bildschirm erscheint eine Fehlermeldung. Der Uniformierte drückt ein paar Tasten, der Drucker brummt, läuft. Schmidt nickt dankend, mit Falten auf der Stirn.

Glowatzki führt Engel in das Hinterzimmer, die Hände mit der Acht auf dem Rücken, schiebt ihm einen Stuhl unter den Hintern.

»Braucht ihr mich noch?« Der Uniformierte mit tiefem Bass. Sind das hier alle Sänger? Passt gar nicht zu dem Igelschnitt und den Hamsterbacken. Blicke in die Runde.

»Ne, eigentlich sind wir fertig so weit.«

Schmidt hebt auch die Hand. »Ne, wir fahren jetzt auch. Vielen Dank für die Unterstützung.«

Er reckt zwei Finger. »Sollte trotzdem noch etwas sein, ist unten auf der Wache immer jemand da.« Im Weggehen fingert er eine Juno-Schachtel aus der Brusttasche, der Rauch verwirbelt hinter seinem Kopf. Wusste gar nicht, dass es die noch gibt.

Anne sieht den Wink, geht zu Engel rein, schließt die Tür.

»Also, Glowatzki, Anne, Heike und ich fahren nach Hause. Morgen früh ist Vorführung bei uns. Engel fährt wie abgesprochen in eurem Auto. Heike fährt aus Eigensicherung auch mit. Ich muss dann zwar selbst fahren, weiß auch nicht, wie ich das ohne einzupennen schaffen soll, aber es ist besser so. Schmidt und Brokamp fahren zur Wohnung«, die beiden nicken, »Gerster und Röhrig sind schon auf dem Weg hierher und unterstützen euch. Atze und Beckmann vom ED kommen morgen früh nach. Zum Pennen müsst ihr euch irgendwas suchen.«

»Wie sieht es mit einer TÜ aus?«

»Ich schlage vor, wir warten eure ersten Vernehmungen der Familie heute Abend und morgen ab. Ich bespreche das mit dem Staatsanwalt und faxe euch morgen gegebenenfalls den Beschluss.«

Stille Zustimmung von Schmidt.

»Gut. Der Wagen steht hier im Hof, den kann Beckmann sich morgen ansehen. Sonst noch was?«

Die Augen brennen. Für die Fahrt unbedingt noch irgendwo zwei Pfund Weintrauben und Kippen kaufen, gegen das Einpennen.

Das Handy. Ulla.

23 Uhr 50

Merkblatt vom 17.09.97

Tatzeit: 15.09.97, gegen 22.30 Uhr
Tatort: Baustellengelände Wiesenweg
Sachverhalt:
Der beschuldigte Freigang war gemeinsam mit dem ebenfalls beschuldigten
Sascha Vögeding, 01.08.75 in Berlin,
weitere Pers. bekannt,
und einer weiteren Person beim Aufbrechen des Bauwagens gesehen worden. Beide sind geständig, machen aber zu der dritten Person keine Angaben. Hierbei könnte es sich um den Schüler
Marc Engel, 02.04.81 in Teutschenthal,
weitere Pers. bekannt,
oder den Azubi
Arno Lüß, 31.07.77 in Karlsruhe,
weitere Pers. bekannt,
handeln, da beide kurz nach der Tat zusammen mit den Tatverdächtigen aufgegriffen wurden. Die Beschreibung des u. g. Zeugen stimmte z. T. mit der Kleidung des Engel überein. Beide bestreiten jedoch ihre Täterschaft. Sie geben sich gegenseitig ein nicht nachprüfbares Alibi.

Detert, KOK

Merkblatt vom 03.05.98

Tatzeit: 29.04.98, gegen 23.10 Uhr
Tatort: Stadtpark in der Nähe der Fußgängerbrücke
Sachverhalt:
Die u. g. geschädigte Bünte ist seit Jahren im städtischen Obdachlosenmilieu. Sie ist stark alkoholabhängig.
Am Sonntag, dem 29.04.98, ist sie in einem als Pennernest bekannten Gebüsch mit Messerstichen im Bauchbereich verletzt worden. In der Vernehmung gab sie unter Alkoholeinfluss stehend an, der Täter habe gesagt: »Ich steche dich ab.«
Nachdem der Zeuge Oppawski – durch das Schreien des Opfers alarmiert – die Polizei benachrichtigte, konnte bei der eingeleiteten Fahndung in der Nähe des TO unter anderem der Arbeiter
Marc Engel, 02.04.81 in Teutschenthal,
weitere Pers. bekannt
aufgegriffen werden. Er bestreitet eine Tatbeteiligung.
Aufgrund ihres Alkoholpegels konnte die Gesch. keine brauchbare Täterbeschreibung abgeben.
Sie verbleibt stationär im Johanneskrankenhaus.
Hus, KHK

Merkblatt vom 23.07.99

Tatzeit: 18.07.99, 02.10 Uhr
Tatort: Pestalozziweg 12
Sachverhalt:

Der beschuldigte Arbeiter (z. z. arbeitslos)
Marc Engel, 02.04.81 in Teutschenthal,
weitere Pers. bekannt,
wurde nach einem Einbruch in die Videothek »Die Burg« in unmittelbarer Nähe aufgegriffen. Er hatte eine Plastiktüte mit 15 Videofilmen (11 Porno, 4 Action) aus Beständen der Videothek kurz zuvor unter ein parkendes Fahrzeug geworfen. Außerdem hatte er einen Kleingeldbetrag dabei, der relativ genau dem Betrag in der Kaffeekasse der Videothek entsprach.
Engel stand unter Alkoholeinfluss, und ihm wurde auf der Hauptwache eine Blutprobe entnommen.
Der Besch. war bei der Vernehmung äußerst unkooperativ, er machte keine Angaben zur Sache.
Bei der anschließenden Wohnungsdurchsuchung konnte ein Samuraischwert als verbotener Gegenstand sichergestellt werden. Hierbei fiel die Mutter des Engel
Annemarie Dröse, gesch. Engel,
geb. 03.11.54 in Jena,
wh. wie Sohn,
durch ausgesprochen aggressives Verhalten auf. Sie ist seit acht Jahren geschieden und allein erziehend. Engel hat noch zwei jüngere Geschwister (Schwester 11, Bruder 13).

Detert, KHK

Merkblatt vom 14.08.00

Tatzeit: 10.08.00, gegen 01.00 Uhr
Tatort: Wiese zwischen Pfarracker und Lindenwinkel
Sachverhalt:
In der Nacht zum 10.08.00 sind auf der Weide am Pfarracker einer Eselstute die Ohren gespalten und Schnittverletzungen im Scheidenbereich beigebracht worden. Das Tier wurde erheblich verletzt, musste aber nicht eingeschläfert werden. Der gegen 01.00 Uhr durch den Lärm alarmierte Rentner
Paul Zimmer, 14.03.18 in Karlsruhe,
wh. hier, Pfarracker 12,
konnte eine Person in der Koppel erkennen, die auf Anruf flüchtete.
Bei der anschließenden Nahbereichsfahndung wurde auf dem Hof der ca. 500 m entfernten alten Möbelfabrik Hölzel der zz. beschäftigungslose Arbeiter
Marc Engel, 02.04.81 in Teutschenthal,
Pers. s. o.,
aufgegriffen. Der Beschuldigte konnte keinen plausiblen Grund weder für seinen Aufenthalt noch für seine erdverschmierten Schuhe angeben.
Eine durchgeführte Gegenüberstellung mit dem Zeugen vor Ort verlief negativ.
Engel machte bei der Vernehmung keine Angaben.

Nathues, KOKin

Abgewichste Sau.

Im Radio fiepen die letzten Sekunden.

»Null Uhr. Hier ist WDR II mit Nachrichten. Heute ist Mittwoch, der 22.08.2002.«

Acht Tage. Eigentlich ganz gut. Glowatzki hat ihn jetzt eine Stunde in Arbeit, gleich mal hören. Scheint ein ganz cooler zu sein, jedenfalls cooler, als er aussieht. Schritte auf dem Flur, Ulla schiebt die Tür auf, der Notarzt dahinter.

»Ach, der Herr Dr. Bokemeyer. Wir haben uns ja lange nicht gesehen. Tut man sich das in Ihrem Alter noch an?«

Er klemmt sich die Zigarette zwischen Mittel- und Ringfinger, lächelt mit Augenlidern auf halb acht. Immer noch reichlich viel Schwarz im satten Schopf.

»Ich habe doch nichts anderes gelernt. Außerdem kann ich mit mir allein nichts anfangen. Ich werde unausstehlich, wenn ich nicht irgendwo eine Spritze reinstecken kann.«

Ulla hält die Warmhaltekanne hoch, fragender Blick. Bokemeyer will. Mit Milch.

»Heute ist es kein Alki, wir haben einen…« Er nickt beim Kaffeetrinken.

»Ich habe ihn schon informiert.« Ulla nimmt sich auch einen. Drei Stück Zucker. Ulla, Ulla. Sie streckt die Zunge raus.

»Eigentlich machen wir die Proben für die DNA ja in der Klinik, aber wenn wir gleich morgen um fünf losfahren zum Institut, haben wir einen Zeitvorteil. Je früher, desto besser.«

»Einbrecher, Vergewaltiger, Autofahrer, Mörder, ich zapfe nachts alles, solange es dafür Zaster gibt.«

Kann ich mir vorstellen. So lange, wie der dabei ist, hatte der bestimmt schon alles. Mal vorsichtig bei Glowatzki fragen, wann es passt. Die Tür zum Vernehmungszimmer ist geschlossen, von draußen ist nichts zu hören. Er geht es erst mal langsam an, wie gewohnt. Der Türgriff macht keine Geräusche, die Schreibtischlampen brennen. Engel auf dem Stuhl vor dem Schreibtisch, zurückgelehnt, raucht. Glowatzki sitzt auf der Schreibtischkante, halber Meter Abstand. Stroter lehnt an der Wand gegenüber, verschränkte Arme. Heike verkriecht sich auf einem Stuhl in der Ecke. Die neue junge Schreibkraft an der Tastatur, unauffällig. Stille. Engel bläst den Rauch verhalten nach unten, spielt damit.

»Wie ging der Dienstagabend weiter?« Er ist sehr konzentriert, sieht den Wink nicht.

»Bin dann irgendwann losgefahren. Habe noch was gegessen unterwegs, bei McDrive an der Autobahn ...«

»Wo?«

»... weiß ich nicht mehr.«

Glowatzki zieht die Augenlider zusammen, sieht hoch, gibt Stroter ein Zeichen, kommt mit auf den Flur.

»Wie läuft's?«

»Wir sind noch immer am Anfang. Er ist noch dabei, seinen Zeitteppich zu knüpfen, aber mühsam. Wir lassen die Schlingen noch ganz groß.«

Draußen startet ein Streifenwagen mit Martinshorn, der Motor jagt im obersten Bereich durch die Automatikstufen.

»Der Doc ist da. Wenn wir ihn jetzt zapfen könnten, lägen die Proben morgen um sieben im Institut. Oder passt es nicht?«

Er beißt sich auf die Unterlippe, eine Schneidezahnkrone wird an der Wurzel dunkel.

»Lass uns die Blutprobe hier machen, so zwischendurch,

ganz belanglos. Dann können wir das Ganze vielleicht sogar noch nutzen. Möglicherweise.«

»Nutzen?!«

»Ja. Wir verletzen seine Unversehrtheit. Wir dringen in ihn ein. Vielleicht gar nicht so schlecht.« Er zieht seine Mundwinkel nach oben. »Lach nicht.«

Da taucht er aber wieder ganz tief ab. Solche Gedanken macht sich in diesem Land kein anderer Polizist.

»Der Doc sitzt schon drüben bei mir. Wann meinst du?«

»Innerhalb der nächsten halben Stunde. Ich ruf kurz an.« Er geht wieder rein, schließt die Tür sacht. Die Augen brennen, im Bauch ein Luftballon, der langsam aufgeblasen wird. Sodbrennen.

Ulla und Bokemeyer lachen herzhaft.

»Haben Sie eine halbe Stunde Zeit, Herr Doktor? Bis es taktisch dazwischen passt?« Ulla mit Fragezeichen in den Augen.

»Glowatzki meint, wir könnten die Probe psychologisch nutzen. Wir kratzen ihn an.«

Sie nickt wissend. »Die Probe wird zum Leck, durch das wir ihn aussaugen.« Gurgelnder Lacher. »Unser Klausi-Mausi. An dem ist auch ein Seelenklempner …«

Telefon.

»Kirchenberg, Mordkommission.«

»Ja, hier ist Werner Brokamp. Wir sind jetzt noch in der Wohnung, sind aber gleich fertig.«

Ulla nimmt die Ohrmuschel, hört mit.

»Und?«

»Na ja, eine Gebrauchsanweisung zum Sexualmord haben wir nicht gerade gefunden, aber ein paar interessante Sachen sind schon dabei.«

»Irgendwas mit direktem Opferbezug?«

»Nein, nicht direkt. Einige eigenartige Videos, ein paar SM-Hefte und Klamotten, aber nichts Griffiges. Karten oder Tagebücher oder so was – Fehlanzeige. Wir haben abgeklebt wie die Weltmeister und zwei Umzugskartons vollgepackt. Warten wir es erst mal ab.«

»Den TÜ-Beschluss kriegt ihr gleich morgen früh.«

»Das geht dann sehr schnell, haben wir heute schon vorbereitet. Den Rest der Bude haben wir uns auch schon angesehen, bewohnbarer Bombentrichter. Ich habe morgen bestimmt Herpes.«

»Wer wohnt da sonst noch?«

»Die Mutter und eine Schwester. Die Alte ist übrigens das Totschlagen nicht wert. Ätzend. Der Prototyp der keifenden Furie. Hätte nicht viel gefehlt, und ich hätte die polizeirechtlich eingelocht. Was ist mit Beckmann und Atze?«

»Die fahren hier sehr zeitig los und müssten dann früh bei euch sein. Warum?«

»Ach, ich trau der Alten nicht, Räume versiegeln nützt da nichts. Außerdem sagt die auch nichts, dafür braucht die nicht mal eine Belehrung. Wir nehmen sie gleich noch einmal in die Mangel, aber die ist aus Granit. Wäre also gut, wenn die bald hier wären.«

Ulla schreibt mit, Bokemeyer schüttet sich noch einen Kaffee ein, mit Milch.

»Ich schiebe sie an. Ich werde hier gleich mal irgendwo zwei Stunden schlafen, vielleicht auch zu Hause – müsste nämlich langsam mal mein Höschen wechseln –, bin morgen gegen sechs aber wieder hier zu erreichen.«

»Hat sich bei den Vernehmungen was ergeben?«

»Glowatzki ist noch am Anfang, ist aber schwierig.«

»Gut. Oder nicht gut. Bei Neuigkeiten melde ich mich.«

»Das Handy lass ich in jedem Fall an.«

Stroter steckt den Kopf durch die Tür, Zigarette im Mundwinkel.

»Können wir?«

Der Arzt hat die Kaffeetasse am Mund, schlürft beim Aufstehen, setzt ab, trinkt den Rest im Gehen.

Die Plastikhülle der Venüle ist sperrig. Bokemeyer zieht die Gummischlaufe fest, in der Armbeuge drückt sich die Vene von unten durch die Haut. Die Schlaufe schnappt auf. Engel nimmt noch einen Zug, legt die Zigarette in den Aschenbecher. Ohne Filter, eine Tabakfaser steht widerspenstig ab. Er sieht hin. Ein Hingucker. Die Nadel drückt einen kleinen Krater in den Wulst, gleitet sacht durch die Haut. Stille. Engel zuckt nicht. Gleichmäßig füllt sich die Venüle dunkelrot. Bokemeyer zieht sie raus. Drückt den Tupfer auf das Loch, fordert Engel auf, ohne Worte. Er klemmt die Zigarette wieder in die Aschenbecherkerbe, legt den Zeigefinger auf das Pflaster, knickt den Arm, vermeidet Blickkontakt. Der Doc packt seine Sachen, geht. Glowatzki kommt nach.

»War es so okay, ohne Worte?« Mit gesenkten Lidern.

»Bestens.« Glowatzki nickt. »Wir nehmen ihn jetzt noch eine Zeit etwas ran und stecken ihn dann in den Pott, zwei Stunden«, er fasst sich an die Nase, »dann ganz früh wecken, weiter, dem Müden das Gesagte um die Ohren hauen.« Fragender Blick.

Klar, Junge, mach, was du meinst.

»Das ist nämlich ein Eigenbrötler, dem musst du alles rausziehen. Hoffentlich macht der nicht irgendwann ganz dicht.«

»Willst du hinterher hierbleiben?«

»Wenn seine Akte schon da ist, würde ich da gern einen Blick reinwerfen. Dann penn ich vielleicht noch eine Stunde im Stuhl.« Er reckt sich, fasst sich ins Kreuz, biegt sich nach hinten, stöhnt.

Bokemeyer fällt die Asche von der Kippe. Er merkt es nicht.

MITTWOCH

8 Uhr 35

Die Schwarze im Mazda fällt zurück. Im roten Passat davor ein graues Sakko mit Krawatte. Finanzamtmann wahrscheinlich. Er muss an der Haltestellenampel warten. Drei Schüler steigen ein, Stehhaare, Fishbone, Plateausohlen, mindestens 10 cm. Beim Anfahren kommt der Opa im Gang ins Stolpern, hält sich gerade noch an einem Sitz fest.

Schon nach halb acht. Der blöde Wecker. Aber nichts passiert zufällig. Engel haben sie sich bestimmt schon wieder seit einer Stunde vorgenommen.

Der Finanzbeamte überholt zügig, die Schwarze im Mazda bleibt auf gleicher Höhe. Hübsch. Dichte Augenbrauen, Pferdeschwanz, ärmellose Bluse, rasierte Achseln. Die Spange im Haar blinkt silbern. Sie gibt Gas, weg.

Ayse auf dem Weg zur Uni, dunkelrotes Hollandrad, braune Gänsehaut auf den Armen, Fahrtwind zieht an den Haaren. Mit Rucksack, singt was Türkisches.

Die Schüler steigen aus, an der Rücklehne des Vordersitzes mit schwarzem Filzstift ein lachender Pimmel mit Brille. Aussteigen. Vor dem Präsidium starten zwei Kradfahrer. Das war doch Kurt, hallo. Auf dem Besucherparkplatz ein roter Z 3 … – DD 1. Drostes Auto? Um diese Zeit?

Der Pförtner grüßt wie gewöhnlich teilnahmslos. Nehmen wir zum Wachwerden mal die Treppe. Aus dem Flur zur vierten Etage kommt Willi von den Betrügern ins Treppenhaus.

»Konni, Morgen. Ihr wart erfolgreich gestern, habe ich gehört.«

»Das entscheidet sich noch. Aber ich bin optimistisch.«

»Super, Glückwunsch!« Er verschwindet im Fahrstuhl.

Im Flur des Sechsten ist alles ruhig. Komisch, um diese Zeit. Helmuts Tür steht auf. Der Gruß schreckt ihn auf.

»Hallo, mein Lieber. Schön, dich zu sehen. Ein voller Erfolg, wie es aussieht.«

»Letztendlich ja. Mal sehen, was Werner Brokamp noch mitbringt, der kommt heute im Laufe des Morgens zurück. Dann sehen wir weiter. Es hängt am Ende an der DNA. Wenn die passt, ist alles im Lot.«

»Gut«, er steht auf, legt die Hand auf die Schulter, »aber geh erst mal zu Ulla, die hat eine Überraschung für dich.«

Ulla liegt flach auf nach hinten geklappter Lehne im Stuhl, die Schuhe aus, Füße auf dem Schreibtisch. Frisch lackierte Fußnägel, eine kurze Laufmasche zieht sich über den Ballen. Für ihre Figur hat sie echt schlanke Fesseln. Schlanke Fesseln sind wichtig. Sie schreckt hoch, beruhigt sich gleich wieder, atmet durch.

»Morgen.« Sie richtet sich auf, zieht die Schuhe an, reibt sich die Augen. »Droste ist da.«

Verdammt, verdammt. Hab schon so was geahnt. Droste.

»Wie kommt das denn?«

»Irgendwann heute Morgen hat Marky Marc beschlossen, nur noch mit Anwalt auszusagen. Glowatzki sagt, der war die ganze Zeit unheimlich stur.«

»Und wie ist der ausgerechnet auf Droste gekommen?«

»Weil er gut gucken kann und nicht blöd ist. Droste hat

in den gelben Seiten eben die größte Anzeige. Und die Kanzlei von dem war doch um sieben Uhr glatt schon besetzt.«

»Wie lange ist er schon da?«

»Vielleicht zehn Minuten. Als die Telefonmieze in seiner Kanzlei hörte, um welchen Fall es ging, hat sie ihn zu Hause aus dem Bett geholt. Zwanzig Minuten später war er da.«

»Seinen Wagen habe ich unten schon gesehen. Na ja, egal. Ist ja nicht die erste Sache, die wir mit ihm machen.«

»*Mit* ihm…?« Sie lächelt gequält und wissend.

Droste im Talar, die Schweinsaugen noch kleiner, rechte Hand liegt auf dem Bauch, kleine Gesten, ausgefeilte Sprache, kaum merkbarer Zynismus. Die Richter hören zu, Ermittlungsversäumnisse, Fehler bei der Spurensicherung, vorwerfbare Vernehmungsmethoden. Einstellung.

»Teifel ist neun Jahre her. Sonst haben wir immer gewonnen. Er ist halt ein harter Hund. Aber nicht unverwundbar.«

Die Augenlider sind schwer, in den Schläfen drückt es. Einmal strecken. Die Kanne unter der Maschine ist noch halb voll, sieht noch frisch aus. Ulla will keinen. Die Milch nimmt langsam die kreisenden Bewegungen des Kaffees auf, erscheint nur in schwachen Eruptionen an der Oberfläche. Wie Nordlichter.

»Ist die Wierwich wieder aufgetaucht?«

»Sie kommt um halb eins zur Gegenüberstellung.« Ulla gibt der fetten Henne Wasser.

»Du bereitest alles vor?«

Sie nickt. Jetzt die beiden Kakteen, die eine blüht. Ullas Haare sehen noch ganz gut aus nach zwei solchen Nächten. Sie stellt die Kanne wieder weg. Schöne Hände. Zwischen Lippenstift und glänzender Schleimhaut eine gezackte Linie, wenn sie die Lippe vorschiebt. Das macht sie öfter. Kenne ich. Das Gesicht auch. Sogar die Geräusche beim Atmen.

Auf dem Flur laute Stimmen. Droste vor Stroter und Glowatzki, verschmitzt, klein, braun gebrannt, im grauen Zweireiher mit schwarzem Aktenkoffer. Er wendet sich von Glowatzki ab, sieht herüber, spricht weiter, kommt.

»Herr Kirchenberg, guten Morgen, Sie sind MK-Leiter? Gut. Hier ist meine unterzeichnete Vollmacht. Wie Sie sich denken können, wird Herr Engel ohne mich keine Aussage machen. Können Sie mir schon erste Ermittlungsergebnisse mitteilen?« Unschuldsmiene. Der kann es nicht lassen.

»Herr Droste, einen wunderschönen guten Morgen. Schon so früh auf den Beinen? Ich dachte immer, das hätten nur arme Beamte nötig.«

»Die Pflicht, Herr Kirchenberg. Gibt's schon was?«

»Sie kennen doch das Spiel, Herr Rechtsanwalt, Akteneinsicht nur über die StA. Daran hat sich noch nichts geändert.«

»Gut«, er zieht die Luft scharf durch die Nase ein, »mein Mandant wird ohne mich keine Aussage machen.« Glowatzki linst herüber. »Ich bitte Sie, das zu respektieren. Also: keine Spielchen.«

Er reicht die Vollmacht, grüßt, geht. Stroter und Glowatzki kommen näher.

»Der wird Engels Arsch auch nicht mehr retten. Rechtsverdreher.«

Ulla lugt aus der Tür, winkt.

»StA Nagel. Wollte dich sprechen.« Der Hörer liegt neben dem Telefon.

»Kirchenberg.«

»Ja, Klaus Nagel hier. Wollte mal eine kurze Lagemeldung, mein letzter Stand ist von gestern 22.30 Uhr, und ich komme hier im Moment nicht weg.«

»Du, ich bin auch grad gekommen. Der Scheißwecker… Das Beste zuerst: Unser Mann lässt sich von Droste vertreten. Vernehmungsmäßig ist da also jetzt Schicht.«

»Das hat Ulla schon erzählt. Bei dem Spurenbild nützt ihm das auch nichts mehr. Ist der TÜ-Antrag durchgegangen?«

»Keine Ahnung, das soll aber wohl geklappt haben.« Ulla hört das Schnippen. »TÜ?«

Sie nickt.

»Klaus, ich gebe dich mal weiter, ja? Ulla ist wie immer voll auf Ballhöhe.«

Sie nimmt den Hörer mit Jetzt-braucht-der-auch-nicht-mehr-zu-kommen-Gesicht. Die TÜ steht. Seit gestern Abend. Keine neuen Erkenntnisse aus den Vernehmungen. Relativ normale Familie ohne Vater. Sie legt auf, Seufzer.

»Wenn ich mit dem verheiratet wäre, würde ich euch auch irgendwann einen schönen Tatort hinlegen.« Sie zerknüllt ein Blatt Papier, wirft es ungelenk in den Papierkorb. Warum können Frauen eigentlich nicht werfen?

12 Uhr 25

Im grünen Plastikuntersatz des Gummibaumes steht ein Finger hoch Wasser. Die Fliege versucht, den Rand hochzukriechen, ist schon zu schwach. Das Wasser hält sie fest. Oberflächenspannung? Oder warum kommt die da nicht raus? Na, kleiner Rettungsversuch?

»Gratuliere, du altes Rübenschwein. Habt ihr ihn am Fliegenfänger.« Georg drischt von hinten auf die Schulter, das Besteck auf seinem Tablett scheppert an den Teller. Die am Vordertisch drehen sich um, reden weiter.

»Du weißt doch, Georg, irgendwann kriegen wir sie alle, fast alle…«

»Bei euch vielleicht.« Er spreizt den Zeigefinger vom Tablettrand ab. »Von meinen Eierdieben laufen noch 'ne ganze Menge frei herum. Aber nur kein Neid, einer muss den Job ja machen«. Er geht weiter, hebt seine Königsberger Klopse zum Abschied. Das scheint hier auch schon wieder jeder zu wissen. Unerklärlich.

Die Fliege schwimmt bewegungslos im Blumenwasser.

Helga hinter der Theke winkt.

»Konni? Ulla!« Sie hält die Hand mit gespreiztem Daumen und Zeigefinger ans Ohr. »Du sollst hochkommen, es ist so weit.« Pause. »Kriegt sie ein Kind?« Helga macht Witze.

Im Fahrstuhl stinkt es schon wieder nach Knoblauch. An der Innenseite der Tür die üblichen Graffitis, nichts Neues. Er fährt erst abwärts, der obere Querbalken vom digitalen K ist kaputt. Die Tür schabt nach links, Altenkamp schiebt Engel in den Fahrstuhl, Hände auf dem Rücken in der Acht. Stroter hebt das Kinn, zieht die Luft hörbar durch die Nase ein. Kein Wort. Engel sieht nach unten, die Kiefermuskeln mahlen. Jetzt bist du dran.

Digitale drei. Schaben nach links. Stroter klappt die Außentür auf, stoppt kurz, Engel hinterher. Keiner im Treppenhaus, in Prozession Richtung Flur. Die Tür der Damentoilette öffnet sich lautlos, Wierwichs Kopf erscheint.

Nein! Neeiiiin! Zu spät.

Sie grüßt, lächelt verlegen, sieht Engel mit dem zweiten Blick. Ihre Bewegungen erfrieren. Langsam bildet sich ein dünner Spalt zwischen den Lippen, wird größer. Die Nasenflügel beginnen zu beben, das Brustbein im V-Ausschnitt mit Spitze hebt sich schneller. Die Finger gespreizt. Ganz langsam löst sich eine Träne, streift unruhig den Nasenflügel, bleibt an der Oberlippe hängen.

Engel sieht zur Decke, Granitgesicht. Seine Schläfen pochen, zwischen den Bartstoppeln auf der Oberlippe kleine Perlen. Stroter zieht ihn mit einem Ruck weiter, stolpert fast, Altenkamp hinterher.

Wierwich schließt langsam die Augen, Tränen links und rechts, legt die Hand vor die Stirn.

»Das war so nicht geplant, tut mir Leid.«

Sie verzieht ihr Gesicht, beugt sich nach vorn, sucht mit der Rechten Halt am Oberarm. Fester Griff, heftiges Schluchzen.

Das ist unser Mann, keine Frage. Sie nimmt das Taschentuch, lässt sich zu der Besucherbank führen, stützt den Kopf in beide Hände. Stroter biegt um die Ecke.

»Dumm gelaufen, hm?« Kurze Pause. »Alles klar?«

»Geht schon wieder.« Stille. »Ist doch ziemlich eindeutig.«

»Ziemlich eindeutig«, er lächelt gequält, »nicht verwertbar, aber eindeutig.« Er verschwindet im Flur, kommt wieder zurück. »Der Pornoladen kommt in zwanzig Minuten. Vielleicht kommt dabei ja noch was heraus.« Drehung auf dem Absatz, weg.

Wierwich lehnt sich zurück, den Kopf im Nacken, atmet ruhiger.

»Tut mir Leid«, sie richtet sich wieder auf, tiefer Seufzer, zieht einen Mundwinkel nach oben, »aber das entzog sich meiner Kontrolle. Es war wie der Sturz mit einer Achterbahn, wenn die Schienen plötzlich steil nach unten führen.« Wieder ruhiger.

»Muss Ihnen nicht Leid tun, war unser Fehler, ganz klar.« Zeit lassen. »Sie haben schon gehört, verwertbar ist das als Gegenüberstellung nicht, aber ich werd darüber einen Aktenvermerk schreiben. War er's?«

Sie beginnt ganz langsam zu nicken, schließt die Augen.

»Visuell hatte ich gar keine so klare Erinnerung mehr, aber emotional...« Die Lippen zucken wieder.«

»Gut. Sie haben uns trotzdem sehr geholfen. Wissen Sie, auch wenn wir das nicht im Gerichtssaal verwerten können, ist es doch sehr wichtig, wenn wir sicher sind, den Richtigen zu haben. Das ist viel mehr, als Sie denken.«

Der Fahrstuhl hält mit einem Gurren, Zapp steigt aus mit großen Schritten. Vorsicht, nicht noch einmal.

»Herr Zapp«, er wendet den Kopf, »kleinen Augenblick. Sie sind sehr pünktlich.« Er zuckt mit den Schultern. »Ich bitte Sie, hier noch einen Moment zu warten.«

Im Spiegelsaal stehen die Kollegen und rauchen. Engel sitzt gefesselt auf einem Stuhl in der Ecke.

»Zapp ist da.«

»Gutt, gutt«, Stroter nimmt Engel die Handfessel ab, führt ihn durch die Spiegeltür hinter die Markierung. »Alles klar.«

Zapp wartet auf dem Flur, kommt herein, wird von Stroter belehrt. Alles klar. Er geht zum Spiegel, langer Blick. Pause.

»Ich bin mir nicht sicher. War ja auch nur ein kurzer Moment. Ich glaube, die Vier.«

Bingo.

»Soll ich die Vier notieren?« Stroter mit hochgezogenen Brauen. Zapp nickt zögernd, kommt mit nach draußen.

»Kann ich rauchen?«

»Ich glaube, das lohnt sich nicht.«

Stroter winkt wieder herein. Zapp steckt die Zigarette zurück in die Schachtel, bricht den Filter ab, folgt Stroter. Er hält den Kopf dicht an die Scheibe, langer Blick, wiegen.

»Schwierig, schwierig«, schnauben, scheuern mit Daumen und Zeigefinger am Kinn. »Die Zwei.«

Leck mich. Stroter verdreht die Augen, dass man nur noch das Weiße sieht.

»Lassen Sie sich Zeit.« Unterschwellig beschwörender Ton. Pause.

»Die Zwei? Würde ich jetzt sagen.«

Er blickt sich um, zuckt mit den Schultern. Wenn schon einer mit Schweinereien sein Geld verdient …

»Sie dürfen rauchen.«

14 Uhr 30

Die Köpfe des Volkes sind nur undeutlich gezeichnet, die Häuser ragen in den hellen Himmel, kaum Striche. Das Gestell hebt sich mit seinen geraden Linien von dem Gewusel des Volkes ab, das Beil ist unten. Auf dem Podest stehen mehrere Menschen, der Scharfrichter hält den Leuten den Kopf hin, die Schnittstelle am Hals ist ausgefranst. So ein Fallbeil müsste eigentlich einen sauberen Schnitt machen. Vielleicht soll das aber auch triefendes Blut sein. Ich kenne das aus einem Schulbuch. Müsste Ludwig XVI. sein. Der hat hier vielleicht Bilder hängen. Dass der da noch nie Ärger gekriegt hat.

Zawada ist mit dem Bericht durch, schürzt die Lippen, lehnt sich zurück.

»Wollen Sie eine Aussage machen, Herr Engel?«

Droste sagt, Engel will. Er legt Zawada einen Bericht auf den Schreibtisch, Zawada liest. Die Schreibkraft registriert den Wink unauffällig, fragt in Eigenregie Engels Personalien ab. Silvana ist unbezahlbar. Wenn Zawada die nicht hätte. Graues Top, Spaghettiträger, schmale Schultern. Hochgesteckte Haare, ein dunkler Flaumwirbel fließt zart vom Haaransatz bis zwischen die braunen Schulterblätter. Sie sieht toll aus.

Zawada hört sich Engels Gemurmel an, mit Engelsgesicht. Wie immer. Wenn die alle wüssten, was das für ein Menschenverächter ist. Droste wippt mit dem Fuß, spielt mit den Fingern. Der weiß das. Ist ja auch dieselbe Bruderschaft.

Zawada fragt nach. Glowatzki sitzt mit verschränkten Armen da, hört konzentriert zu, Ringe unter den Augen, fettige Haare.

Neben der Enthauptung Ludwig XVI. hängt ein mittelalterlicher Stich. So welche gab es früher immer in den Lesebüchern. Grobgliedrige Knechte halten einen Mann auf einem Stuhl fest. Die Flammen sehen aus wie Rübenblätter. Einer mit Kapuze drückt dem auf dem Stuhl mit langer Stange etwas auf die Brust. Es dampft. Er schreit, weit aufgerissene Augen.

Engel auf dem Stuhl, stählernes Band um die Stirn, die Hände und Füße in Schlaufen. Die Daumenkuppen ragen zwei Zentimeter aus den Klammern, blaulila mit einem

Stich ins Rötliche. Nein? Sie haben nichts damit zu tun? Gut! Noch eine Umdrehung. An der Kuppe des rechten Daumens tritt oben auf der Spitze der erste Blutstropfen aus. Leises Wimmern erfüllt den weiß gefliesten Raum.

Engel erzählt mit monotoner Stimme. Zawada nickt, Silvana tippt. Verwechslung, nicht da gewesen, Dienstag in Karlsruhe im Kino, kennt Meise nur von früher. Silvana tippt.

Droste dazwischen. Nach den vorliegenden Fakten kein dringender Tatverdacht.

Manche Gesichter aus dem Volk sind zu erkennen. Dumpfes Geifern, morbide Lust.

Engel ist fertig.

Zawada nickt kurz, ordnet Untersuchungshaft an. Im Namen des Volkes. Droste sieht mit einem Seufzer einen Moment nach unten, richtet sich gleich wieder auf, packt seine Akten zusammen. Silvana legt vor, alle unterschreiben. Die beiden Justizwachtmeister legen Engel die Acht an. Der eine ist fett. Der Bauch steht unterhalb des Gürtels weiter vor als darüber. Droste verabschiedet sich, geht hinterher.

Zawada nimmt die Brille ab, kratzt sich mit dem Bügel neben der Nase.

»Ich kann Ihnen nur raten, beim ersten Haftprüfungstermin die Sache etwas dichter zu haben. Sonst kann ich für nichts garantieren.«

»Sie kennen das doch, Herr Zawada, die Wissenschaftler sind halt nicht so schnell.«

»Ja, ja«, er winkt mit zwei Fingern ab, kramt auf dem Schreibtisch herum, kein Blick. Silvana zwinkert mit beiden Augen, grüßt. Tschüss.

Vor dem Fahrstuhl redet Droste leise auf Engel ein, die beiden Wachtmeister stehen abseits. Er fasst ihn zum Abschied am Oberarm. Sieht viel zu vertraut aus für den hinterlistigen Fuchs. Der Fahrstuhl kommt, verschluckt die drei. Droste nimmt die Treppe. Eilig mit hastigem Gruß. Schwäche, Herr Droste?

»Noch einen Kaffee in der Kantine. Ich geb ein Puddingteilchen aus.«

Das haben wir uns verdient.

16 Uhr 45

Scheinwerfer aus, Stative werden zusammengeklappt. Die Presseleute packen ihre Sachen, Stühle ratschen über den Boden. Staatsanwalt Nagel unterhält sich noch mit Rehburg vom Anzeiger. Ja, ihr werdet auf dem Laufenden gehalten. Sofort durchrufen. Er trennt sich mit Gruß, kommt mit.

Im Flur ist es schattig und kühl, angenehm. Die Teams sind vollzählig im Besprechungsraum. Rauchschwaden. Ja, rauchen. Schmidt hat Kippen, sogar Camel ohne.

»Kauf dir mal welche.«

Ulla fehlt. Da warten wir noch fünf Minuten. Ausatmen.

Die Scheinwerfer blenden. Ayse vor der Bühne, von oben sieht man nur die weißen Zähne, das Weiß der Augen. Blaues Licht auf den Haaren, lacht, versucht, das Staunen zu verbergen. Der Sound ist gut.

There's a lady who's sure
all that glitters is gold,
and she's buying a stairway to heaven…

Kommt hinterher zur Bühne. Hallo, wusste gar nicht, dass du Musik machst. Nur so als Hobby, ab und zu mal. Hört sich gut an.

»Dauert es noch länger? Sonst geh ich erst mal einem alten Bekannten die Hand schütteln«, Schmidt über die Schulter.

»Sobald Ulla kommt, jeden Augenblick.«

Er drückt die Kippe aus, geht.

Die Gegenüberstellung war ein blöder Fehler, aber der Rest ist wasserdicht. Der war mit Sicherheit Einzeltäter. Zufällige Opfersuche. Ruhig, fährt die Vororte ab. Stille Straßen, kleine Häuser, Zäune, Gärten, dunkel. Kurz das Umfeld prüfen. Frauen gehen in Häuser. Morgen wiederkommen. Dann hätte er die Wierwich mit dem Hund bemerkt.

Ulla kommt, wirft die Akten auf ihren Platz, besorgt sich einen Aschenbecher, kurzer Wink mit dem Kopf.

»Ja, Leute, ich grüße euch zu wahrscheinlich einer der letzten Besprechungen, die wir in dieser Zusammensetzung abhalten. Wir sind fast vollzählig bis auf Gerster und Röhrig, die sind aber schon auf dem Weg hierher, kann sein, dass sie sogar noch erscheinen. Für alle, die heute noch den ganzen Tag unterwegs waren, hier der letzte Stand, ganz offiziell. Engel sitzt in U-Haft. Wir sind absolut sicher, den richtigen Mann zu haben. Die Wierwich hat ihn eindeutig erkannt. Leider können wir das nicht verwerten, weil die Gegenüberstellung etwas anders verlaufen ist, als wir uns das vorgestellt haben«, einige Huster, lautes Räuspern, »sie ist aber zweifelsfrei sicher. Der Zeuge Zapp aus dem Pornoladen hat Engel einmal erkannt, beim zweiten Mal nicht. Wegen der zweiten Spermaspur am Schuh wäre das schon toll gewesen, aber mit Gewalt melkt man halt keinen Bullen. Engel selber sagt nichts mehr, wie ihr wisst, wird er seit heute Morgen von Droste vertreten.«

»... was?«, Schäfer ganz erstaunt, fragt Altenkamp, flüstert.

»Tja, ein paar eurer Dienststellenleiter haben schon angerufen und erwarten einige von euch morgen, die anderen auf jeden Fall übermorgen zurück. Ich bitte euch, soweit möglich, mit Datum von heute eure Spuren abzuschließen, jeweils mit Abschlussvermerk des aktuellen Ermittlungsstandes. Es sei denn, dem spricht etwas Wichtiges entgegen, dann müssen wir das im Einzelnen besprechen.«

Pause. War noch was?

»Dann bleibt mir nur noch, mich bei euch zu bedanken. Obwohl wir fünf Tage lang mehr oder weniger rumgestochert haben, haben sich alle voll reingehängt mit tierischem Einsatz, mit Ideen, das war ein gutes Gefühl für mich. Wir haben auch vor«, Ulla erwidert den Blick, »morgen Abend bei Helga noch einen trinken zu gehen. Ich würde mich freuen, wenn alle Zeit hätten.«

Altenkamp winkt schon ab. »Heute wäre auch schon möglich gewesen, aber ich denke, wir müssen alle mal ein bisschen schlafen.« Zustimmung.

»Gut. Von euch noch irgendwas?«

»Woher hat er gewusst, dass wir dran sind? Meise?«

»Ja, das war vermutlich Sascha. Wissen tun wir's nicht, aber die Mutter hat mitgeteilt, dass er noch am Dienstag nach Hause gekommen ist. Da hat sie ihm alles erzählt. Mehr wissen wir nicht.«

»Was ist mit den Mehrdienststunden?«

Ulla? »Werden den Dienststellen mitgeteilt.« Sonst keine Fragen.

»Hast du noch was?« Ulla zuckt mit den Schultern, gelangweilter Blick.

»Höchstens das hier.« Sie fingert einen Zettel aus der Mappe. »Dr. Ngomo vom Institut hat angerufen. Er hatte heute während des Nachtdienstes ein paar Freiräume und hat sich um unsere Spermaspur gekümmert. Vorläufiges amtliches Endergebnis: Engels Blut und das Sperma von der Leiche sind von ein- und derselben Person.«

Stille. Ulla grient. Das Luder.

»Du kannst ja Scherze machen. Weiber, ehrlich«, Schmidt. Glowatzki stiert sie von unten an, droht mit einem Lächeln. Ulla lehnt sich zurück mit Ich-bin-die-Größte-Gesicht. Das Papierknäuel kommt von ganz hinten, trifft sie mitten auf die Stirn.

20 Uhr 40

Im Mordfall der siebenundzwanzigjährigen Kerstin Baum verfolgt die Polizei nach Aussagen eines Sprechers noch keine heiße Spur. Die Studentin war in der Nacht zum Mittwoch letzter Woche in ihrer Wohnung in der Schillerstraße einem Sexualmord zum Opfer gefallen (wir berichteten).

Nach Informationen unseres Blattes geht die Polizei mittlerweile davon aus, dass der Täter vermutlich nicht aus dem näheren Umfeld des Opfers kommt. Dementsprechend seien die Ermittlungen ausgedehnt worden, und es wird für möglich gehalten, dass das Opfer seinem Täter erst kurz vor der Tat begegnete.

Was die alles wissen.

> Ob eine der am Tatort vorgefundenen Spuren die Polizei weitergeführt hat, wurde aus ermittlungstaktischen Gründen verschwiegen. Die BWL-Studentin ist am Dienstag dieser Woche in ihrem Heimatort in der Eifel beigesetzt worden.
> Sollten Zeugen in der Nacht zum vergangenen Mittwoch im Bereich der Schillerstraße Beobachtungen gemacht haben, die im Zusammenhang mit der Tat stehen könnten, so ist die Polizei weiterhin daran interessiert, auch wenn es sich um Vorgänge handelt, die zunächst unbedeutend erscheinen mögen.

Na, denn. Allgemeiner Aufruf zum Nachbarschaftsanschiss.

Die Große auf dem Sitz nebenan liest immer noch. Ganz schöner Wälzer. Riemchenschuhe mit flacher Sohle, keine lackierten Nägel, schlanke Fesseln. Hauchdünner brauner Schimmer auf dem Schienbein, kaum sichtbar. Eine Strähne des Ponys steckt hinter dem linken Ohr, das Kleid ist geknöpft, öffnet sich über dem Knie.

Der Penner mit Pudelmütze steigt aus, scharfer Pissegeruch. Sucht sich wahrscheinlich einen Schlafplatz im Park. Auf dem Rasen unter den Birken spielen zwei Hunde. Rechts ein Cabrio mit Danny-de-Vito-Verschnitt, rote Ledersitze. Dahinter ein grauhaariger Jetta mit Brille. Die Bahn fährt an. Vor dem Cabrio ein Transit mit Bauarbeitern, auf Heimfahrt. Davor zwei Jungen im heiß gemachten Polo. Haben die Mädels heute keinen Ausgang? Es stinkt immer noch nach Pisse. Aussteigen.

Das Digital-Thermometer an der Apotheke zeigt 21 Grad. Und das im September. Am Himmel nur wenig Blau zwischen graulila Wolken. Gewitter wäre gut, mit viel Regen. Kaum Verkehr heute Abend, komisch. Kommt irgendwas im Fernsehen? Fußball? In den Löchern der Gullydeckel stehen kleine Pfützen von der Gehwegkehrmaschine.

I wanna know

Have you ever seen the rain…

Die Hauswände reflektieren schwach pulsierendes Blaulicht, lebendige Schatten. Woher kommt das denn? Hey…

Vor der Eingangstür schräg auf dem Bürgersteig steht der Notarztwagen mit laufendem Blaulicht, zwei Streifenwagen daneben. Ein junger Meister funkt auf der Beifahrerseite mit offener Tür im Stehen. Ein Keil hält die Haustür auf, Geklapper hallt durch die Etagen. Zwei Sanitäter quälen sich um das Geländer, heben die Trage an. Der alte Siele mit Kopfverband. Mein Gott! Sie rollen ihn vorbei. Er blinzelt, verzieht mühsam den Mund, kaum zu sehen. Die Sanitäter gehen weiter, er versucht, die Hand zu fassen. Mitgehen.

»Was ist passiert?« Vor dem Einladen in den Wagen stellen sie ihn ab.

»Was ist passiert?«

Er schluckt, müht sich.

»Sie haben doch letztens etwas von Wohnungsschlüssel und Vertrauen gesagt. Wenn Sie mir vertrauen, würde ich Ihnen gern meinen Schlüssel geben. Wegen der Blumen und auch sonst.«

Wie meint der das denn?

»Ja, ja, natürlich, machen Sie sich keine Sorgen, das machen wir schon…« Sie schieben die Trage auf die Stahlplatte, festschnallen, Türen zu, Abfahrt. Mit Musik.

Im Treppenhaus zieht es. Siele, handschriftliches Schild mit Druckbuchstaben. Im Flur beiger Teppichboden mit Karos, vor der Wohnzimmertür vier Blutstropfen in zwei Karos. Hartmut, der DGL, mit Funkgerät vor der Couch, zeigt, spricht mit der Kollegin. Dunkle Haare, ganz schöne Kiste. Er blickt auf, zwei senkrechte Falten zwischen den Augenbrauen.

»Was machst du denn hier?« Der Blick der Kollegin pendelt hin und her.

»Ich wohne hier im Haus, sogar direkt in der Wohnung hier drunter. Was ist passiert?«

»Was ist passiert! Kennst du ihn?«

»Ja. Ich meine, was heißt kennen. Wir grüßen uns im Treppenhaus, haben schon mal ein Glas Wein zusammen getrunken. Aber kennen.«

Er blättert einen Stapel Papiere durch, legt sie zurück auf den Sekretär.

»Was ist passiert?«

Die Kollegin legt die Hände hinter dem Rücken zusammen, geht gemächlich durch den Raum, wandernder Blick. Hartmut zieht die Schultern hoch, reibt sich das Genick.

»Genau wissen wir das noch nicht. Sieht so aus, als hätte er sich einen Stricher mit nach Hause genommen, der ihm dann eins auf die Glocke gegeben hat. Das Übliche eben.«

»Was? Der alte Siele? Der ist Priester gewesen.«

»Ja und?«, verwundertes Kopfschütteln, »du sagst das ja so, als könnte das nicht sein. Ist Homosexualität nicht Einstellungsvoraussetzung für katholische Pfaffen?« Die Kollegin kichert, ihr Blick haftet an einem Harlekin von Emil Nolde. »Warst du nicht im Bilde?«

Ne, war ich nicht. Deswegen der Rauswurf aus der

Kirche. Das wollte er nicht sagen. Siele in schwarzem Talar mit weißer Stola, Sakristei, Sonnenstrahlen durch bunte Fenster, Staub schwebt. Zwei Ministranten, blonde Locken … ne …

»Ist der Täter bekannt?«

»Natürlich nicht. Der Alte hat uns selbst angerufen, als er wieder aufgewacht ist, trotz der Verletzungen. Wir haben aber eine Täterbeschreibung, sogar eine, die ganz brauchbar ist. Von einer Hausbewohnerin.«

»Frau Gierth!«

»Frau Gierth?« Er blickt zur Kollegin, die zückt ihr Notizbuch, blättert, nickt stumm.

»Warum?«

»Frau Gierth ist so was wie Miss Marple, aber eine ganz Wache. Die Beschreibung ist wahrscheinlich wirklich brauchbar.«

Er nickt, lacht dann. »Dass du hier wohnst. Zufälle gibt's.«

Im Wohnungsflur ein Schlüsselkasten mit drei Schlüsseln. Der mit der gelben Kordel passt zur Wohnungstür.

»Habt ihr einen Wohnungsschlüssel?« Zustimmung. »Ich nehm den hier mit, wenn ihr nichts dagegen habt. Soll die Blumen gießen.«

»Ja, ja«, er sieht weiter Papiere durch, »gieß man. Spuren sind eh kaum zu sichern«, ausladende Handbewegung.

»Ruhigen Dienst noch.« Gruß.

Frau Gierth steht am Streifenwagen und redet lebhaft mit dem jungen Meister. Sie sieht herüber, grüßt kollegial.

Bei Sener ist ein Tisch am Fenster besetzt. Eltern mit Kind.

»Ach, der Herr Kommissar«, er lächelt warm. Längerer

Blick, müde Augen. »Du siehst aus, als wenn du ein Bett brauchst.« Er erwidert das Nicken. »Ein Bier?«

»Gib mir einen Schnaps.«

Er zieht die Brauen hoch, zapft nebenbei.

»Schnaaaps? War heute nicht dein Tag?«

»Wir haben heute einen Mörder gefasst.«

»Oh! Die Sache mit der Studentin? Glückwunsch. Macht das so müde?« Er stellt den Wacholder auf die Theke, daneben das Wasser. Die Kohlensäurebläschen lösen sich nach und nach von der Glaswand.

»Wie steht der Islam eigentlich zu Homosexualität, Sener?«

Kurzes gestoßenes Lachen, langer Blick aus gesengten Augen.

»Hast du dich in einen Mann verliebt?« Er schneidet eine Grimasse.

»Nein, nein. Ich bin immer noch so was von heterosexuell. Aber in meinem Weltbild ist heute mit einem dicken Pinsel kräftig rumgekleckst worden.«

Sener zapft zu Ende. Hat er das verstanden?

»Dass dir das bei deinem Job auch noch passiert, hätte ich nicht gedacht. Aber solange die Farbe noch feucht ist, ist es immer schwer.« Sener. Der alte Philosoph.

»Weißt du, was mir am meisten fehlen würde«, seine Hand ruht auf dem Zapfhahn, er guckt ein Loch in die Luft, denkt, »am meisten würde mir die Überraschung fehlen. Ist es nicht furchtbar, beim anderen immer dasselbe in der Hand zu haben wie bei dir selbst jeden Morgen?« Er formt die Rechte, als habe er etwas Rundes in der Klaue, beginnt still zu lachen, schlägt auf die Theke, grölt, der Bauch wippt.

Das Kind am Tisch hört auf zu essen.

DONNERSTAG

9 Uhr 45

Auf dem Hof vier Vectras, zwei Bullis und drei Zivilwagen. Zwei uniformierte Jünglinge rüsten einen der Bullis auf. Der Stämmige überprüft die Absperrklamotten im Kofferraum. Klappe zu und ab. Die Schranke hebt sich gemächlich, sie rollen langsam raus.

Silbermann kommt aus der Waschhalle, kurze Jeans mit Bügelfalte, Sandalen, grauer Kittel über weißen Socken. Geht wie eine Ente, stoppt, geht wieder in die Waschhalle.

Eine Taube nutzt die Leere, holt sich einen Brötchenrest vom Gullydeckel vor den Müllcontainern.

Silbermann kommt wieder, fummelt beim Gehen an etwas Rotem herum, verschwindet unter dem Vordach der Garagen. Die Taube holt sich den Rest des Brötchens, fliegt los, verliert das Stück nach wenigen Metern, kommt zurück. Sie wird von einem Streifenwagen vertrieben. Die beiden Uniformierten steigen aus, hochgekrempelte Ärmel, Bodybuilderarme, holen einen Jugendlichen vom Rücksitz. Mit Handfessel. Sie öffnen die Tür zur Wache mit Zahlencode. Die Taube kommt wieder.

Lichtkegel von Straßenlaternen, der Kadett in einer dunklen Ecke, Kerstin parkt, steigt aus, hinterher, an der Haustür überwältigen, Mund zu, in die Wohnung drücken…

Kerstin parkt, schließt auf, geht hinein, aussteigen, über den Zaun, durch den Garten, die Verandatür steht auf, hm, hm …

… noch keiner da, Kadett in einer Nebenstraße geparkt, Dunkelheit, abwarten, durch den Garten, Terrassentür auf kipp, entriegeln, Diebesgut, Schlüssel dreht sich im Schloss, Kerstin kommt rein, verstecken, junge Frau, geil werden, bedrohen … die Terrassentür …

… verstecken, junge Frau, geil werden, Terrassentür schließen, überwältigen, hm, hm …

… Schlüssel im Schloss, durch Terrassentür abhauen, stehen bleiben, Kerstin kommt herein, zieht sich aus, geil werden, wieder hinein, Tür schließen, überwältigen …

Ries und Maurer vom KK 23 schlürfen über den Hof, Ries mit Krawatte, Mappe unter dem Arm, verschwinden unter dem Garagendach. Der dunkelblaue 190er rollt langsam heraus, die Schranke hebt sich.

»Tagträumerei?« Ulla kommt mit zwei Aktenordnern herein, sortiert Blätter in die Teamkörbchen. »Helmut fragt, ob wir heute Nachmittag den Raum freimachen können. Thomas hat das tote Rentnerehepaar von heute Nacht. Wäre schön, wenn er von Anfang an hier reinkönnte.«

»Schon gehört. Sah erst nach Suizid aus, war es aber wohl nicht.«

»Ne, und wie es nach dem ersten Angriff aussieht, wohl auch kein Hinweis auf einen Täter.«

»Ich packe gleich meine Sachen und geh dann zu mir rüber.«

»Ich fange schon mal an. Die Teams wissen größtenteils schon Bescheid. Wann lösen wir auf?«

»Heute Abend ist Schlussbesprechung, jedenfalls mit

dem Rest, der noch da ist. Nur Glowatzki soll in den nächsten Tagen noch einige Vernehmungsversuche machen.«

»Ich nehme die Körbchen mit zu mir«, sie zieht einen Aktenbock herein, lädt Ordner auf. Die Taube kommt noch einmal zurück, holt sich die restlichen Krümel.

»Ich muss übrigens gleich kurz weg. Wird nicht lange dauern.«

Ulla schiebt ab.

11 Uhr 30

»Von Anfang an war das abzusehen. Wenn man es sehen wollte, war das abzusehen. Ihm war das anzumerken, dass das nicht immer alles so, na, ich will mal sagen, harmonisch ablief, wie es nach außen schien, besser: scheinen sollte. Ihm war das immer anzumerken. Er ist ja auch so ein ganz Weicher, sie ist da ganz anders, ganz anders. Also, ich hatte da von Anfang an meine Bedenken, so in dem Alter noch eine Bindung. Hatte er doch gar nicht nötig. Ihm ging es doch gut. Versteh, wer will, ich nicht. Und dann noch mit ihr. Na, zwölf Jahre jünger, das allein hätte ihm schon zu denken geben sollen. Ich habe ihr nie getraut, nie. Gut, man kennt sie nur vom guten Tag und guten Weg, aber man hat ja so seine Lebenserfahrung, zum Glück, die hat man. Und dass ihm das zu Herzen ging, letztendlich, das war doch klar, für mich war das klar. Habe ich letzten Monat noch zu meiner Schwester gesagt. Wenn das man nicht irgendwann zum ganz großen Zusammenbruch kommt. Und? Tja, nach außen hin immer alles ganz ordentlich und bemüht, sehr bemüht, aber man lässt sich ja nichts vormachen, jedenfalls nicht für alle Zeit…«

Die Schwester kommt aus dem Zimmer, Kittel knielang, weiße Gesundheitsschuhe, keine Birkenstock. Vier Plastikbecher auf dem Tablett.

»Wenn Sie wollen, können Sie jetzt zu ihm. Bitte nicht so lange.«

Das mittlere Bett ist frei, im ersten ein hagerer Vollbart, schläft, atmet unhörbar mit offenem Mund, sieht wie tot aus. Das letzte Bett am Fenster, zwei Rollhalter mit Tropfinfusionen. Siele mit Kopfverband, öffnet langsam die Augen, wendet den Kopf, lächelt.

»Kopfschmerzen?«

Er macht eine Bewegung mit der Hand.

»Ist zu ertragen. Mit der Zeit wird alles heil, nur …«

Pause. Draußen ruft eine Frauenstimme nach Gabi.

»Den Blumen geht es noch gut.«

»Hab ich auch nicht anders erwartet«, er dreht den Kopf, verzieht das Gesicht, lächelt gleich wieder, undeutlich. »Und was sagen Ihre Kollegen, mit denen haben Sie doch bestimmt schon gesprochen?«

»Nein, heute noch nicht. Ich weiß eigentlich überhaupt nichts.«

Er nickt schwach, wendet den Blick. Nach dem Ablauf fragen? Besser nicht.

»Wenn es Ihnen wieder besser geht, würde ich gerne wieder mal eine Flasche mit Ihnen trinken. Oder zwei. Gibt bestimmt einiges zu erzählen.«

Sein Gesicht bleibt ernst, fester Blick, kein Lidschlag. Er umfasst die Linke, hat kalte Hände.

»Ich freue mich wirklich sehr, dass Sie gekommen sind.« Keine Reaktion in seinem Gesicht auf das Nicken, tiefe Atemzüge. Schweigen.

Vom Vollbart aus dem ersten Bett ein dumpfer, langer Furz. Sieles Pupillen wandern in den linken Augenwinkel, kommen zurück, sein Gesicht bleibt unverändert. Die Schwester kommt, bleibt in der offenen Tür stehen, kein Wort. Die Gardinen bauschen sich.

»Oh, nur keinen Zug.« Sie schmettert die Tür ins Schloss, marschiert zum Fenster, schließt es mit Wucht. Der Vollbart schreckt hoch, keine Orientierung. »Noch eine Minute?« Sie macht ein gönnerhaftes Bulldoggengesicht, weht hinaus. Ja, ja, gleich, natürlich.

Siele drückt noch mal die Hand.

»Ich denke, in ein paar Tagen bin ich wieder draußen.«

»Nur keine Eile. Ruhen Sie sich eine Weile mal richtig aus. Bis zum Weintrinken können Sie sich ja ein wenig mit dieser entschärften Variante begnügen.« Er wirft einen Blick auf den roten Traubensaft, bedankt sich.

»Ich melde mich wieder.«

»Vielleicht kommt mein Bruder mal vorbei, aber Sie kennen sich ja schon.«

»Alles Gute.« Kurzer Gruß.

Die beiden alten Weiber in der Besucherecke unterhalten sich über die gesunde Konsistenz und Farbe von Scheiße.

15 Uhr 40

Thomas schließt die Tür, im Spiegelfenster sind zwei Paar Unterschenkel zu sehen. Jeans und braune Cordhose. Räuspern, schweres Atmen. Vortmann vom Rauschgift hustet, hält seine Nummerntafel vor den Mund. Hinter der Tür sind dumpf Schritte zu hören, Vortmann hustet. Wie beim

Zahnarzt im Wartezimmer. Die Tür schwingt sacht auf, die beiden Unterschenkel verschwinden aus dem Spiegel. Thomas gibt kurze Anweisungen, umstellen, andere Nummer, drei für fünf. Die Tür schließt sich, im Spiegel jetzt drei Knie. Warten. Thomas kommt wieder, das war's. Anna und ein Durchläufer nehmen Nr. 4 mit.

»Na?«

Thomas bleibt stumm, sieht, ob Nr. 4 schon weg ist.

»Scheiße. Aber war sowieso sehr vage«, er sammelt die Nummerntafeln ein, »tausche eine nicht voll auswertbare Fingerspur gegen zwanzig eindeutige Zeugenaussagen. Eine Nachbarin hat zur tatrelevanten Zeit einen Mann im Flur gesehen. Der Taxifahrer war es wahrscheinlich nicht. Beim zweiten Durchgang warst du verdächtig.«

»Wahrnehmung ist ein Konstrukt. Ist das neu für dich?« Er winkt ab.

»Warten wir den Tatortbefund ab und die Befragung der Verwandten, dann sehen wir vielleicht schon ein Stück weiter.« Er räumt weiter auf. »Die beiden lagen mindestens zwei Tage, sagt der Doc.«

»Zwei Tage Vorsprung, na ja. Der MK-Raum ist übrigens leer.«

Er hebt die Hand, nickt, weiß er schon.

»Ach, ja, wenn alles schief läuft. Wo warst du denn vorgestern?«

Scherzkeks.

Die Tür zu Ullas Büro steht auf, Gerster, Röhrig und Stroter wühlen in Spurenordnern. Atze beugt sich über Ulla, erklärt eine Skizze im Tatortbefundbericht. Sie lugt unter seiner Achsel durch.

»Konni, ich habe dir die Spuren alle in dein Büro gelegt. Der MK-Raum ist jetzt leer, Tom kann sich da ausbreiten, wenn er will.«

»Ich danke dir, du Größte, Schönste, Beste aller Aktenfüchsinnen.« Sie nimmt den Scherz mit Dir-ist-nicht-zu-helfen-Gesicht.

»Um halb fünf sind alle da?«

»Alle, von denen, die noch da sind!«

»Bis auf mich«, Atze kippt die Hand nach oben ohne aufzusehen. »Ich habe seit Wochen einen Banktermin, schon zweimal verschoben.«

Kein Problem, nicht bei Atze. Bis gleich.

Der Flur ist leer, Marlies kommt aus dem Treppenhaus, wieselt zum Computer. Tür zu. Ulla hat die Spurenkörbchen neben dem Aktenrollschrank gestapelt. Das Eingangskörbchen ist voll. Mal sehen, was im Radio kommt. Nick Kershaw, fünftausend Jahre alt. Wahrscheinlich WDR II, was sonst. So, von oben abarbeiten.

Spur 88
Auf mündliche Vorladung erscheint der Bankkaufmann
Herbert Ries, 14.05.60 in München,
wh. hier, am Taubenschlag 12.
Herr Ries war am Tatabend Gast im Squash-Center »Quick«. Er hat nach eigenen Angaben die Gaststätte zusammen mit seiner Spielpartnerin
Anna Ruprecht, 11.11.78 in Korschenbroich,
wh. hier, Quittensteg 3,
gegen 21.20 Uhr verlassen. Die Angaben werden von Frau Ruprecht und der Wirtin des »Quick«, Frau

Dagmar Sieg, weitere Pers. bekannt, bestätigt.
Die Spur ist erledigt.

Schäfer, KHK

Ulla mit Akten unterm Arm, Zigarette im Mundwinkel, muss ein Auge zukneifen, wuchtet das Papier neben die Kaffeemaschine.

»Die sind fertig nach meiner Einschätzung«, sie legt die Zigarette ab, »nur noch ein paar mit Nachermittlungen, aber nicht zu viele. Wollen wir mit Engel eine Tatortbegehung machen?«

»Hm. Ne, bringt, glaub ich, nichts. Jetzt noch nicht. Vielleicht später. Ich würde da aber gern noch einmal hinfahren. Morgen oder so, jedenfalls noch vor'm Abschlussbericht.«

Sie teilt den Aktenstapel auf, macht Notizen, klemmt Zettelchen, bildet neue Stapel, sortiert, hält inne.

»Ist doch gut gelaufen letztendlich, hm?«

»Wir haben noch kein Geständnis.«

»Ach ja, hier…«, sie reicht ein Fax, vom Institut, Bestätigung der telefonischen Voranalyse, Bericht folgt, »was willst du mehr?«

»Du meinst, ich soll die Bande loben morgen in der Frühbesprechung?«

Nicken mit hochgeschobener Unterlippe.

»Hast du noch was für die Besprechung?«

Sie lehnt sich zurück, dreht die Augen nach oben links, dann nach rechts, faltet die Hände hinter dem Kopf.

»Nein.« Pause, drei Atemzüge. »Unsere wie vielte MK ist das eigentlich zusammen?«

»Keinen Schimmer. Dieses Jahr…«, Martinez, Greuter,

Möcker war mit Atze, Yildiz, »…dieses Jahr die vierte, oder?«

Sie sieht wieder nach oben, immer noch Hände hinter dem Kopf. Verhaltenes Nicken, abwesend. »Und alle geklärt.« Sie schnellt nach vorn, schlägt die Hände auf die Schreibtischplatte, sieht auf die Uhr. »Los, komm, einmal einigermaßen Feierabend heute.«

»Einfach abhauen, meinst du? Den Rest einfach mal liegen lassen?«

»Der Rest«, sie wedelt mit dem Fax, »der Rest ist ein Kinderspiel.«

VIERZEHN TAGE SPÄTER, FREITAG

7 Uhr 05

»A 1, Köln Fahrtrichtung Bremen zwischen Münster Süd und Münster Nord fünf Kilometer Stau nach einem Unfall, A 2, Dortmund Richtung Hannover zwischen Bad Oeynhausen und Porta Westfalica drei Kilometer vor einer Tagesbaustelle, A 3 Oberhausen…«

Es wird Zeit. Die Kaffeemaschine aus? Ja. Der Schlüssel hakt jeden Tag mehr, mal ölen. Frau Grönegress in grauer Strickjacke und Lederhausschuhen kommt mit Zeitung unterm Arm die Treppe herauf.

»Morgen, Herr Kirchenberg. Na, ruft die Pflicht schon wieder?« Sie bleibt kurz stehen, grinst.

»Was soll man machen…«

»Ach, Rentner werden Sie auch noch früh genug.« Sie wedelt mit dem gerollten Anzeiger. »Ich werde erst mal in Ruhe die Zeitung studieren, mit einer schönen Tasse Kaffee. Sollten Sie auch mal wieder tun.«

Wie meint die das? Hat die Gierth der was erzählt? Mit Sicherheit. Altweibersolidarität. Im Briefkasten eine Rechnung von den Stadtwerken, etwas von der Versicherung und die Berliner Mauer mit drei gemalten Polizisten, liegen sich in den Armen, die beiden Äußeren mit einer Flasche in der Hand. »Wir machen auch Hausbesuche.«

Hallo, Herr Kommissar,
habe hier drei nette Kollegen von dir getroffen. Wie gefallen sie dir? Oben steht meine neue Adresse und Telefonnummer. Vielleicht kann ich dir die drei ja mal persönlich vorstellen.

Liebe Grüße
Ayse

PS Solltest du wirklich mal kommen, ruf bitte vorher an.

Ayse im T-Shirt, der Pferdeschwanz fällt von hinten über die Schulter, brechend voller Hörsaal, sie sitzt auf den Stufen, schreibt auf den Knien, Bleistift zwischen den Zähnen, mit den Gedanken woanders.

Berlin? Gute Idee. Schon zehn vor.

Der Nieselregen kühl auf den Lippen. Dieser Wind. Hinter den Scheibenwischern zwei gelbe Platanenblätter. Der Anlasser zieht müde durch, die Kontrollleuchten pulsieren rot. Los, komm schon. Das Dudeln wird langsamer. Ende. Warten. Noch ein Versuch, drei gequälte Umdrehungen, Schluss. Scheiße.

Die 19er krieg ich noch.

An der Haltestelle Schüler in Buffalos und Regenjacken. Was heißt denn HH? Die 19 kommt, klingelt aggressiv einen Linksabbieger von den Schienen. Rappelvoll. Im letzten Wagen ist noch Platz, es riecht nach nassen Klamotten. Walkman-Gestampfe aus allen Ecken.

Kneipenbummel, Ayse als Fremdenführerin. Hier ist die gemütliche Studentenkneipe, Live-Blues auf der Bühne, Einladung an die Gäste zur Jam-Session, mal probieren.

Ayse ist überrascht, hört gespannt zu, schließt die Augen. Die Patterns laufen gut. Nach Hause gehen. Ich kann auf dem Sofa schlafen, okay. Nach zwanzig Minuten kommt sie rüber…

Zwei Kradfahrer rollen fast lautlos im Standgas aus der Toreinfahrt, beide im Regenkombi. Dass die bei dem Wetter rausfahren.

Der Fahrstuhl ist gerade weg, die Digitalanzeige im Stahlrahmen zählt von eins aufwärts. Die Sicherheitstür zur Wache schwingt auf, Helmut mit einer Tasche unter jedem Arm. Die Tür scheppert ins Schloss, der Türrahmen vibriert.

»Morgen, du Packesel.«

»Morgen.« Er lässt sich eine Tasche abnehmen. »Na, noch keine Nachrichten gehört? Heute Nacht hat ein Altersheim gebrannt vom Johannes-Stift. Drei Mitbewohner werden noch vermisst. Kurt ist schon seit vier Uhr draußen.« Er drückt zum dritten Mal den Fahrstuhlknopf. Zwei Wikris kommen, unterhalten sich über Big Brother.

»Scheiß Ding«, er drückt noch einmal, atmet zweimal tief. »Na ja, noch zwei Wochen.«

»Urlaub?«

Nicken mit krausem Kinn. »Ab ins Wohnmobil, und dann drei Wochen durchatmen.«

Der Fahrstuhl ist da, es riecht nach herbem Rasierwasser. Helmut sieht auf seine Schuhe, spielt mit den Zehen. Einer der Wikris guckt Ally McBeal jede Woche, wenn er nicht kann, nimmt er es auf. Der Flur ist leer, Helmut schließt sein Büro auf, verschwindet stumm.

Kirchenberg, KHK. Das zweite K ist kaum noch lesbar,

muss ich endlich mal auswechseln. Auf dem Schreibtisch die aufgeschlagene Spurenakte MK Baum. Ach, ja, Spur 192. Diese Ruhe, wunderbar. Von unten dumpfer Verkehrslärm. Auf dem Rollschrank hat Ulla ihre Zigaretten vergessen. Eine, eine schlauchen. Fünf Züge, mehr nicht.

Graue Wolken jagen vor Grau. Die grünen Planen der Marktwagen schlagen im Wind, kaum Menschen in den Gängen zwischen den Ständen, es zerrt an den Schirmen.

Schwarz-Weiß-Fernseher auf dem Dreieckstisch, Rolltüren mit drehbarer Spiegelbar dahinter. Das singende klingende Bäumchen, der hässliche Zwerg nimmt die riesige Trichterblume und bläst, der Sturm wirbelt den Styroporschnee durch die Pappbäume. Die Hände wischen den Prilschaum an der bunten Schürze ab. Weißbrot mit Rübenkraut, schwarze Schlieren auf dem Holzbrett, Ofenwärme, Gesang und Geklapper von Geschirr im anderen Raum.

Stroter kommt vorsichtig herein, wedelt mit Papier.

»Die letzte Spur«, er wirft sie wie ein Frisbee auf den Schreibtisch. »Einer von den Squashgästen, ist gestern aus dem Urlaub gekommen. Malediven. Wir waren dieses Jahr in Kelnhusen, an der Ostsee«, im Hinausgehen.

Dicht über dem Horizont ein blaues Loch für Sekunden.

Stadtwohnheim, Dreck, Geschrei, in der Wohnung Müll auf allen waagerechten Flächen, der zehnjährige Marc, die Schwestern plärren, sonst niemand da, Geruch von alter Luft in alten Räumen.

Wieder kurz ein blaues Loch, weg.

Der Schein der Straßenlaternen fällt von weit auf die Gatterpfähle, die Esel kaum zu erkennen, Marc mit langem Messer, vorsichtig, von hinten, beschwichtigendes Gewäsch, hält sie am Schwanz, leicht gleitet die Klinge in weiches Scheidenfleisch, Geblöke, schnell noch die Ohren, weg.

Neurotransmitter jagen durch synaptische Spalten, neuronale Netze glimmen, Schmerzzentrum und Geilheitszentrum pulsieren im Gleichtakt. Gelb, das Geilheitszentrum ist bestimmt gelb. Kleine Blitze zucken bis zur Macht. Hormone spritzen, Wasserfälle, Rausch.

Hand auf der Schulter, zusammenzucken.

»Erschreckt?«, Heike kichert mit Hand vor dem Mund, »Tschuldigung, ich konnte nicht widerstehen.« Sie streckt die Hand aus. »Ich wollte mich verabschieden, ab Montag bin ich bei KK 23.« Fester Händedruck, leise Wehmut in den Mundwinkeln. »War schön bei euch. Manchmal hart, aber schön. Nette Truppe.«

»Nicht zu viel Elend?«

Beim Kopfschütteln schwingt eine blonde Strähne vor ihrem rechten Auge hin und her.

»Aber man watet bei euch schon tiefer im Sumpf als anderswo. Über einiges werde ich noch eine Zeit nachdenken.«

»Quäl dich nicht. Ich mache das nun schon einige Jahre, auch einige Jahre nachdenken, aber eigentlich habe ich heute mehr Fragen im Kopf als Antworten. Was sagte mein alter Bärenführer immer, wenn ein Bürger die Maßnahme nicht einsah: Nehmen Sie es mal so hin.«

»Wie hast du es noch genannt? Extrem normverlassende Synapsenbildung?«

»Vergiss es! Möchtest du noch kurz …«

Die Tür fliegt auf, Helmuts ernstes Gesicht, Querfalten auf der Stirn.

»Leichensache!« Pause, gespanntes Warten. Engel? Helmut nickt.

»Die JVA hat angerufen. Er hängt in seiner Zelle an der Heizung.« Es zieht in der linken Brust. »Verdammt, verdammt.«

»Staatsanwalt Nagel habe ich informiert, er ist schon nach dort unterwegs.«

»Haben wir ein Auto?«

»Die Papiere vom Vectra liegen bei mir, ich fahr dann mit der Bahn zum Gericht.«

»Kann ich mit?«, Heike.

Helmut zieht seine Lippen schmal, seinetwegen. Sie streckt den Daumen nach oben, verschwindet. Helmut kommt wieder, der Schlüssel klimpert zwischen seinen dicken Fingern. Kamera, Klemmbrett, Memocord. Heike wuchtet eilig die Tür auf, mit grünem Rucksack.

»Die Waffe kannst du hier lassen, müssten wir eh abgeben.«

Die Tanknadel des Vectra kratzt am Reserverot. Das reicht noch. Ein Notarztwagen mit Blaulicht und Martinshorn von links, biegt ein. Heike sagt nichts, der Blick ist leer nach vorn gerichtet. Ruhig allein lassen.

Engel in der Zelle, Lesen, Liegestütze, auf's Bett, eine Hand hinter den Kopf, dieselben Flecke unter der Decke, wieder Liegestütze, essen, onanieren, ans Fenster, ein Bussard über dem Feld, essen, auf's Bett, die Decke, onanieren, essen…

Am Panzerglas der Schleuse perlt außen der Regen ab. Drinnen wird ein altes Paar mit grauen Gesichtern abgefertigt, dann ein Vierziger mit Stoppelbart, Hemd mit Krawatte. Wahrscheinlich Rechtsanwalt.

Der Schließer mit grauen Cary-Grant-Schläfen sucht

nur kurzen Blickkontakt. Ja, zu der Leichensache. Der Staatsanwalt ist schon da. Die Dienstausweise. Nein, keine Waffen dabei, ja, wir kennen uns aus. Die Gitterpforte öffnet sich hydraulisch, schüttelt sich schabend. Heike geht mit verschränkten Armen, sieht sich ausgiebig nach rechts und links um. Auf dem Hof gegenüber öffnet sich eine Stahltür, ein junger Schließer wartet, lässt die linke Hand am Schlüssel. Der Staatsanwalt ist schon da, wissen wir schon.

Neonlicht auf dem Gang, grüner PVC-Boden. Ein Radio plärrt weit weg, was Italienisches, wahrscheinlich WDR II.

Die Zellentür steht auf, ein Schließer lehnt mit der Schulter an der Wand, Handrücken in die Hüfte gestemmt, grüßt mit den Augen. Staatsanwalt Nagel wühlt auf dem Tisch in Papieren, stummer Gruß.

Marc mit dem Rücken an der Heizung, die Beine ausgestreckt, das Seil aus dünnen, weißen Baumwollbahnen sitzt eingeklemmt in der Strangulationsfurche unter dem Kinn, der Knoten hängt von hinten über der Schulter. Glatter Schnitt. Wenigstens haben sie den Knoten ganz gelassen. Augen und Mund sind leicht geöffnet, die Zungenspitze ist zu sehen. Eingerissenes T-Shirt am Halsausschnitt, wahrscheinlich der Notarzt. Auf der Brust sind keine Male von Elektroden zu sehen.

»War schon steif. Todeszeitpunkt wahrscheinlich gegen Mitternacht.« Der Schließer, ohne seine Haltung zu verändern.

»Abschiedsbrief oder so was?«

Nagel blinzelt aus den Augenwinkeln. Nein, bis jetzt nicht.

»Komm, zeig, was du gelernt hast.«

Heike nimmt die Polaroid, stellt ein, sucht die beste Perspektive. Der Blitz gibt seinem Gesicht letztes Leben.

»Geh mal aus dem Bild.« Heike hält die Kamera hochkant, winkt mit der Linken. Sie legt die Bilder auf den Tisch, aus der Blässe erscheint langsam Marcs Gesicht. Die Kontrollleuchte vom Memocord glimmt schwach auf, verlischt. Mann, Mann, wer legt die Dinger denn immer leer in den Schrank?

»Mach ein paar Bilder mehr von der Zelle. Die Batterien sind leer. Machen wir den Befund eben zu Hause.«

Nagel blättert auf dem Tisch einen Stapel Zeitungen durch, Autos, Kicker, Praline. Wonach riecht das hier? Irgendwie alt. Über dem Bett ein Bild von Tina Turner, leichte Grätsche, Glitzermini, Pumps, die Brustwarzen zeichnen sich deutlich ab. Darunter ein Foto, abgegriffen. Auf der Fensterbank ein Glas Nutella, Teebeutel und vier Schachteln HB. Heike stolpert beim Rückwärtsgehen über die Badelatschen von Puma vor dem Bett.

»Warst du schon am Schrank?«

»Ne«, Nagel legt die Zeitungen auf den Tisch, »bin auch gerade erst gekommen.«

Die Unterwäsche ordentlich zusammengelegt. Im Wertfach die Uhr, ein paar Fotos, die Schreibmappe, drei Briefe von der Mutter.

> Lieber Marc,
> ich habe deinen Brief bekommen, so viele Tage bist du jetzt schon in diesem schrecklichen Bau, lass dich nicht hängen, mein Lieber. Sei ganz sicher, wir glauben dir. Keiner von uns glaubt, dass du das getan hast. Lass dich nicht kaputtmachen…

Wer genau ist denn wir?

»Die Sachen hier nehmen wir mit, ja?« Der Schließer nickt stumm. Dem schlafen doch bestimmt gleich die Beine ein.

Unter den T-Shirts ein Schreibblock, Uni-Script. Mit Umweltengel. Heike knipst die Wand über dem Bett, geht noch einmal näher heran.

»Das ist ja Anne.«

»Die tote Schwester?«

»Ja«, Foto, »Halbschwester, genauer gesagt.« Noch mal ganz nah, setzt dann die Polaroid ab. »Die ist gestorben, als er dreizehn war. Da war sie fünfundzwanzig. Das Foto muss nicht lange vor ihrem Tod gemacht worden sein.«

Die ersten Seiten vom Schreibblock sind übersäht mit Gesichtern. Punktaugen, Strichmünder. Keines lacht. Wie die bescheuerten Waldorf-Puppen. Dazwischen wirre Linien, Überschneidungen, unregelmäßige Figuren, manche ausgemalt, schraffiert.

> Große Anne,
> ich habe eine Zelle für mich allein. Die Tage vergehen langsam, zweimal die Woche können wir Sport machen. Du bist nicht da. Wo bist du? Nachts kommen sie wieder, und du bist nicht da. Heute waren sie die ganze Nacht da. Draußen. Ich kann sie hören. Du bist nicht da. Die Wände sind aus Wasser. Keine Verstecke…

Umblättern.

Große Anne,
die Sonne scheint. Aus dem Fenster kann ich ein Stück von einem Feld sehen. Manchmal sind da Vögel. Meistens Krähen. Man kann sie hören. Wenn ich dich rufe, hörst du nicht. Darf nicht schlafen, wenn du nicht da bist. Sie greifen. Warum bist du nicht da? Die Wände sind aus Wasser. Eselsaugen und lange Köpfe und Kichern, die ganze Nacht. Anne, Anne.

Poltern auf dem Gang, der Schließer wendet den Kopf. Der kann sich tatsächlich noch bewegen. Die grauen Kittel der Sargträger glänzen neu, Piecholke grüßt mit einem knappen Lächeln, bugsiert mit Mühe die Kunststoffkiste durch die enge Zellentür. Der Schließer merkt nicht, dass er im Weg steht. Das ölige Gelb des Sargs passt zum PVC-Grün.

»Können wir schon?« Piecholke beugt sich mit Atemnot über die Kiste, öffnet den Deckel.

»Jaja. Die Leichenschau machen wir in der Halle. Der wird sowieso gleich obduziert.« Er nickt, die Latexhandschuhe quietschen beim Anziehen. Er zieht Marc vorsichtig von der Heizung, kreuzt den Arm über der Brust, nimmt ihn von hinten im Erste-Hilfe-Griff. Zu spät.

»Zentralfriedhof?«

Piecholke quittiert still die Zustimmung. Beim Raustragen streift der Sarg den Schließer am Bauch.

Große Anne,
ich habe heute Kuchen gegessen.

»Achtzehn Fotos. Reicht das?«

»Wenn alles drauf ist.«

»Sehr hilfreich. Es ist alles drauf. Was jetzt noch?«

»Wir packen die Sachen ein, noch kurz die Befragungen und ab. Schnake kommt um zwölf.«

Ein Stift vom Plastikklappkasten fehlt, er hält trotzdem beim Hochheben.

»Du kommst mit?«

Nagel dreht sich vom Fenster weg, der Blick ist nicht in diesem Raum. Er braucht ein paar Sekunden, kratzt sich die Stirn.

»Können wir vorher noch einen Kaffee trinken, irgendwo?« Können wir. Die Digitalanzeige von der Funkuhr auf dem Regal zeigt 10 Uhr 23. Heike schnappt sich den anderen Griff vom Kasten. Er pendelt beim Gehen hin und her, wird beim Gleichschritt ruhiger. Der Schreibblock liegt oben, darauf der abgeschnittene Rest vom gebastelten Seil.

Die Kreissäge brummt dumpf, keine Drehung. Georg flucht, Schnake seufzt, spielt mit dem Memocord, sieht auf die Uhr. Georg schraubt das Gehäuse noch mal auseinander, schüttelt den Kopf, legt die Teile zur Seite. Hilfloser Blick zu Schnake, er nimmt die Handsäge. Mit der Linken drückt er Marcs Gesichtshaut weiter nach unten, sägt. Feine Späne fallen links und rechts vom Kopf wie Schnee auf den Edelstahltisch. Die Stirnhaut liegt über den Augen, das Kinn ist zu sehen.

Na, Marc, kannste nichts mehr sehen?

Ich sehe genug. Wahrscheinlich mehr als du.

Die Messerklinge gleitet durch das Hirn, das Grau der Schale fingert in den Windungen in das Rosa hinein.

Schön rosa, nicht? Warum so angestrengt? Suchst du was?

Ein kleiner Hinweis wäre nicht schlecht. Vielleicht ein Blutgerinsel im emotionalen Zentrum. Oder besser ein Blut-Spermagerinsel.

Was würde es dir helfen?

Ein Geständnis hätte mir geholfen. Das hättest du vorher noch schreiben können.

Mit Geständnis kann es jeder.

Georg nimmt ein Stück Hirngewebe und lässt es in ein Reagenzglas gleiten.

Hast du dich eigentlich schon mal gefragt, warum du den ganzen Tag damit verbringst, welche wie mich zu fassen?

Komm, mach mir hier nicht den Sigmund. Wer liegt schließlich auf der Couch?

Couch ist gut. Kannst dir das Stück von eben ja extrahiert in die Birne spritzen lassen, vielleicht kommt dir dann die Erleuchtung. Bei Ratten klappt das auch.

Ekelhaft. Dann hätte ich ja was von dir in mir.

Du bist wirklich ein Clown …

Der Assistent macht den Bauchschnitt. Unter der Haut mindestens zwei Zentimeter Fettgewebe. Donnerwetter, sieht man von außen gar nicht. Das muss ich jetzt aber nicht haben.

Heike sitzt bei offener Tür auf dem Beifahrersitz, liest die Briefe, blickt nicht hoch. Die Fahrertür ist noch abgeschlossen. Sie öffnet, liest weiter. Langsam sinken die Hände auf die Oberschenkel, der Hinterkopf drückt in den Schaumstoff der Kopfstütze. Schweigen.

»Müde?«

»Ne. Eher durcheinander.«

Ein Eichhörnchen kommt aus den Eiben, ruckartige Bewegungen, sichert alle paar Meter. Zwei Sprünge in den Komposthaufen für alte Kränze.

»Als ich letzte Woche die Tatortfotos sah, kam mir schon mal so was wie Giftspritze in den Sinn. Passiert dir das nie?«

»Teilweise.«

»Teilweise?«

»Selten, aber manchmal, zum Beispiel wenn ich eine Kindsleiche mit Dammriss vor mir liegen habe, könnte ein Teil von mir töten.«

»Ein Teil.«

»Ja, aber damit komme ich just genau zu dem anderen Teil. Wenn also das Töten selber nicht das Problem ist, sondern lediglich die Legitimation, wozu dann die ganze Aufregung?« Zwischen ihren Augenbrauen entsteht eine Falte. »Dieser andere Teil ist ganz kalt daran interessiert, wie manche Gehirne es schaffen, diesen ganzen evolutionären und zivilisatorischen Ballast hinter sich zu lassen.«

»Und?«

»Ach, wir haben da oben hundertfünfzig Milliarden Zellen, von denen sich wahrscheinlich die meisten frei miteinander verbinden können. Also, versuch erst gar nicht, irgendwas zu verstehen. Das Schachbrett mit den Weizenkörnern ist nichts dagegen.« Sie lacht wie ungewollt. »Seit der Vertreibung aus dem Paradies ist nichts so allgegenwärtig wie die Unvollkommenheit. Ich denke, das wird noch eine Weile so bleiben.«

Heike schaltet das Radio ein. Das ist doch … Das ist doch *Counting out Time* von *The Lamb*. Wahnsinn.

Erogenous zones I love you
without you, what would a poor boy do?
Found a girl I wanted to date
Thougt I'd better get it straight…
Was ist denn das für ein Sender? WDR II.
Sachen gibt es…

DANK

Ich danke Regina Mahl-Schoofs, Thomas Nagel, Heidi Höpner, Inge Müncher, Erhard Gertler, Gisela Kuhlmann, Gitta Wittschier und Jürgen Rogall von der Bünder Schreibwerkstatt für ihre Anregungen und ihre Geduld.

Ich danke Ralf Östermann und Peter Kochsiek von der Kripo Bielefeld für die vielen Gespräche, in denen sie ihre große Erfahrung in Todesermittlungen mit mir teilten. Ich danke Susanne Franzkeit und Gunnar Kwisinski für ihre freundschaftliche Unterstützung ebenso wie Barbara Heinzius für die angenehme und leichte Zusammenarbeit.

Mein besonderer Dank gilt Thomas F. Schneider für seine allumfassende Hilfe als Freund, Förderer und kenntnisreicher Fachmann über all die Jahre.

Und besonders danke ich meiner Frau Elke für die Anmeldung und stetige Ermutigung.